U0665728

广东青年
批评家
丛书

徐威 著

文学的轻与重

THE LIGHTNESS AND WEIGHT OF LITERATURE

南方传媒 | 花城出版社

中国·广州

图书在版编目（ＣＩＰ）数据

文学的轻与重 / 徐威著. — 广州 ： 花城出版社，
2023.4
　（广东青年批评家丛书）
　ISBN 978-7-5360-9974-6

　Ⅰ．①文… Ⅱ．①徐… Ⅲ．①中国文学－当代文学－
文学评论－文集 Ⅳ．①I206.7-53

中国国家版本馆CIP数据核字(2023)第055989号

出 版 人：张　懿
责任编辑：黎　萍　夏显夫
责任校对：李道学
技术编辑：林佳莹
封面设计：吴丹娜

书　　名　文学的轻与重
　　　　　WENXUE DE QING YU ZHONG
出版发行　花城出版社
　　　　　（广州市环市东路水荫路11号）
经　　销　全国新华书店
印　　刷　广东鹏腾宇文化创新有限公司
　　　　　（广东省珠海市高新区唐家湾镇科技九路88号10栋）
开　　本　880毫米×1230毫米　32开
印　　张　9.125　1插页
字　　数　197,000字
版　　次　2023年4月第1版　2023年4月第1次印刷
定　　价　56.00元

如发现印装质量问题，请直接与印刷厂联系调换。
购书热线：020－37604658　37602954
花城出版社网站：http://www.fcph.com.cn

擦亮"湾区批评"的青年品牌

总序

张培忠

习近平总书记在文艺工作座谈会上的重要讲话中指出："文艺批评是文艺创作的一面镜子、一剂良药，是引导创作、多出精品、提高审美、引领风尚的重要力量。"文学批评是文艺批评的重要组成部分，是文学工作的重要一环，是文学发展的重要推动力，具有引导文学创作生产、提高作品质量、提升审美情趣、扩大社会影响等积极作用。溯本追源，"粤派批评"历来是广东文学的一大品牌。晚清时期，黄遵宪、梁启超倡导的"诗界革命""小说界革命"曾经引领时代潮流，对20世纪中国文学批评影响至深。二十世纪二三十年代，钟敬文研究民间文学推动了这一文学门类的发展，是20世纪中国民间文化界的学术巨匠。新中国成立后，萧殷、黄秋耘、楼栖等在全国评论界占有重要地位，饶芃子、黄树森、黄伟宗、谢望新、李钟声、程文超、蒋述卓、林岗、谢有顺、陈剑晖、贺仲明等也建树颇丰，树立了"粤派批评家"的集体形象，也形成了"粤派批评"的独特风格，即坚持批评立场、批评观念，立足本土经验，面向时代和生活，感受文艺风潮脉动，又高度重视

1

审美中的文化积累和文化传承，既追求批评的理论性、科学性和体系建构，注重文学史的梳理阐释，又强调批评的实践性，注重感性与诗性的个性呈现。

新时代以来，广东省作家协会加强和改进文学批评工作，弘扬中华美学精神，进行科学的、全面的文学批评，建设有影响力的文学批评阵地，营造良好的文学批评生态，在全国文学批评领域发出广东强音。10年间，积极组织文学批评家跟踪研究评析当代作家作品及文学思潮和现象，旗帜鲜明地回应当代文学发展的重大理论和实践问题，召开了一百多位作家的作品研讨会。高度重视对老一辈作家文学创作回顾研究与宣传，组织了广东文学名家系列学术研讨会，树立标杆，引领后人。创办了"文学·现场"论坛，定期组织作家、评论家面对面畅谈文学话题，为批评家介入文学现场搭建平台。接棒《网络文学评论》杂志，创办《粤港澳大湾区文学评论》杂志，中国作协主席铁凝同志为《粤港澳大湾区文学评论》题词："祝贺《粤港澳大湾区文学评论》创刊，希望这份杂志在建设大湾区的宏伟实践中，在多元文化的汇流激荡中，以充沛的活力和创造力，成为新时代中国文学理论创新、观念变革的前沿。"联合南方日报社、羊城晚报社等实施了"广东文艺评论提升计划"。推行两届文学批评家"签约制"，聘定我省22位著名文学批评家，着力从整体上打造骨干文学评论队伍，提升"粤派批评"影响力。总的来说，广东文学理论家、文学批评家思想活跃，秉持学术良知，循乎为文正道，在学院批评、理论研究、理论联系社会现实和创作实践方面，在探索文学规律、鼓励新生力量、评论推介广东优秀作家作品方面，在批评错误倾向、形成文学创作的良好氛围方面，均取得显著成绩，为繁荣我省文学事业做出了积极贡献。

2021年，为发现和培养广东优秀青年批评人才，促进广东文学理论评论多出成果、多出人才，推动新时代广东文学评论工作创新发展，广东省作协经公开征集、评审，确定扶持"'广东青年批评家丛书'出版项目"10部作品，具体为杨汤琛《趋光的书写：诗歌、地域与抒情》、徐诗颖《跨界融合：湾区文学的多元审视》、贺江《深圳文学的十二副面孔》、杨璐临《湾区的瞻望》、王金芝《网络文学：媒介、文本和叙事》、包莹《时代的双面——重读革命与文学》、陈劲松《寻美的批评》、朱郁文《在湾区写作——粤港澳文学论丛》、徐威《文学的轻与重》、冯娜《时差和异质时间——当代诗歌观察》。入选者都拥有博士或硕士学位，以扎实的专业素养、开阔的文学视野形成独到的文学品味、合理的价值判断。历经两年，这套"广东青年批评家丛书"如期面世。这批青年批评家从创作主题、作品结构、叙事方式等文学内部问题探讨作品的得失，从中国现当代作家的作品出发，从不同的审美倾向和美学旨趣出发，探讨现当代文学为汉语所积累的新美学经验，坚持以理立论、以理服人，敢于褒优贬劣、激浊扬清，有效展现了"粤派批评"的公正性、权威性、针对性和实效性。

党的二十大报告强调："坚守中华文化立场，提炼展示中华文明的精神标识和文化精髓，加快构建中国话语和中国叙事体系，讲好中国故事、传播好中国声音，展现可信、可爱、可敬的中国形象。"构建中国文学话语和叙事体系是构建中国话语和中国叙事体系的题中应有之义，是新时代文学批评家的新使命新任务。回望西方话语体系主导世界，其实也只是并不久远的事情：在殖民主义时代之前，世界是多元并存、相互孤立的；在殖民主义时期，西方话语逐渐成为世界的主导性话语；在冷战时期，西方话语体现为美苏两大阵营的意识形态竞争；在后冷战时代，以美国为代表的西方话语一度独霸世界。当今世界和西方国家内部面临的一些挑战，包括人口危机、环境危机和文明群体之间的矛盾，都很难在西方话语框架之中找到答案。中国在大国崛起过程中产生的种种现象，仅仅通过西方话语体系也难以解释。这些反映在文学领域同样发人深省。曾几何时，一些人误将西方文学话语和叙事体系奉为圭臬，"以洋为尊""以洋为美""唯洋是从"，丧失了中国文学话语的骨气、底气、志气。伴随着西方话语体系的公信力持续下降，构建客观、公正的中国话语和中国叙事体系恰逢其时，前程远大。

王国维《宋元戏曲考》称"凡一代有一代之文学"。与此相对应，一个时代必然有一个时代的文学批评。在全球化的语境下，迫切需要广大作家增强主动塑造和传播中国形象的自觉意识和行动能力，既要创作精品力作、讲好中国故事，又要传播好中国声音、阐释好中国特色。对文本的创作，更加要强调信息的含量、思想的容量、情感的力量，并对文学话语体系构建的深刻性、独特性、预见性、形象性提出更高要求，在国际舆论场上和文坛上彰显中华文化软实力、中国文学话语权，塑造中华民族和平崛起、伟大复兴的大国风范和大国形象。积极构建中国文学话语和叙事体系，我们就是要在独特的审美创造中形成独特的中国风格、中国流派，不断标注中国文学水平的新高度，让世界文艺百花园还原群芳竞艳的本真景致。

在新时代中国踔厉奋进的新征程中，粤港澳大湾区建设是一道风景线。"9+2"，11城串珠成链，握指成拳，美好愿景正变为生动现实，粤港澳大湾区文学融合发展也不断升温。与此相契合，"粤派批评"正逐步向"湾区批评"升级，以大湾区海纳百川、兼收并蓄的开放姿态，契合湾区的文学地理特质，重视岭南文脉传承，坚持国际眼光和本土意识相融、前瞻视野与务实批评结合，树立湾区批评立场、批评观念，面对中国当代变革中的新鲜经验和大湾区建设伟大实践的复杂经验，善于做出直接反应和艺术判断，注重批评的理论性、科学性和体系完善，突出批评的指导性、实践性、日常性，"湾区批评"在全国的话语权逐步凸显。文学批评是一项充满挑战，也充满着诗性光辉和思想正义的事业，需要更多有志者投身其中，共同发出大湾区文学的强音。从某种意义上说，青年批评家是文学大军中最具锐气、最能创造、最会开拓进取的骨干力量，后生可畏，未来可期。

"广东青年批评家丛书"集结青年批评家接受检阅和评点，对青年批评家研究、评论成果进行宣传和评述，是一次有益的探索。希望这套丛书激发更多青年批评家成长成熟，坚持开展专业权威的文学批评，弘扬中华美学精神，倡导"批评精神"，积极探索构建"湾区批评"的审美体系和评价标准，多出文质兼美的文学批评，发挥价值引导、精神引领、审美启迪作用，不断擦亮"湾区批评"品牌。是为序。

作者系中国报告文学学会副会长、广东省作家协会党组书记

目录

叙事的可能

当代小说的"罪感意识"与"救赎书写"*

　　在读完王十月的长篇小说《收脚印的人》之后，我写下《自省的姿态与未竟的救赎——论王十月〈收脚印的人〉》一文，认为这部作品对于自身之罪的自剖、自省姿态颇为难得，作品呈现的"救赎之难"也令人深思。文章顺利写完，但思考却不曾中止——中国当代小说家如何看待"罪"？中国"罪感意识"与西方"罪感意识"有何区别？意识到自己有"罪"之后，是逃避还是认罪？小说家又如何将这种"罪感"以文学的形式呈现出来？"罪"能否救赎？这种救赎又是如何被书写？当代小说"救赎书写"达到怎样的水平？"罪感意识"与"救赎书写"价值何在……

一

　　"罪感意识"是个体对内心深处生成的罪恶感的一种认知。这种罪恶感可以是具体对某人、某事，也可以是对社会、历史甚至整个人类负有罪感与愧疚。刘再复、林岗将罪感形容为"欠了债似的感觉"[①]。陈刚则认为："所谓罪感意识，其

---

* 原载于《当代作家评论》2017年第1期。
① 刘再复、林岗：《罪与文学》，中信出版社，2011，第39页。

实植根于古老的灵肉冲突，植根于人心中的价值理想与肉体感官欲望的冲突……从而造成人的内心冲突和精神痛苦，使人有一种沉重的犯罪感……"①

　　"罪感意识"在中国传统精神中鲜有，而在西方普遍存在。在基督教看来，人类始祖亚当与夏娃违背上帝的命令偷吃了伊甸园中善恶树上的果子，所以凡人身上都有与生俱来的原罪。"我是在罪孽里生的，在我母亲怀胎的时候就有了罪"（《旧约·诗篇51:5》）；"恶人一出母胎，就与神疏远，一离母腹，便走错路，说谎话"（《旧约·诗篇58:3》）。除原罪之外，人还有"装满了各样不义、邪恶、贪婪、恶毒，满心是嫉妒、凶杀、争竞、诡诈、毒恨，又是谗毁的、背后说人的、怨恨神的、侮慢人的、狂傲的、自夸的、捏造恶事的、违背父母的、无知的、背约的、无亲情的、不怜悯人的"（《新约·罗马书1:29—31》）等罪性。因人有罪，所以必须向上帝忏悔，以此得到救赎。与西方"人—神"二元世界不同，中国人更为讲究的是此在的现世世界。或者可以说，中国人"只有此岸的世界，没有彼岸的世界；只有人的世界，而没有神的世界"②。在儒家看来，人受命于天，是天地之灵，因而孔子曰："天地之性人为贵"③。

---

① 陈刚：《罪感与救赎——基督教的基本精神及其嬗变》，《江海学刊》1995年第6期。

② 刘再复、林岗：《罪与文学》，中信出版社，2011，第139页。

③ 郑玄等：《十三经古注》，中华书局，2014，第1935页。董仲舒认为："人受命于天，固超然异于群生，入有父子兄弟之亲，出有君臣弟子之谊，会聚相遇，则有耆老长幼之施；粲然有文以相接，驩然有恩以相爱，此人之所以贵也。生五谷以食之，桑麻以衣之，六畜以养之，服牛乘马，圈豹栅虎，是其得天之灵，贵于物也。故孔子曰：'天地之性人为贵。'"参见：班固：《汉书》（三），中华书局，2012，第2188页。

　　　　　　　　　　　　　　　　　　文学的轻与重

人为贵，中国人追求的理想人格便是"圣人"，而神在中国的境遇往往是"祭神如神在""敬鬼神而远之"。缺少了"神"与"彼岸"的维度，"罪感意识"、忏悔意识与救赎意识在中国便少有出现——中国人更多的是"吾日三省吾身"的自省意识。马克斯·韦伯认为："在儒教的伦理中，看不到存在于自然与神之间、伦理要求与人的缺点之间、罪恶意识与救赎需要之间、尘世的行为与彼岸的报答之间、宗教义务与社会政治现实之间的任何紧张性。"① 在这样的文化语境中，也就能够理解为何中国文学中"罪感意识""罪感文学"较为罕见了。而中国现当代文学中，对罪感文化的认知与书写更多的是受到外来文化的影响。正如陈思和先生所说："中国新文学发展中的忏悔意识，一开始更多地还是来自西方。"②

鸦片战争以后，许多西方传教士来到中国，带来了基督教的思想理念。大量的教堂、教会医院、教会学校等给许多中国人以潜移默化的影响。在中国现代作家中，冰心、老舍、张资平、许地山、陈梦家、庐隐等都接受过基督教文化。除此之外，在新文化运动中，梁启超、陈独秀等人将"罪感意识"与"忏悔意识"视作改造国民性、革新中国的"先进思想"，发出国人应当"自悟其罪，自悔其罪"③和"从头悔罪，改过自

---

① 马克斯·韦伯：《儒教与道教》，洪天富译，江苏人民出版社，1995，第265页。
② 陈思和：《中国新文学发展中的忏悔意识——关于人对自身认识的一个侧面》，《上海文学》1986年第2期。
③ 梁启超：《国民与国权》，《梁启超全集》第二卷，北京出版社，1999，第349页。

新"①的呼吁。五四新文学时期,一些带有较强罪感意识的文学作品出现了。鲁迅在《狂人日记》中不仅揭示了中国四千余年的"吃人史",更是意识到"我"也是这吃人者之一。这种认识是深刻而困难的——鲁迅不仅论断他人之罪,更是意识到自己也是罪人,是"帮忙着排筵席""做这醉虾的帮手"②。这种对"己罪"的发现与承担,开启了中国现代文学的"罪感意识"与"救赎书写"。

在这之后,巴金《爱的十字架》《灭亡》、郁达夫《迷羊》、张资平《约伯之泪》《约檀河之水》、曹禺《雷雨》、庐隐《象牙戒指》等作品对于"罪"都做出了各自的书写。然而,整体上来看,这一类作品数量并不多,且其中大多作品对于罪的理解和书写也处于初始阶段,"罪感意识"并不十分强烈。周作人在比较中俄两国文学时说:"俄国文学上还有一种特色,便是富于自己谴责的精神……在中国这自己谴责的精神似乎极为缺乏。"③夏志清甚至认为,"现代中国文学之肤浅,归根究底来说,实由于其对'原罪'之说——或阐释罪恶的其他宗教论说——不感兴趣,无意认识。"④而刘再复、林岗将视野从中国现代文学扩散到整个中国文学,提出中国文学

---

① 陈独秀:《一九一六年》,《青年杂志》第1卷5号。见陈独秀等:《新青年》第一卷,中国书店,2011,第306页。

② 鲁迅:《答有恒先生》,《鲁迅全集》第三卷,人民文学出版社,1981,第454页。

③ 周作人:《文学上的俄国与中国》,《艺术与生活》,十月文艺出版社,2011,第80—81页。

④ 夏志清:《中国现代小说史》,刘绍明等译,广西师范大学出版社,2014,第354页。

　　　　　　　　　　　　　　　　　　文学的轻与重

存在一个根本的空缺："缺少灵魂辩论的维度"①，即缺少对灵魂的深刻解剖，缺少一种"罪感意识"与"忏悔意识"。"五四"之后的左翼文学、革命文学、共和国文学、十七年文学等，集中书写中国的社会革命现实，五四新文学时期那种"反思己罪"的"罪感意识"显得较为薄弱。

"文革"结束之后，新时期文学中出现了一股爆发式对历史、现实、人性进行反思与忏悔的创作思潮，即伤痕文学与反思文学。巴金《随想录》、季羡林《牛棚杂忆》、从维熙《大墙下的红玉兰》、宗璞《我是谁》、古华《芙蓉镇》、张贤亮《灵与肉》《绿化树》《土牢情话》、戴厚英《人啊，人！》等一大批作品出现。"文革"十年给人带来的苦难以及对"文革"的反思成为当时文学书写的重要主题。然而，这类文学作品中的大多数，对"时代"的控诉远多于对自身"罪"的剖析。文本带有强烈的历史时代气息，而在普遍人性的深度挖掘与灵魂探索上显得不足。"在作品中，作家均是训诫者、法官、局外人，而不是'罪人'，也不是局内人类普遍性缺陷的承担者。"②从灵魂的挣扎与探索这一角度来看，张炜1986年发表的长篇小说《古船》给中国当代文学带来了一个令人印象深刻的"忏悔者"形象。主人公隋抱朴带有强烈的"罪感意识"，身上既背负着从祖辈那儿遗留下来的"原罪"，又背负着自身的"情欲之罪"。因为他的"归罪于我"，使得"罪感"无时无刻不在折磨着他的灵魂。《古船》对罪感与救赎的

---

① 刘再复、林岗：《罪与文学·导言》，中信出版社，2011，第X页。
② 刘再复、林岗：《罪与文学》，中信出版社，2011，第157页。

书写努力摆脱政治历史的束缚，直抵人性深处。

在某种程度上，我们可以认为，在二十世纪七十年代末八十年代初，中国当代文学又重新连接上了五四新文学时期对于"罪"的书写传统。但显然这一时期的"罪感意识"带有更为独特的个人体验。在路遥《人生》、张承志《黑骏马》《心灵史》、铁凝《玫瑰门》《大浴女》、史铁生《我的遥远的清平湾》《命若琴弦》《原罪·宿命》、北村《施洗的河》、徐小斌《羽蛇》等小说中，"罪""忏悔""救赎"都是作品中不可忽略的因素。新世纪以来，"罪感意识"与"救赎书写"成为当代小说的一个重要母题，且涌现出一大批具有特色的带有"罪感意识"的小说作品——如莫言《蛙》、北村《愤怒》《我和上帝有个约》、东西《后悔录》、艾伟《爱人有罪》、苏童《黄雀记》、迟子建《群山之巅》、乔叶《认罪书》、徐则臣《耶路撒冷》、须一瓜《蛇宫》《太阳黑子》、严歌苓《金陵十三钗》《陆犯焉识》、王十月《人罪》《收脚印的人》等。

二

新世纪以来，个体灵魂的疼痛与挣扎是作家们着重书写的一个方向。作家们往往依循着"知罪—认罪—赎罪"这样一条发展轨迹去构建自己对于"罪感意识"的认知。但是，这种书写并非千人一面——不同的作家，不同的作品，对于"罪感""忏悔""救赎"的认知与呈现迥然有别。其中，作家们对于罪的选择不一，选取的呈现方式也不一，而对于何以"救赎"这一问题的回答也各有千秋。也正是因为有如此多的不同，新世纪以来中国当代小说的"罪感意识"与"救赎书写"呈现出异彩纷呈的局面。

在近些年来的小说作品中，作家所关注、书写的罪主要有三种：个人之罪、社会之罪与历史之罪。这三种罪在作品中往往是相互关联的，在书写个人之罪中往往也纠缠着社会之罪或历史之罪。只是，不同的作家，在作品中选择的侧重点不一。譬如北村，他在长篇小说《愤怒》《我和上帝有个约》中着重书写的是个体内心的困惑、挣扎与救赎。《愤怒》中的马木生，自幼饱受各种苦难。母亲长期被村支书霸占、欺凌；妹妹马春在收容所里被轮奸，并因此死去；父亲在上访过程中被活活打死……面对家庭遭受的种种苦难与不公，马木生对这个社会的恨意终于爆发，萌发出"替天行道"的念头。在极其不公正的社会里，他组织起一支"杀富济贫"的团队，试图成为暗夜里的"法官"。在将打死父亲的警察钱家明杀害后，马木生开始了其逃亡生涯。可以说，马木生本性并不恶，他所犯下的种种罪，都是一步一步被这个社会所逼出来的。在他看来，自己是在替天行道，替这个不公的社会清除渣滓，所以他问心无愧。之后，当年备受欺凌的马木生化名成为仁义富豪李百义。他乐善好施，"左手大把出钱救济穷人，右手却像对待长工一样无比苛刻，到了近乎自虐的程度"①。但是，随着时间的流逝，他心中对于自己往日"正义"与"裁决"的理念产生了动

---

① 北村：《愤怒》，上海三联书店，2009，第7页。

摇，开始意识到自己犯下了"罪"。忏悔由此而起，如同海浪般，一潮胜过一潮。与李百义被逼入绝境开始犯罪不同，在《我和上帝有个约》中，陈步森一开始便犯下杀害副市长李寂的大罪。但是，在杀人过程中，李寂的儿子淘淘无意中抓开了陈步森的口罩。事后，陈步森惶恐不安，一直无法确定淘淘和李寂的老婆冷薇是否看到自己的面孔。为了验证，他一步步地近距离接触他们。面对天真无邪的淘淘、精神错乱的冷薇和李寂支离破碎的家庭状况，陈步森内心开始挣扎——这一切都是他犯下的罪行。他费尽心思帮助冷薇恢复记忆，却又担心冷薇认出他，在反复的纠结中他走入忏悔与救赎的道路。可以看到，在北村的创作中，个人的罪性始终是其书写的一个重要部分。与此相似的还有苏童《黄雀记》、艾伟《爱人有罪》和须一瓜的《太阳黑子》——后者同样是书写犯下轮奸灭门大案的三个罪人在逃亡之后的心灵挣扎。

乔叶《认罪书》、莫言《蛙》和王十月《人罪》《收脚印的人》等作品在书写个人之罪的同时，还深入地书写了社会之罪与历史之罪。《认罪书》中的金金，为了报复自己的情人梁知，嫁给了他的弟弟梁新。金金为报复而伤害梁新，梁知逼死梅梅，钟潮在"文革"中迫害梅好又让梅梅陷入悲剧之中……可以说，在小说中，金金、梁知、梁新、张小英、梁文道、钟潮等人几乎是人人有罪。而这些个人之罪往往又跟社会之罪、历史之罪紧密联系在一起。在《认罪书》中，"文革"这一段历史带给个人的创伤令人难以忘记。甚至可以说，小说是借爱恨交织的金金在梁家追根究底般的"复仇"，来展现"文革"对于当时的当事人以及此刻作为后代的"我们"等数代人的伤害。"文革"虽然已经过去，但对于"文革"之罪的反思却不能中止。由此，《认罪书》提出"要认罪，先知罪""面对历史，人人有罪"。莫言的《蛙》则主要书写1965年以来国家实施"计划生育"国策过程中个别人的"罪"。姑姑是技术高超、被称为"送子娘娘"的妇产科医生，却又常常被骂为"女魔头""活阎王"。究其原因，在于姑姑的身份从一个接生医生转变为"计划生育"的执行者。在执行国策的过程中，姑姑亲手流掉的胎儿就有两千八百多个，在强制执行中更是多次闹出一尸两命的惨剧。作为一个国策的执行者，姑姑有着绝对执着、绝对坚定的信念。"否则——姑姑挥动着血手说——她就是钻到死人坟墓里，我也要把她掏出来！"[1]但是，在这一段历史过程中，她也犯下许多"恶事"。复杂之处在于，这些"罪"并不能够完全算在姑姑的头上。犹如蝌蚪所说："姑姑，那些事算不算'恶事'，现在还很难定论，即便是定论为'恶事'，也不能由您来承担责任。"[2]与《蛙》反思"计划生育"相同，王十月《收脚印的人》以一种决绝的自省姿态书写了"改革开放"过程中的"罪"。在小说中，王十月化身为作家王端午，用长篇独白剖析了自己以及世人在"改革开放"过程中所犯下的种种罪恶，认为"每一个改革开放的获利者，无论是像李中标这样获得了金钱，还是像黄德基这样获得了权力，或者说像我这样获得了名声的获利者，我们都是有罪的人"[3]。总的来看，这一类作品对于罪的书写以个人为中心，

---

① 莫言：《蛙》，作家出版社，2012，第148页。
② 莫言：《蛙》，作家出版社，2012，第345页。
③ 王十月：《收脚印的人》，花城出版社，2015，第131页。

而后不断往外扩散——不仅剖析个人之罪，更是披露、反思、诘问我们的社会之罪、时代之罪。

　　然而，我好奇且疑惑的是，在个人之罪、社会之罪、时代之罪这三种之外，是否有更高层次的"存在之罪"？以我看来，"存在之罪"类似于基督教教义中的"原罪"，但又截然不同。"存在之罪"不具有宗教性，它不依靠神灵而存在——它是在一种更高层次的普遍性上，个人、社会、时代三者互相影响下生成但又难以清晰言说的"罪"。这令我想起了王国维关于三种悲剧的言说。"由叔本华之说，悲剧之中又有三种之别。第一种之悲剧，由极恶之人，极其所有之能力以交构之者。第二种，由于盲目的运命者。第三种之悲剧，由于剧中之人物之位置及关系而不得不然者；非必有蛇蝎之性质与意外之变故也，但由普通之人物、普通之境遇，逼之不得不如是……"[①]"存在之罪"是否如同第三种悲剧，是在普通人、普通境遇这样的普遍性中，不得不有，不得不承受的"罪"？或者可以说，"存在"则"罪"？

　　作家们对于罪的书写态度也有所不同。但整体看来，面对罪恶，他们作品中的人物主要呈现出"无感""伪装"和"认罪"这三种姿态。这三种姿态，在王十月《收脚印的人》中都有典型代表人物，我们且以之为例。当初一同犯下罪恶的四人中，马有贵和黄德基是"无感"姿态的代表，但二者的"无感"也有所区别。马有贵始终处于一种愚昧、无知的状态，只看到自身利益而没有"罪感意识"。也就是说，他根本不知、

---

① 王国维：《王国维文学论著三种》，商务印书馆，2010，第12页。

不觉自己有罪，因而内心也没有挣扎与痛苦。作为"首恶"的黄德基犯下了滔天罪恶，但始终心安理得，不仅从不正视自己的罪恶，还不断想方设法去隐瞒自己的罪。李中标是"伪装"姿态的代表——李中标内心深处知罪，且不断用自身行动在默默赎罪，但从不敢公开认罪。有罪者伪装成无罪者甚至是受害者，而没有勇气去担负罪责。应当说，"伪装"是大多数人对于罪的认知姿态——《认罪书》当中这一类"伪装者"极多。而王端午则是"认罪者"，他强烈的"罪感意识"使他饱受内心折磨。他不仅看到了自身之罪，更看到时代与社会之罪；他想方设法赎罪，且不断呼吁社会中的每一个人都应当"认罪"。整体来看，"认罪者"是新世纪以来"罪感文学"着力塑造的人物形象。他们"知罪""认罪"，且不断在"赎罪"。

三

在西方，救赎问题与宗教紧密相关。人信仰上帝，不断地向上帝忏悔自己的罪过，并祈求上帝的原谅。在中国，尽管人们受到儒家、道家、佛家、法家等种种不一的理念所影响，但是，中国人并无确切的宗教信仰（如林语堂认为"诗歌在中国代替了宗教的任务"[1]）。余杰认为："忏悔问题的根源在于信仰问题上。中国是一个没有信仰的民族。"[2]那么，没有宗

---

[1] 林语堂：《吾国与吾民》，江苏文艺出版社，2009，第237页。
[2] 余杰：《我们有罪，我们忏悔》，《社会科学论坛》2000年第4期。

教信仰的中国人在"知罪""认罪"之后，如何"赎罪"？

北村的"救赎书写"与宗教紧密相关。作为一个基督教徒，北村的作品中蕴含着浓郁的基督教气息。具体到"救赎书写"，可以发现在北村新世纪以来的小说作品中，人的救赎总是以信仰基督教为主要路径。《愤怒》中的马木生在逃亡之后，遇到沐恩堂的王姓牧师。他给马木生传递了"罪性""上帝""忏悔"等认知。马木生由此改名李百义，开始新的生活。可以说，王牧师给李百义种下了"忏悔"的种子，让他一步步地意识到自身之罪，并最终领悟出爱才是救赎的唯一道路。李百义苦行僧般对待自己，却一次又一次地用自己的财富和能力去爱他人；他用爱来抚平心中的愤怒，在爱中进行自我救赎，并抵达真正的自由；他用爱感化了犯下罪恶的警察孙民；他在法庭受审时把王牧师给他讲的关于罪的两个故事讲给大家听……从绝望到愤怒，从愤怒到暴力，从暴力到爱，最后在圣洁的爱中看到"天国的景象"——李百义的救赎之路充满着基督教色彩。同样，在《我和上帝有个约》中，陈步森的忏悔与救赎也深受作为基督教徒的表姐周玲和苏云起的影响。在陈步森心情烦躁难定的时候，他爱听那首《奇异恩典》；在他心有疑惑的时候，他不断地跑到辅导站向苏云起询问。"陈步森问，那我怎么办？苏云起说，悔改。继续悔改。周玲说，那种幸福感只是暂时离开你，是为了维持生命的正义，你如果向它悔改，他就赦免你的罪，这种特殊的幸福感就马上恢复。"①可以说，正是在周玲和苏云起的影响下，陈步森才一

---

① 北村：《我和上帝有个约》，长江文艺出版社，2006，第143页。

文学的轻与重

步步从最初的恐惧与不安走向认罪、忏悔和救赎。在《愤怒》一书封底的一段文字中，我们看到北村在反复强调"爱是信仰""爱是复活""爱是永生"。显而易见，在北村的创作理念中，人得以救赎的途径就是爱，它离不开上帝，离不开基督教。这令我想起王鸿生在比较北村与史铁生二者创作时写下的一句话："确切地说，在北村那里，洗净'我'罪身的宝血必来自耶稣基督，但对史铁生来讲，这'宝血'却是诗，是裸露、抚摸和战栗，概而言之，是身体语言的仪式化。"①

徐则臣《耶路撒冷》也是一部关于寻找信仰与自我救赎的小说。初平阳与秦福小、杨杰、易长安等人内心之中都有挥之不去的罪感。这种罪感来自童年伙伴景天赐的意外死亡。在一次游泳中，景天赐被闪电吓傻，后来拿起手术刀割腕自杀而死。易长安认为，要不是自己非要再多游几次，天赐便不会被吓傻，更不会割腕自杀；杨杰认为，要不是自己送手术刀给天赐，他或许便不会死亡；福小心想，当时自己看着天赐自杀，但自己没有及时救下他；初平阳也目睹了天赐之死，但他只是捂紧嘴巴一动没动……因此，他们每一个人都感觉是自己害死了天赐，因而都背负罪感。初平阳之所以对"耶路撒冷"这四个字如此神往，根源便在于天赐——"我搞不清楚天赐、秦奶奶、'耶路撒冷'和耶路撒冷四者之间是否有必然联系，但我绕不开的中心位置肯定是天赐。"②为了赎罪，初平阳要将"大和堂"卖掉，准备去耶路撒冷寻找自己的心安；福小离家

---

① 王鸿生：《叙事与中国经验》，同济大学出版社，2008，第61页。
② 徐则臣：《耶路撒冷》，北京十月文艺出版社，2014，第247页。

远行，将自我放逐，最后在未婚的情况下领养了一个与天赐极为相似的男孩天送，从此回到花街；杨杰吃斋念佛，诚心诚意；四人要成立"兄弟·花街斜教堂修缮基金"，被通缉的易长安为此冒险回乡，最终被捕入狱……如同塞缪尔教授评价初平阳"你还有忏悔、赎罪、感恩和反思的能力"[1]那样，初平阳以及他的伙伴们背负着沉重的罪恶，并在各自的道路上开展自己的救赎。他们不断地寻找自己的本心，寻找自己的个人信仰。与北村着重宗教皈依不同，徐则臣更看重的是这个不断寻找的过程——他"有意将集体化的'宗教信仰'转变为其所推崇的一种个人化的'日常信念'，一种存乎自我内心又发乎外在世界的，关爱他人的责任感与安身立命的善良心"[2]。

在寻找宗教与信仰之外，用肉体的疼痛来缓解内心的罪感折磨也成为赎罪的途径之一。在艾伟的《爱人有罪》中，女主人公俞智丽被强奸，她指认犯下此罪的是爱慕她已久的鲁建。因为这个强奸案，俞智丽名誉尽毁；母亲在和她大吵后上吊自杀；鲁建被判八年徒刑。而当鲁建入狱以后，俞智丽才发现自己冤枉了他。俞智丽由此背负了沉重的罪感——"她是有罪的。她一直担负着害死母亲的罪，现在还担负着害那人的罪。"[3]为了赎罪，俞智丽平日里以"圣母"的姿态对待王光福、王世乾、陈康以及一切身边人，饱含着怜悯、善良与慈悲——"她总是这样，沉默地帮助别人……她的那张脸，

---

① 徐则臣：《耶路撒冷》，北京十月文艺出版社，2014，第247页。
② 江飞：《〈耶路撒冷〉：重建精神信仰的"冒犯"之书》，《文学评论》2016年第3期。
③ 艾伟：《爱人有罪》，浙江文艺出版社，2011，第57页。

她的额头，光洁而明亮，有着一种令他高不可攀的圣洁和仁慈。"①八年之后，鲁建以复仇者的形象再次出现在她眼前，她的罪感尤为强烈——为了补偿鲁建，她抛夫弃女地选择了跟他在一起，试图用身体偿还自己的罪恶。应该说，性在《爱人有罪》中占据着非常重要的位置。它既是这部小说故事开始的引线，又是这部小说书写鲁建与俞智丽感情纠葛、爱恨情仇的重要线索。由于强奸事件，俞智丽对自己的身体再不喜爱。在鲁建之前，她对和丈夫王光福的性爱以及和同事陈康的一次性爱，都是无感的。然而，当鲁建以复仇者的形象，在性爱中对她施以暴力、虐待之时，她反而感觉兴奋，感觉到性爱的美妙。肉体的疼痛一方面给她带来性爱的高潮，一方面又给她带来精神的解脱。"她的身体好像突然苏醒了……她甚至觉得自己简直变成了一个荡妇，时刻希望他把她彻底揉碎……她需要强有力的碾压，把体内的水分奉献出来，只有把这水分挤干净她才会平静下来……她心里充满了那种类似奉献的满足感。"②俞智丽由"圣母"化身为"荡妇"，在承受鲁建给她的粗暴报复中得到精神的放松。值得注意的是，在这一段话中，"奉献"一词两次出现——在这里，性、虐待、肉体、痛楚成为她自我救赎的有效路径。显而易见，这种性爱状态是变态的。"给他人施加痛苦和从他人的行为中感受到痛苦，是性变态最常见同时也是很重要的两种形式，根据其主动与被动性的不同，冯·克拉夫特-艾宾将其称为施虐狂（Sadismus）

①　艾伟：《爱人有罪》，浙江文艺出版社，2011，第81页。
②　艾伟：《爱人有罪》，浙江文艺出版社，2011，第120页。

和受虐狂（Masochismus）。另一些专家更青睐于'痛楚淫'（Algolagnie）这种说法，因为它既强调了痛苦的惨烈，也反映了有些人恰恰是乐在其中。"①一面是公共场合"圣母"般的圣洁与慈悲，一面是在私人空间中因受虐而得到痛楚与满足，在俞智丽身上，灵与肉相互分离相互对抗，其形象令人难忘。一个是施虐的复仇者，一个是受虐的赎罪者；一个由爱到恨又由恨生爱；一个由罪生情，最终以生命为代价完成最后的救赎——鲁建与俞智丽的情感悲剧令人感慨。

在《蛙》《收脚印的人》《认罪书》等作品中，罪不单单是指向个人，同时也指向了社会和历史。因而，它们的救赎书写在个人救赎之外，往往还与一种彻底而决绝的挖掘罪、公开罪、呼吁认罪姿态紧密相关。在《蛙》中，姑姑在退休酒宴之后在路上被数千只青蛙包围，这是她人生的一大转折点。她开始意识到自己双手沾满了罪恶的鲜血，逐渐开始了自己的赎罪。她嫁给了制作月光娃娃的手艺人郝大手，借他之手，将那两千多个被她流产下来的胎儿捏成月光娃娃。当所有娃娃的相貌、大小、名字都在姑姑的一一讲解下，由郝大手惟妙惟肖地"复活"之后，姑姑的自我救赎便完成了一大部分。另外一个主人公蝌蚪，则用真诚的写作来忏悔、赎罪。然而，写作似乎并不能够真正使自己得到救赎。"先生，我原本以为，写作可以成为一种赎罪的方式，但剧本完成后，心中的负罪感非但没有减弱，反而变得更加沉重。"②因而，尽管《蛙》始终在书

---

① 弗洛伊德：《性学三论》，徐胤译，浙江文艺出版社，2015，第23页。
② 莫言：《蛙》，作家出版社，2012，第289页。

　　　　　　　　　　　　　　　　　文学的轻与重

写"一个有罪的人不能也没有权利去死，她必须活着，经受折磨，煎熬，像煎鱼一样翻来覆去地去煎，像熬药一样咕嘟咕嘟地熬，用这样的方式来赎自己的罪"①这样一种认知，但事实上，莫言对于人是否真能够得以救赎这一问题仍然是充满疑问的——"沾到手上的血，是不是永远也洗不净呢？被罪感纠缠的灵魂，是不是永远也得不到解脱呢？"②

还有非常重要的一点，是蝌蚪在写给杉古义人的信中对他"正视历史的态度"和"勇于担当的精神"的夸赞，以及"如果人人都能清醒地反省历史、反省自我，人类就可以避免许许多多的愚蠢行为"③这样一种呼吁。这些话语，看似是对于日军侵华这一历史而言，实际上对所有的历史、所有的人都是有效的——当然也包括了计划生育这一段社会历史。"反省""避免""愚蠢行为"，这是莫言在《蛙》中所隐含的锋芒。应该说，《蛙》《收脚印的人》《认罪书》这三部作品在主旨上有着惊人的一致性：要反思历史，反思自我，勇于直面自己的罪恶，并认罪、赎罪。乔叶《认罪书》中批驳"旁观者无罪"和"被害者无罪"这两种常见的思想观念，发出"要认罪，先知罪""面对历史，人人有罪"的呼吁。王十月《收脚印的人》则认为改革开放过程中，我们每一个人都是有罪的人，都需要反思自己。

---

① 莫言：《蛙》，作家出版社，2012，第346页。
② 莫言：《蛙》，作家出版社，2012，第290页。
③ 莫言：《蛙》，作家出版社，2012，第80页。

四

　　总的看来，中国当代小说的救赎书写多种多样。既有北村这样以宗教为途径的选择，也有徐则臣那样追求个人化精神信仰的方式；既有莫言、王十月这样以个体良知发现，而后公开向社会发出认罪呼吁的救赎，也有艾伟在《爱人有罪》中那样在灵肉纠缠中用肉体疼痛抵抗心灵折磨的个体隐秘救赎；还有许多通过接受法律惩罚而进行的赎罪……尽管这些救赎的途径不一，但是，有一点是相同的——他们都遵循着中国人"因果报应""杀人偿命，欠债还钱"这样一种伦理思维。"犯下了罪恶，总是要还的"，这是中国式救赎书写的一大特色。那么，如何还？在当代小说的"救赎书写"中，我们看到，有罪者在意识到自身之罪之后，往往借助"善心"与"善行"来进行救赎。换而言之，有罪者用自己的付出去求得心安。这其实是一种简单化的伦理交易——仿佛只要自己进行了"补偿"（受益之人是被伤害者、他人乃至整个社会），我就还罪了，灵魂便能够得以救赎。抛开他们内心的挣扎与自我审判这一过程（这一过程当然也是极为可贵的一种书写），在此，我们还不得不关注到救赎的"有效性"这一问题。在许多小说中，我们看到主人公用各不相同的方式去赎罪。但是，我们要追问的是：自我惩罚是赎罪吗？自首就是赎罪吗？心安便完成赎罪了吗？他们成功消除了欠了债似的罪感吗？袒露自己隐秘的"罪"，或者日行一善，便能够得以救赎，能够"复活""新生"了吗？细致想想，也不尽然。他们的救赎是否真的"有效"，或者在多大程度上"有效"，这仍值得商榷。

　　　　　　　　　　　　　　　　　　　文学的轻与重

在中国这样一片土地上，人真的能完成救赎和"复活"吗？人到底该何以救赎？这不仅是我，也是许许多多作家共同的困惑。与此同时，这又是作家们仍在积极思考与探索的问题。他们用自己的作品对这些问题进行了回答——答案的正确与否我们无法判定，但这种强烈的"罪感意识"与可贵的探究精神值得肯定和提倡。百年前，梁启超与陈独秀等先辈发出的"从头悔罪，改过自新"等呼吁至今还响彻耳边。所幸的是，百年过去，一大批带有"罪感意识"的小说涌现在我们面前。它们用自省的姿态，书写着中国人内心的挣扎、痛苦与救赎，书写着我们的人民、社会与时代。

"忏悔实质上是良知意义的自我审判。"[1]一个人，一个国家，一个民族，都需要一颗能够认清罪恶的良心、一种敢于自我审判的品格和勇于承担罪恶的精神。这正是这些作品的可贵之处。在物欲横流的今日，在市场化、商业化、娱乐化写作泛滥成灾的文学场域中，我们的作家应当多一些心灵的内视，多一些对人之精神的关注，多一些迎难而上的勇气——这种态度不仅应该，而且显得十分必要！人的善与恶、美与丑、灵与肉、罪与罚等相关问题被书写了数千年，但仍是需要我们继续深入思考、书写的话题。文学始终是人学，人性才是永恒不灭的书写主题。

---

[1] 刘再复、林岗：《罪与文学》，中信出版社，2011，第39页。

自省的姿态与未竟的救赎[*]
——论王十月《收脚印的人》

自2013年出版长篇小说《米岛》之后，王十月创作发表了中篇小说《人罪》（2014）、长篇小说《收脚印的人》（2015）。这两部作品关注的是同一个主题：罪——不仅是社会之罪、制度之罪，更是"自剖自罪"。在《人罪》中，几乎人人有罪：小贩陈责我因杀害城管吴用而有罪；法官陈责我（赵城）二十年前冒名顶替他人入学名额而有罪；陈庚银一手操作了"顶替"过程有罪；杜梅为救丈夫隐瞒真相有罪……然而，这每一个有罪之人却又都并非有意作恶。由此，这篇处处皆悲剧的小说作品张力十足，令人印象深刻。在《收脚印的人》中，王十月化名作家王端午，更是将所有笔力用在挖掘、剖析自我之罪上。这种决绝的、彻底的自省姿态是罕见的。正如托尔斯泰所言："任何艺术作品中最主要、最有价值而且最有说服力的乃是作者本人对生活的态度以及他在作品中写到这种态度的一切地方。"^①这两部"将匕首刺向自己的"、带有强烈自省意识的作品，对于王十月而言具有非同一般的意义；将它们放在当代文学的整体格局中来看，同样显得难能可贵。

---

* 原载于《当代文坛》2017年第2期。

① 日尔凯维奇等：《同时代人回忆托尔斯泰》（下），周敏显等译，上海译文出版社，1984，第186页。

一、杂语体：立足本土资源的有效融合

尽管《收脚印的人》中决绝的自省的姿态令人感受深刻，但我还是想先从这部小说的形式说起。在我看来，这部长篇小说在形式上至少有两点应该引起我们的注意。

首先，《收脚印的人》是一部披着现代主义外衣的现实主义长篇小说。现实主义始终是王十月的创作底色，这正如谢有顺所说："王十月是一个真正的现实主义者。"[①]他的《无碑》《国家订单》《开冲床的人》等作品，无一不是对当下现实的深度书写。但是，我们也发现，自《米岛》起，王十月的小说创作中开始出现现代主义色彩。在《米岛》中，人鬼共存、人兽互通的气息浓郁之极，这与传统的现实主义并不相同。在《收脚印的人》中，现代主义与现实主义在这部小说中似乎合为一体了。《收脚印的人》情节并不复杂，甚至略显零散，而将它们紧密联系在一起的是"收脚印"这一民间传说。何为"收脚印"？"在我很小的时候，就听老人说过，有些人能预感到自己的死期，在死前临近前半年，或者一两个月，就成为收脚印的人。每天晚上，别人睡着之后，他会把自己这一生所走过的脚印都收起来。"[②]"每一枚脚印就是一个记号，你收回脚印，就能把自己这一生重新看一遍，就像看电影一样。"[③]在小说中，"收脚印"是串联起所有情节的核心事

---

① 谢有顺：《现实主义者王十月》，《当代文坛》，2009年第3期。
② 王十月：《收脚印的人》，花城出版社，2015，第32页。
③ 王十月：《收脚印的人》，花城出版社，2015，第35页。

件。"收脚印"实质上是一种回首，它令人在深夜里回望自己一生的悲欢离合，回望自己一生的恩怨情仇。然而，人真的可以把一生所走过的脚印都一一收回吗？显然，"收脚印"是一种民间的传闻，它并不是真实的。但在王十月的笔下，"灵魂出窍""牛头勾魂""收脚印"这些传说中的事件却是他反复书写的对象。将虚假之事当作现实之事进行书写，这不由得令我想起了在《米岛》中那些人鬼共存、人兽相通的故事，想起那些在觉悟树上安居的灵魂。深受荆楚文化影响的王十月笔下有许多关于巫鬼文化的书写。马挖苦能与鸭子心灵相通，花敬钟开天目与鬼神交流……"收脚印"同样是一种典型的巫鬼文化。借用"收脚印"这一巫鬼文化，王十月巧妙地将小说的情节串联在一起，将"现在"与"过去"糅合为一体，将自身之罪与自我救赎呈现在读者面前。因而，在《收脚印的人》中，我们既看到一种巨大的"虚"，又在这种巨大的"虚"中看到了尖锐的"实"。"收脚印"是虚假的，但王端午回首自己一生的路，回首自己所看到与所犯下的罪，却是真实的。王十月将荆楚的巫鬼文化融入到了自己的小说创作中，在小说文本中营造一种鬼魅、魔幻的大背景，又在这"虚"的大背景中进行最为尖锐的现实主义书写。这种尝试首先出现在《米岛》中，又在《收脚印的人》中再次出现。"值得注意的是，王十月笔下的神秘米岛具有鬼魅、魔幻色彩，但这并非是简单地模仿拉美魔幻现实主义，而是立足本土资源进行独特的有效融合。如何更好地借鉴、融合中国传统文化资源？如何书写中国的具有本土特色的故事？王十月的《米岛》于此具有一定的借鉴意义。"①——将这段话用在《收脚印的人》上，事实上也极为贴切。在我看来，这是立足本土资源，将带有地域特色的民间故事、传说与当下的现实所进行的一种有效融合。

其次，《收脚印的人》是一部杂语体长篇小说，文本中镶嵌着叙事、诗歌、演讲、独白、议论、散文等不同体裁。巴赫金在《长篇小说的话语》中提出杂语体这样一个概念："长篇小说作为一个整体，是一个多语体、杂语类和多声部的现象。"②"多声现象和杂语现象进入长篇小说，在其中构成一个严谨的艺术体系。这正是长篇小说体裁独有的特点。"③《收脚印的人》通篇是作家王端午的自白，小说十二个章节均是从"女士们，先生们"开始。如此长篇幅的独白体小说在中国现当代文学中并不多见。通篇自白，使得小说拥有一种更为广阔的叙事自由，内容上也显得更为博杂。在王端午的独白中，既有对往事的回忆，又有对世间万态的评论（哲学观、宇宙观、历史观、文学观、编辑观、政论、时评……）；既有小说笔法的叙事，又镶嵌着艾略特的《荒原》、托尔斯泰的《复活》、工十月的《关卡》、王端午的《荒原纪事》等多种不同体裁的文本。多种文本与多种声音糅合在王端午的独白中，形成了一种多声部的复调，使得文本呈现出杂语体的特征。在巴赫金看来，小说引起和组织杂语的一个最基本最重要的形式就

---

① 徐威：《轻与重、工与农、鬼与人——评王十月小说〈米岛〉》，《当代作家评论》，2014年第5期。

② M. 巴赫金：《长篇小说的话语》，《巴赫金全集》第三卷，白春仁、晓河译，河北教育出版社，1998，第39页。

③ M. 巴赫金：《长篇小说的话语》，《巴赫金全集》第三卷，白春仁、晓河译，河北教育出版社，1998，第81页。

是镶嵌体裁。"长篇小说允许插进来各种不同的体裁，无论是文学体裁（插入的故事、抒情剧、长诗、短戏等），还是非文学体裁（日常生活体裁、演说、科学体裁、宗教体裁等等）……不仅如此，还有一些特殊的体裁，它们在长篇小说中起着极其重要的架构作用，有时直接左右着整个小说的结构，从而形成一些特殊的小说类型。这便是自白、日志、游记、传记、书信及其他一些体裁。所有这些体裁不仅能够嵌进小说而成为小说的重要的结构成分，并且本身便能决定整部小说的形式（如自白小说、日记体小说、书信体小说等等）。"①多种文学样式的镶嵌是《收脚印的人》的一大特点，但这也容易使得读者对小说文本产生误解——从传统的小说观念来看，它们在一定程度上消解了小说叙事的连贯性与整体性，因而小说显得不那么"像"小说。然而，正是在这一点上，我们又看到了王十月的现代主义特色，看到了小说文本的丰富性与复杂性。每一种不同的体裁，其与小说的叙事语言都并不相同，各种文本在小说中产生了多样的互文，在相异中形成了一种更为巨大的张力。这也正如巴赫金所说："所有这些嵌进小说的体裁，都给小说带来了自己的语言，因之就分解了小说的语言统一，重新深化了小说的杂语性。"②

　　现实主义者并不意味着他只能采用现实主义的创作手法。王十月借用"收脚印"的民间传说，在王端午的自白中镶嵌各

① M. 巴赫金：《长篇小说的话语》，《巴赫金全集》第三卷，白春仁、晓河译，河北教育出版社，1998，第106页。
② M. 巴赫金：《长篇小说的话语》，《巴赫金全集》第三卷，白春仁、晓河译，河北教育出版社，1998，第106页。

种其他文本，形成了一种更为广阔的感受空间。《收脚印的人》既有现代主义的色彩，又深深烙印着现实主义的底色；它在叙事方式上所做出的努力与突破，是一种勇敢的尝试，亦是一种有难度有风险的挑战。

二、内视法：深刻而决绝的自省姿态

《收脚印的人》在小说叙事上有相当的突破，但以我看来，这部长篇小说最可贵之处仍是它深刻而决绝的自省姿态。在当代商业化写作盛行的文学场域之中，这种带有"罪感""自剖心灵"的创作令人不由心生敬意。木心先生曾指出宗教与艺术的区别："宗教不在乎现实世界，艺术却要面对这个世界。譬如：放下屠刀，立地成佛，是宗教；放下屠刀，不成佛是艺术；苦海无边，回头是岸是宗教；苦海无边，回头不是岸是艺术。"[①]王十月《收脚印的人》书写的便是作家王端午"放下屠刀不成佛，回头无法登岸"的困境。在我看来，《收脚印的人》是一部有鲜明态度的小说——它的故事情节并不复杂，它更着重书写人内心深处的挣扎与所处的救赎困境，即采用一种内视法将人的心灵颤动轨迹描绘出来；它以一种深刻而决绝的自省姿态，传递着作家面对现实的勇气、愤怒、无力与迷惘。

[①] 木心：《文学回忆录》（上），陈丹青笔录，广西师范大学出版社，2013，第431—432页。

王十月这种决绝的自省姿态主要有三个方面的特点。

一是由"他者审判"转向"自我审判"。在很长的一段时间内，中国的作家往往站在某一道德的制高点上，以"灵魂的工程师"自居，以一种俯视的姿态向大众进行启蒙、说教，并在一定程度上化身为道德的裁判。换而言之，作家的文学创作往往是对他者的审判，却缺乏对自己进行"审判"的意识与勇气。周作人曾将中俄两国的文学进行对比，认为："俄国文学上还有一种特色，便是富于自己谴责的精神……在中国这自己谴责的精神似乎极为缺乏。"[①]事实上，这一状况至今仍然没有得到改善。且不论当今严重商业化、市场化、娱乐化的快餐写作，即便是在严肃文学领域，能够"自我审判"的精神也并不多见。"凡是人的灵魂的伟大的审问者，同时也一定是伟大的犯人。"[②]将目光从"他者"身上转移至"自我"，探究自身的灵魂，自我反省、自我谴责因而显得更为可贵。《收脚印的人》即是如此。在小说中，作家王端午在将死之际决定将折磨了自己多年的罪恶之石从心里搬开。他要找到当年一起犯下罪恶的黄德基、李中标、马有贵，一同公开当年他们将一位叫北川的女孩逼死的真相。在寻找其他三人和"收脚印"这两条叙事链条中，王端午的自我审判意识不断在深化。良知与道德促使王端午进行自我审判。王端午身上有浓郁的罪感意识，但是，这条自我审判之路异常艰难。如若他自己不说，没有人知道他曾经做下如此罪恶。但是，他要说出真相。作为一个成功

---

① 周作人：《周作人作品精编》，孙郁编选，北京燕山出版社，2006，第432页。
② 鲁迅：《集外集·〈穷人〉小引》，《鲁迅全集·第七卷》，人民文学出版社，1993，第104页。

文学的轻与重

的作家，他将亲手毁灭自己来之不易的名声、地位和荣誉，他将以一个罪犯的身份面对自己的亲朋。其中的艰难，如同他自己所说："一个人要面对自己的罪恶，并坦然面对，是需要极大的勇气的。就像我，许多年来，一直被一桩罪恶所折磨，但我却没有直面的勇气一样。"①他曾经试图用写作的方式审判自己，但他的《荒原纪事》永远无法顺利写出来。因为，"我是懦夫，无法在文字中真正解剖自己，审判自己。"②他终于发现，他应当以行动去赎罪，公布当年的真相，让法律对自己进行审判。刘再复和林岗在《罪与文学》中提出中国文学存在一个根本的空缺："缺少灵魂辩论的维度"③。然而，在《收脚印的人》中，我们在王端午艰难的自我审判之路中看到了这种灵魂之深。

二是由"宗教忏悔"转向"道德忏悔"。维特根斯坦说："忏悔必须成为你的新生活的一部分。"④所谓忏悔，"是良知意义上的自我审判"⑤，它在我们的内心世界中展开。在感受王端午的忏悔时，我脑海中浮现出北村的长篇小说《愤怒》。同样是以忏悔、赎罪为主题的小说，北村的《愤怒》呈现的是一种"宗教忏悔"。小说的主人公马木生经历了种种不公正待遇，饱受欺凌，深刻感受到罪恶的存在。他终于也以恶制恶，杀死了警察钱家明。在他看来，自己劫富济贫替天

---

① 王十月：《收脚印的人》，花城出版社，2015，第26页。
② 王十月：《收脚印的人》，花城出版社，2015，第5页。
③ 刘再复、林岗：《罪与文学·导言》，中信出版社，2011，第X页。
④ 路德维希·维特根斯坦：《文化与价值》，黄正东、唐少杰译，清华大学出版社，1987，第25页。
⑤ 刘再复、林岗：《罪与文学》，中信出版社，2011，第39页。

行道的行为是代法律在审判罪恶。逃亡成功之后，他改名李百义，功成名就，成为著名的大善人。然而，他的心中却始终充满怀疑：自己是否正义，是否能够代替法律，自己的罪将如何救赎。在小说的后半部分，他用爱的方式化解愤怒，通过爱获得救赎。所有的罪与罚最终都走向了内心的安然与自由。在这部小说中，心灵的挣扎同样令人感觉到深刻，但小说以较多的篇幅探讨"罪"与"罪性"，又让人感受到浓郁的"宗教忏悔"气息。在《收脚印的人》中，尽管我们也看到"人人有罪"这样的观点，但是王端午的忏悔实质上并非是一种"宗教忏悔"，而是一种"道德忏悔"。在道德忏悔中，我们既是审判者，又是被审判者——审判的标准只是自己的良知。王端午并无宗教信仰，他的罪感只来源于道德的责任。小说中，他与李中标逃到烂尾楼的天台躲避治安队员时，因为没放下梯子，导致女工阿喜被带走，不知所终。王端午捂着脸失声痛哭——他原本能够救下阿喜，但他没有，这使得他在道德上感觉到有罪。从法律上看，他并没有伤害阿喜，但在道德上，他犯下了"无罪之罪"——"具有深度的罪感文学，不是对法律负责的体认，而是对良知责任的体认，即对无罪之罪与共同犯罪的体认，忏悔意识也正是对无罪之罪与共同犯罪的意识。"[①]与不救阿喜之罪相比，逼死北川，无论是在道德上还是在法律上，显然是一种更大的罪。在北川一事之中，尽管王端午与李中标二人有心想要将被锁在出租屋的北川救出，但他们不敢；在北川逃走后，他们俩又故意"跑慢""摔跤"，希望北川顺利逃

---

① 刘再复、林岗：《罪与文学·导言》，中信出版社，2011，第XIX页。

　　　　　　　　　　　　　　　　　文学的轻与重

出，但最终北川还是死了。王端午与李中标在黄德基的胁迫下参与了当时的围堵，导致了北川的死亡。可以说，在王端午身上，道德的罪感远远大于法律意义上的罪感。这令王端午深感"欠了债"，内心饱受道德的折磨。王端午没有宗教信仰，他的罪只能在内心深处继续隐蔽，他的心灵始终处于无法得到救赎的焦虑之中。直至有一天，他终将这种"道德忏悔"化之行动，试图让真相重见天日——他只能以法律的责罚来消除内心的罪感。

三是个人自省与阶层批判相结合。在《收脚印的人》中，这种决绝的自省姿态是与阶层批判联系在一起的，其中弥漫着浓郁的隐喻色彩。当初，王端午、李中标、马有贵三个底层的打工者围绕在黄德基身边，听从黄德基的种种安排。北川一事发生以后，四人分道扬镳，走向了不同的道路。当年一起犯下罪行的四人后来有着完全不同的生活轨迹。王端午成为著名的作家，李中标成为成功的商人，黄德基变为黄局长，而马有贵依然在底层打工。事实上，这是四种不同的阶层：知识分子、商人、官员、工人。在小说中，这四人对于曾经犯下的罪有着截然不同的态度。作为知识分子阶层代表的王端午看到了在改革发展时期那些既得利益者人人有罪，也看到了作为普通外来务工人员饱受灾难之后仍感觉理所当然的无知与麻木。他无法忍受内心道德的谴责而去正视当年所犯下的罪，并渴望四人一起公开真相，接受法律的责罚。在王端午的心中，揭露当年的一切便是最好的赎罪。作为商人阶层代表的李中标事实上也并非大恶之人，他同样饱受当年之事的折磨。他心知自己有罪，却没有勇气去正视自己的罪恶。然而，他成功之后又在另一个方面努力地为自己赎罪：他热心公益，为推动偏远地区文化教育发展不遗余力。黄德基则根本不在乎自己曾经犯下的罪行。在王端午毒杀失败并将事实公开之后，他甚至要不惜一切代价让王端午成为一个精神病人，阻止真相的揭露，以此逃过法律的处罚。而作为工人阶层代表的马有贵则始终处于一种愚昧、无知的状态，他同样感觉不到自己的罪。当王端午找到马有贵，劝说他为求心安要赎罪时，马有贵的第一反应是眼前一亮："死了也要拉个垫背的！"①应当说，这四个人就是四种阶层的隐喻。他们对罪的四种态度既互相关联，又相互对立。如同卡西尔所说："一切时代的伟大艺术都来自两种对立力量的相互渗透。"②当王端午强烈的赎罪意识与这三人沉默、无情、无知的反应并列在一起，形成了一种巨大的张力之时，小说决绝的个人自省姿态便与阶层批判紧密联系在一起了。这种阶层批判实则是对整个社会现实的批判。在我看来，小说中这种隐喻式的阶层批判与王端午之口中的点评式批判一同构成了王十月的现实主义批判。

面对强大的现实，王端午劝说无效、自首无用、曝光无力，走投无路之下不惜以毒杀黄德基和李中标的方式来寻求心安。但是，即便是以如此极端、如此暴力的手段，王端午的个人自省与救赎最终并未能够成功。在小说中，王端午有种种愤怒：面对现实诸多罪恶，他无力改变；救赎无门又让他感觉到迷惘。事实上，王端午的愤怒、无力和迷惘，恰恰正是作家王

---

① 王十月：《收脚印的人》，花城出版社，2015，第158页。
② 恩斯特·卡西尔：《人论》，甘阳译，上海译文出版社，1986，第207页。

　　　　　　　　　　　　　　　　文学的轻与重

十月的愤怒、无力和迷惘。

三、罪与罚：未竟的救赎

与《愤怒》中的李百义最后在"爱"中得到救赎不同，王端午的救赎是未竟的——他并没有在自省与救赎中得到"复活"。这种未竟的救赎指向的实则是在整个中国大地上的复活之"难"。由此王十月借王端午未竟的救赎向我们发出这样的疑问：在我们的国度与时代，我们是否真的能够复活？复活的道路又在哪里？

复活之"难"与个体自省意识的缺乏、面对罪恶勇气的不足紧密相关。"人类本体性的良知所遵从的信念只有一个：人类的命运是密切相关的，我们必须对共同的命运负责。"[①]正是因为有着这样的意识，个体才会产生无所不在的罪感。这种罪感并不指向具体的某一事，而是指向我们的整个生命、整个存在。也因为这罪感的存在，人将在自省中不断完善自身，不断让自己为"共同的命运"负责。然而，能够意识到这一点的人却少之又少。如同小说中共同犯下罪恶的黄德基四人（当然，有罪的绝不仅仅是这四人），只有王端午在之后产生了深刻的自省。其余三人，或是沉默，或是无知，或是知罪而继续犯罪。而在现实的生活中，我们绝大多数人都属于"沉默""无知"之列。在小说中，王端午的罪感最集中地呈现在

① 刘再复、林岗：《罪与文学》，中信出版社，2011，第159页。

北川一事中。在此之外，我们还应当看到，他还是一位对"共同的命运"有深切感悟的人。如他所言："每一个改革开放的获利者，无论是像李中标这样获得了金钱，还是像黄德基这样获得了权力，或者说像我这样获得了名声的获利者，我们都是有罪的人。"[①]这种深切的感悟，呈现在他对中国改革开放数十年来的反思中，也呈现在他对环境问题、道德问题等当下具体事件的评判中。

王端午的个人自省已属不易，但是，王端午的这种自省在他生命的绝大部分时间里同样是处在"沉默"之中的。他身负罪感，但他没有面对自身罪恶的勇气。真正激发他勇气的是提前得知自己将要面对的"死亡"。所谓人之将死，其言也善。他是在生命的终点处才终于鼓起勇气，坦然地去面对自己的罪恶。假如王端午并不知自己将要死去，那么，小说中所呈现的救赎还会发生吗？因而，从这个角度而言，小说似乎又向我们呈现出这样的困境：只有人之将死，人才能有勇气去面对过往？这又何尝不是一种极其尖锐的讥讽。我们都是"沉默的大多数"，我们都难以面对自身之罪。一个个"无知"和"沉默"的人共同构建了一个不知罪、不敢面对罪的社会大环境。在这样的社会中，个人的"复活"也变得更为艰难。这是我们共同的困境。

在王端午的心中，将真相公之于众，接受法律的判决，是他们四人应当接受的惩罚。在小说的最后，马有贵因病而亡，李中标被毒杀，王端午被指控，而黄德基依然逍遥法外。法律

---

① 王十月：《收脚印的人》，花城出版社，2015，第131页。

文学的轻与重

的惩罚就能赎罪吗？死亡是最好的惩罚吗？这些都值得我们思考。小说家将自己的观察与思考以故事的形式呈现出来，他并不负责给出答案、指明道路。如王十月在《收脚印的人·跋》中所言："那种'为文学的文学'我做不来，却没有能力用文学去'改良社会'，更无意去启蒙谁，因我自身也是蒙昧的。我的写作，不过有话要说。"①王十月有话要说，王端午同样是有太多太多的话向这个世界诉说。在王端午的长篇独白中，我们看到了一个灵魂的挣扎，看到了他自我救赎的努力。然而——我们看不到王端午的出路。路在何方？我身上有罪吗？我能正视自己内心深处不为人知的罪吗？我为那些"共同的命运"尽责了吗？以一种新的角度和思维，反观自身，反观我们所处的大地，反观这大地之上的一切人与物——这是我们读完这部小说后应当有的思考。

"我愿做一个时代的记录员，记录我们这一群体所经历的不为人知的生活。"②王十月的长篇《收脚印的人》具有这样的价值。"暂住证""收容所"此刻对于大众而言，似乎显得陌生。然而，这却是中国近几十年来一代打工者心中永远的恐惧与伤痛。借着"收脚印"这一民间传说，他记录了这个时代，让我们得以了解那一代打工者真实的艰难境遇与那个时代的面貌的一种。从形式上看，在现实主义的创作底色上王十月在不断突破、创新，将充满地域色彩的民间传说与时代记录有效融合；从内容上看，他深入地书写了一个灵魂的挣扎与面临的困境。他的写作值得我们关注，更值得我们期待。

---

① 王十月：《收脚印的人·跋》，花城出版社，2015，第258页。
② 王十月：《收脚印的人》，花城出版社，2015，第96页。

轻与重、工与农、鬼与人[*]

——论王十月《米岛》

1846年，陀思妥耶夫斯基在给他哥哥的信中写道："对我来说，千篇一律就意味着死亡。"[①]这是一个世界级文学大师对自己的苛刻要求。事实上，对于一个作家，尤其是一个多产的作家来说，想要在作品中不自我重复是极为困难的。那些竭力开拓、突破自己的作家值得尊敬。在阅读王十月长篇小说《米岛》的时候，这种敬意从笔者的心头涌现了出来。

一直以来，王十月被贴上"打工文学"的标签。不可否认，王十月是当代打工文学的一员大将。从《国家订单》到《无碑》，王十月以其丰富的打工经历与朴实的文字，描绘当代打工者的生活与心灵。然而，读完《米岛》（作家出版社，2013），会惊奇地发现王十月的另外一面。《米岛》以一棵见证了米岛兴旺与衰亡的千年老树为叙述者，讲述了米岛几百年来的历史变迁，叙事轻盈，主旨深厚。王十月的视野不只是停留在都市打工者身上，而是四向扩散开来，投向了身后的家乡，投向了更多的不一样的群体；他的叙述不只停留在当下的生活，而且前后延伸，走进了历史，也走向了未来；他的思索

---

* 原载于《当代作家评论》2014年第5期。

① M. 巴赫金：《陀思妥耶夫斯基诗学问题》，白春仁、顾亚玲译，生活·读书·新知三联书店，1988，第85页。

与文字逐渐形成一种大气象，胸怀家国，心系众生。凡此种种，都是《米岛》令人惊喜的地方。

一、轻与重

卡尔维诺认为"每个青年作家都有一个明确的迫切感，就是要表现他的时代"[1]。《米岛》便是这样一部带有"野心"的作品。文学表现的方式多种多样，以笔调的轻盈承载繁复、厚重的现实是《米岛》在如何更好地表现这个时代这个问题上做出的答案，是呈现方式上的选择。现实的生活是紧张的、沉重的、残酷的，用卡尔维诺的话说，"整个世界都快变成石头了：一种缓慢的石化。"[2]面对现实之重，卡尔维诺推崇文学作品中应当有"轻"，不是轻佻、轻弱、轻薄、轻狂、轻飘与轻浮，而是轻盈、轻逸、轻巧、轻快……卡尔维诺主张以轻呈重，以轻越重。在《新千年文学备忘录》中，卡尔维诺列出他认为文学作品最重要的五个特质：轻、快、精确、形象、繁复，其中"轻"居其首。"我将在第一个演讲里谈论轻与重的对立，并将维护轻的价值。"[3]这种"轻"是一种观察与表现世界的视角和方式，涉及小说的叙事人、叙事方式及叙事口吻

---

[1] 伊塔洛·卡尔维诺：《新千年文学备忘录》，黄灿然译，译林出版社，2009，第2页。

[2] 伊塔洛·卡尔维诺：《新千年文学备忘录》，黄灿然译，译林出版社，2009，第2页。

[3] 伊塔洛·卡尔维诺：《新千年文学备忘录》，黄灿然译，译林出版社，2009，第1页。

等问题。

叙事口吻，或者说，叙事腔调的选择对于一部小说作品来说显得尤为重要。浦安迪在《中国叙事学》中强调叙述人的口吻的重要性，认为"叙述人的口吻有时比事件本身还重要……叙述人的问题是一个核心的问题，而'叙述人口吻'问题则是核心的核心"[①]。王十月在接受采访时坦言《米岛》写作的艰辛，尤其是强调"找到叙事的腔调很重要"[②]。几易其稿，最终《米岛》在叙事语调上呈现出带着感伤的轻盈。这种轻盈，是法国诗人瓦莱里所说的"应该像鸟儿那样轻，而不是像羽毛"，它并不意味着小说叙事在情感上苍白，或者是力度上的轻飘。这种轻盈是一棵历经千年沧桑的老树回顾自己的一生（实际上是米岛这片土地的兴衰史）时的安详，这种"轻"是可触的、可感的、有分量的。千年觉悟树经历过大灾大难，也见证过欣欣向荣；它旁观活着的人与事，也与死去的鬼魂相谈。米岛的一切都像是它的孩子一般。它不紧不慢地从头开始讲起，其间的故事，幸福的、喜人的、残酷的、悲痛的、绝望的……到生命最后都化为一种平静与淡然。

这种轻盈的叙事与许多立志"立史"的长篇小说不大相同，王十月摒弃了《白鹿原》式的历史宏大叙事，而选择了回忆式的故事讲述。"孩子，听我给你讲这米岛的故事。"从小说的第一句话开始，这种轻盈的叙述语调与节奏便贯穿小说始终。每一章节的开头、结尾，抑或是行文之中，觉悟树缓慢而

---

① 浦安迪：《中国叙事学》，北京大学出版社，1996，第14—16页。
② 王十月：《要我写小情小调，根本不可能》，《羊城晚报》，2013年9月23日，第B2版。

　　　　　　　　　　　　　　　　　　　文学的轻与重

诗意的叙事节奏时常出现。"雪依旧在下，米岛银装素裹，我相信，一个洁净的世界，终将重新诞生。"[①]"孩子，多年以后，当我在这朔雪纷飞之夜讲述米岛的往事时，我还能清晰地回忆起那个夜晚。"[②]这种诗化的口述，为《米岛》的轻盈做出了巨大贡献。当然，笔调的轻盈在小说中不单单只是千年觉悟树的叙事，王十月在叙述米、白、花三大家族之间的纠葛之时，在叙述传统乡村如何一步步迈向现代化、城镇化时，其笔调仍然是轻盈的。这主要体现在小说的叙事节奏上。从整体上看，《米岛》的叙事节奏是从容不迫的。"文革"时的批斗是血腥的、残酷的，但是王十月笔下的"文革"批斗没有大肆渲染其中的暴力与残酷，而是在暴力与残酷之中寻找温情。在批斗江一郎时，更多的笔墨落在了批斗台下的米爱红和爱红娘的心理感受上。"米爱红的心，就像被一只巨大的爪子攥在掌心里，台上每传来一声口号，米爱红的心就被揪得更紧，她快要喘不过气来了，她不敢看，却又担心着，不敢走。那一瞬间，米爱红发现，她的生命，和台上的这个男人的生命，已然发生了千丝万缕的联系。"[③]在描写楚州十大杰出企业家颁奖典礼时，王十月着重描写马挖苦的诡异幻觉："马挖苦一步入会场，眼睛就开始泛起一片蘑菇状的红云。他以为是被眼前的红色地毯和红色花朵炫花了眼。马挖苦觉得那红毯好长，怎么也走不到尽头。红毯两边皆是废墟，而废墟上，隐约出现了几个

---

① 王十月：《米岛》，作家出版社，2013，第256页。
② 王十月：《米岛》，作家出版社，2013，第284页。
③ 王十月：《米岛》，作家出版社，2013，第58页。

人。"①从容的叙事，诗化的语言，王十月舍弃了传统现实主义的沉重语调，并有意识地以一种内敛、平和的语调与小说中的人物、事件保持着一定的距离。在小说中，王十月的笔触是节制的，许多故事隐藏在简单的几句话背后。"点到为止"同时是一种"轻"。此外，王十月采取的回忆录式的叙事手法，小说的叙事空间追随着觉悟树的回忆而自由变动，也给了小说整体叙事语调更多的自由，让作品得以保持这种轻盈。

可以认为，《米岛》叙事上的轻盈是轻中含重，是举重若轻。这种轻盈的叙事语调背后呈现的是复杂而深刻的社会问题。"我写了米岛从生到死，向死而生的过程。也写了米岛人的生前死后和前世今生。我写下了许多人的命运，写下了人类命运的不可预知。"②《米岛》呈现的是一个村庄百年发展史，是中国近百年政治、经济、文化发展变迁的缩影，是传统乡村形态走向工业化、现代化所遭遇的变动与磨难，是个人在农业社会走向工业社会中独特而又相似的个体经历与命运，是人与生态自然到底如何相处的哲学追问。沉重的主题、厚重的思想内涵与其在叙事上的轻盈，二者之间形成了一种巨大的张力。这不禁令人想起赫拉巴尔的中篇小说《过于喧嚣的孤独》，同样是用轻盈的笔调表达深刻的思想内涵，构成一种张力，大大地拓展了小说的容量，给人留下了深刻的印象。余华的长篇小说新作《第七天》，也试图采用"举重若轻"之法，以"我"死了之后七天的种种遭遇来呈现这个社会的残酷、荒

---

① 王十月：《米岛》，作家出版社，2013，第419页。
② 王十月：《米岛》，作家出版社，2013，第426页。

诞的现实。"以轻载重"成为许多作品热衷的呈现方式，《米岛》亦是如此。正如黄世权先生所言，"这种用轻盈的笔调抒写沉重的社会问题、哲学思考的奇特笔法，体现了当代小说普遍的美学趣味"[1]。

二、工与农

一个多世纪以来，中国由传统的农业社会向着工业化、现代化社会转变的进程仍在继续，尤其是近三十年，这一转变速度急剧加快。传统乡村正在面临着工业化的进入，这一进程不可避免地对土地、乡村、农民产生了影响。这些当下时代的重大事件自然成了当代小说的"发生基础"与"叙事对象"。"包孕在中国社会转型总体趋势中的是乡村社会自身的现代转型，这既是当下乡土小说赖以发生的社会现实基础，同样也是乡土小说创作的叙事对象。"[2]在《米岛》中，这种转型尤其是工与农之间的关系同样是小说的重点叙事对象。王十月以"打工作家""打工文学"进入读者与批评家的视野，《出租屋里的磨刀声》《开冲床的人》《国家订单》《无碑》等都是他奉献的杰作。这些作品记录当下打工者群体的遭遇与心灵轨迹，为当代文学展现出了独特的打工生活图景。然而，近些年来，王十月的目光不再单单指向在都市中的打工者，他开始回

---

① 黄世权：《过于轻盈的沉重——评赫拉巴尔的中篇杰作〈过于喧嚣的孤独〉》，《名作欣赏》2013第15期。

② 丁帆等：《中国乡土小说的世纪转型研究》，人民文学出版社，2012，第3页。

望故乡。自中篇小说《寻根团》开始，王十月开始以文学的方式回望家乡那片土地，审视自己的故乡，记录现实乡土农村的人与事。[①]于是便有了《米岛》这一全景式描绘中国农村现代变迁的长篇大作。

正如同《米岛》中的那句招工标语说的那样："东南西北中，发财在广东。"20世纪90年代以来，大批的青年男女走出了乡村，涌向了城市。一方面，工业化、商业化、现代化、城市化进程使得大批农民群体离开熟悉的土地走向了陌生的城市，成为"都市异乡人"；另一方面，乡镇企业逐渐增多且与农业经济并存，大批中小企业，如五金厂、造纸厂、化工厂等进入到村镇当中，带动地方经济发展，提高了人民的收入水平，但也对乡村进行了破坏。单纯的农业文明不再，取而代之的是工与农的并存局面。面对急剧变化的当下中国复杂社会情况，作家如何把握、整合社会转型时期新的"乡土经验"成为必然要面对的问题。书写工业文明对农业文明冲击的作品并不少见，其难度在于作者在书写时的态度。一味地批判工业文明，怀恋传统的乡村农业文明，抑或是肆意地批判乡村农业文明的落后与愚昧，认为唯有工业文明才是可取之道，显然都是有所偏颇的。事实上，工业化与现代化的进程不可逆转。问题的关键在于如何看待、评判在工与农的对撞中出现的复杂情况，其中牵扯到经济、政治、伦理、环境等各个方面的问题。

---

① 早在2005年左右，王十月写了一系列《烟村故事》，与乡村相关。但这一系列作品，其基调是唯美的，是虚构的"心灵故乡"。因此，真正以一种现实的眼光回望乡村，真实书写乡村的变迁，应当是《寻根团》为始。王十月：《米岛·后记》，作家出版社，2013，第424页。

在《米岛》中，王十月着重叙述了近六十年来的历史变迁，包括土地革命、三年经济困难时期、"文化大革命"、家庭联产承包责任制、20世纪90年代开始的经济大发展、招商引资成风与乡镇企业的产生发展等等重大事件。值得注意的是，在小说中王十月并没有一味地支持工业化，也没有一味地批判工业化，他以一种较为客观的观察，努力书写出其中的复杂与悖论。如王十月所言，"在走向工业化的过程中，我们可能会反思工业化有这样那样的问题，但它是不可逆、不可阻挡的潮流，一直怀念过去没用。甚至写到环境污染时，我也不是一味批判。现在很多高污染的行业为什么存在？因为有存在的必要。"①

《米岛》中马挖苦作为当年米岛同年同月同日同时辰出生的五个孩子之一，其一生颇具传奇色彩。他自小不会说话，孤身一人，却能跟鸭子心灵相通，把鸭子看作朋友；他目光长远，心智聪慧，摸索出烧窑的技巧，成为掌窑师傅，并开始其发家致富之路，一路成为楚州十大杰出企业家。事实上，从养鸭少年到杰出企业家，马挖苦的致富之路可以视作一种隐喻：它是米岛由农业化走向工业化进程之路，同时亦是米岛走向毁灭之路。追求商业利益是商人的本质特征，作为商人马挖苦具有长远的目光，其圈地、建化工厂等行为显露出其商业上的天分。虽然化工厂给米岛带来了毁灭性的灾难，然而，即便马挖苦不建化工厂，仍然会有其他的人来建厂。问题并非是马挖苦

① 王十月：《要我写小情小调，根本不可能》，《羊城晚报》，2013年9月23日，第B2版。

一人造成的，正如马挖苦对白鸿声所说的一样："我承认，化工厂对环境有一定污染，但那些水都排到了江里，我们住在上游，要污染也是污染下游，跟我们米岛又有什么关系？现在大河的水质是变坏了，但这是我一家化工厂造成的吗？这些污水都是上游排下来的。你要告，先去告上游的那些工厂，把所有的过失都归咎到我身上，你觉得公道吗？"①马挖苦的反问值得深思。经济发展与生存环境之间的复杂关系显示出当下中国社会发展的种种问题。随着时间的流逝，世外桃源般的米岛最终成为许多人的童年记忆。那些畸形的儿童、患癌症的人、白鸿声以及那些生活在米岛上的人显然是时代进程中的受难者，尽管他们之中有人努力发声、阻拦，却依然难以阻挡悲剧的降临。如何破解这一生存困境，如何在经济与家园之间寻找出路，是我们面临的重大问题。

与化工产业园的兴起相对应的是逐渐被掏空的村庄。林爱红家的日用杂货店与花子发家的化肥种子店相继关门，在村口打麻将的人也逐渐消失，土地大面积丢荒。村庄失去了生气，传统的农业社会逐渐被瓦解、中和。当然，在中国社会转型期间，工业化与农业、工业文明与农业文明、工农背景下的村庄与土地以及生活在这土地上的人的遭遇只是《米岛》中描绘的主题之一。但是，不可否认的是，对于这种社会变化的书写具有着不同一般的价值意义。一方面，它显示出王十月作为一个"现实主义者"②书写社会现实的使命感，显示出直面家国时

---

①　王十月：《米岛》，作家出版社，2013，第406页。

②　谢有顺：《现实主义者王十月》，《当代文坛》2009年第3期。

文学的轻与重

代病症的勇气与情怀；另一方面，这种书写是一种深刻的反思和警醒，是对家国社会的尖锐提问，具有强烈的现实意义。

三、鬼与人

文学具有地域性。19世纪的文学史家丹纳在《〈英国文学史〉序言》中提出"种族""环境""时代"是影响文艺形成的三大要素，其中"环境"便与地域性息息相关。这其中，地域风俗及文化又是丹纳在《艺术哲学》中反复提及的："要了解一件艺术品，一个艺术家，一群艺术家，必须正确地设想他们所属的时代的精神和风俗概况。"①严家炎先生在《〈20世纪中国文学与区域文化丛书〉总序》中也提出："地域对文学的影响是一种综合性的影响，决不仅止于地形、气候等自然条件，更包括历史形成的人文环境的种种因素，例如该地区特定的历史沿革、民族关系、人口迁徙、教育状况、风俗民情、语言乡音等；而且越到后来，人文因素所起的作用也越大。"②基于此，从地域性，尤其是从地域文化上对《米岛》中人鬼并存、人兽相通等神秘气息进行分析，同样是进入《米岛》的一条路径。

王十月是湖北荆州石首人。荆州，古称"江陵"，是春秋战国时楚国都城所在地，同时也是楚文化的发祥地。"神秘与

---

① 丹纳：《艺术哲学》，傅雷译，安徽文艺出版社，1998，第46页。
② 严家炎：《〈20世纪中国文学与区域文化丛书〉总序》，《理论与创作》1995年第1期。

浪漫是荆楚文化的鲜明特征。荆楚地区有着地形复杂、气候多变、山川怪异的自然景观与地理面貌，生活其间的人们易于产生奇幻的感觉、莫名的恐惧、神秘的猜测、奇异的遐想，人与自然界发生着微妙的关联……楚文化呈现出诡异神奇的文化特征。"[1]张正明先生在《楚文化史》中也论及楚文化中的崇巫风俗与神秘气息："楚国社会是直接从原始社会中出生的，楚人的精神生活仍然散发着浓烈的神秘气息。对于自己生活在其中的世界，他们感到又熟悉又陌生，又亲近又疏远。天与地之间，神鬼与人之间，山川与人之间，乃至禽兽与人之间，都有某种奇特的联系，似乎不难洞悉，而又不可思议。"[2]荆楚文化源远流长，其精神、气韵至今仍在影响着在荆楚这片土地上生活的人们。王十月生于荆楚，长于荆楚，荆楚文化中独有的神秘气息在《米岛》中反复出现。

在小说中，最具有神秘气息的是米岛人鬼共存、人兽相通的故事。在米岛这片土地上，"随着米岛人口越来越多，横死之人也越来越多，那些心有不甘的阴魂，在米南村的教唆下，不肯入天堂，亦不肯下地狱，他们盘踞在我的枝柯上，以我那高大的冠盖为家，成为生活在阴阳之间的鬼魂。"[3]这些鬼魂曾经以人的身份在米岛生活，死后又以鬼魂的形态滞留在米岛。他们是鬼魂形态的"人"，纵使化为了鬼魂，心中保留的却依然是人的特性：会愤怒，会争吵，会畏惧，会惭

---

① 萧放：《论荆楚文化的地域特性》，《湖北民族学院学报（哲学社会科学版）》2001年第2期。

② 张正明：《楚文化史》，上海人民出版社，1987，第112页。

③ 王十月：《米岛》，作家出版社，2013，第6页。

愧，会欣喜……在小说中，这些鬼魂通常扮演的是"看客"与"论者"，即以旁观者的角度看待米岛上的人与事的变动，并对各类大小事件进行评议。例如在众鬼魂目睹林爱红与吴青山的恋情之事时，众鬼魂高谈阔论，其中不乏"惊人之语"，引发出更多的思索。如米南村所说："这么多年看下来，你们几时见过男人的誓言是可信的？倒是那些个女子，一声不响，再苦再难都默默担着，做出来的事，让我们这些站着撒尿的大老爷们惭愧得紧啊。"[①]鬼魂的言论在《米岛》中屡见不鲜，这些话语实际上可以与活人的话语互为观照。"人话可以鬼说，鬼话可以淋漓尽致。"[②]在鬼魂言论中，我们可以看到作为鬼魂其精神反思、救赎与升华。同时，我们也可以把鬼魂言论看作是一种比较，或是对于某一事件的批评，或是说出作者想说又不好说的话，或者是与活着的人的思想相互观照。巴赫金认为："长篇小说的发展，就在于对话性的深化，它的扩大和精细。"[③]事实上，"人鬼共存"为《米岛》其自身的对话性的深化做出了重要贡献，它进一步拓展了小说的主题深度与容量。

与鬼魂形态的"人"相对应的是小说中人的"鬼气"，他们身上似乎具有通灵的异能。花敬钟、白婆婆、马挖苦、叫花婆婆等皆属此类。花敬钟原本是想以装疯来躲避批斗，爬上觉悟树上成为在树上生活的人。渐渐地，他"开了天目"，能看到鬼魂，听到鬼魂的声音，能与鬼魂们自由对话，能"辟

① 王十月：《米岛》，作家出版社，2013，第81页。
② 肖向明：《"幻魅"的现代想象——鬼文化与中国现代作家研究》，光明日报出版社，2007，第9页。
③ M.巴赫金：《小说理论》，白春仁、晓河译，河北教育出版社，1998，第81页。

谷"，成为米岛唯一活在阴阳两界的人。花敬钟是身带鬼气的人，他的"上树"与"下树"成为时代（世道）变迁的隐喻。白婆婆身上的鬼气则令人更多地感到森然、恐怖。她生活在阴暗的老屋之中，时而莫名消失，时而突然现身，都令人感觉到惧怕，她仿佛是"活着的鬼"。马挖苦同样是能够看到觉悟树上的鬼魂之人，能听到鬼魂的窃窃私语，他的出现让米南村等鬼魂感觉震惊与畏惧。但是，马挖苦身上的鬼气更多地表现为人兽相通。马挖苦七岁时仍不会说话，马脚和李桂枝原本以为他是天生聋哑，到后来却发现，他们的儿子不仅不聋，反而超出常人地灵敏。他能听到地下老鼠的细微动静，并借此本领让马脚一家轻松度过艰难的饥荒生涯；他帮马脚抓阄抓到的老牛肚藏牛黄，让马脚发了一笔横财；他养着数百只鸭子却轻松自在，能与头鸭心灵相通；他能认出投胎转世为小鸭子的母亲李桂枝，同吃同住，如李桂枝不曾死去一般。凡此种种，马挖苦"鬼气浓郁近乎神"。

此外，王十月在小说中还描述了众多的米岛风俗，同样表现了荆楚文化的影响。如白鸿声幼时大病不愈，白奇谋请道士抓鬼，虽然是假道士装神弄鬼，但其描写却也精彩地表现了荆楚崇巫信鬼的特征。到最后，一位衣衫褴褛的叫花婆婆流浪到米岛，跟白奇谋讨吃讨喝，并展露高明医术，治好了白鸿声的病。这同样是饱含神秘色彩的故事。

《米岛》中弥漫着浓郁的荆楚文化气息，人鬼共存，人兽相通等具有神秘气息的故事与米岛时代发展变迁的现实相辅相成，人鬼相互对话，相互观照，进一步加深了小说的深度，也拓展了小说的容量。值得注意的是，王十月笔下的神秘米岛具

　　　　　　　　　　　　　　文学的轻与重

有鬼魅、魔幻色彩，但这并非是简单地模仿拉美魔幻现实主义，而是立足本土资源进行独特的有效融合。如何更好地借鉴、融合中国传统文化资源？如何书写中国的具有本土特色的故事？王十月的《米岛》于此具有一定的借鉴意义。

四、结语

与王十月的上一部长篇小说《无碑》相比，《米岛》的叙事呈现出零散化的特征。《无碑》以打工者老乌的生活变迁为主线，以时间发展为脉络，故事紧紧贴着主人公。而在《米岛》中，叙事的主线是老觉悟树的回忆。虽然也是遵循着时间脉络，但这种回忆却并没有一条主要的线索。正如王十月在《后记》中所说："《米岛》写下了许多人。若问我谁是这部书的主角，我的答案只有两个字——米岛。"[①]在《米岛》中，花子范、江一郎、林爱红、马脚、花一朵、花五朵、马挖苦、林立心、白鸿声等等人物的故事，都仅仅是叙事脉络的其中之一。

"此有故彼有，此生故彼生，此无故彼无，此灭故彼灭"，王十月将《杂阿含经》中的这句话引用在小说的开始。人的世界与鬼的世界，人与鬼的并存、置换与轮回具有值得深思的哲学意味。在小说的最后，米岛被连绵的酸雨毁灭，觉悟树要死去了，众鬼魂也纷纷投胎去了。在一片荒芜的米岛，生

---

① 王十月：《米岛·后记》，作家出版社，2013，第426页。

命尽失。然而，在这恐怖的毁灭中，一只七彩山鸡衔来了一粒新的觉悟树种子。"我就要死了……而你，我的孩子，你将生根，发芽，并汲取我的养分，和我一样，长成一棵参天大树。到时，你将看到一个全新的世界，一个与众不同的米岛，这是我最后的愿望。"①一切都仿佛是回到了千年之前，米岛开始了一个新的轮回。在这里，王十月描绘出一个美好的米岛未来，显示出其作为"理想主义者"的一面。正如谢有顺先生所说，"他是现实主义者，但他身上间或焕发出来的理想主义精神，常常令我心生敬意"②。

总而言之，与全面描绘打工生活的《无碑》一样，《米岛》全面描绘了时代变迁中的乡村图景。马克斯·韦伯认为"所谓软弱，就是：不能正视时代命运的狰狞面目"③。显然，王十月不属此列。他用"轻盈"的叙述口吻，以轻载重，书写了米岛这片土地的兴旺与衰亡，正视时代命运的狰狞面目。小说整体萦绕着淡淡的忧伤，这是王十月对于这片土地的深沉的爱。王十月用四十三万字的篇幅，回望并审视故乡的时代变迁。对于王十月而言，《米岛》在其心中的分量不轻。而对于中国当代文学而言，《米岛》同样不容忽视。

---

① 王十月：《米岛》，作家出版社，2013，第423页。
② 谢有顺：《现实主义者王十月》，《当代文坛》2009年第3期。
③ 马克斯·韦伯：《伦理之业：马克斯·韦伯的两篇哲学演讲》，王蓉芬译，广西师范大学出版社，2008，第26页。

文学的轻与重

雾霾遮蔽下的罪感与焦虑[*]

——论徐则臣《王城如海》

从乔叶《认罪书》提出"要认罪，先知罪""面对历史，人人有罪"，到王十月《收脚印的人》认为"我们都是有罪的人"；从阿乙《下面，我该做些什么》中孤独而虚无的无动机杀人者，到徐则臣《耶路撒冷》中返乡赎罪的初平阳、秦福小、杨杰、易长安，我们看到，70后小说家们对于罪、罪感与救赎有着极大的兴趣，对罪的书写也逐渐地在深入——他们用自己的文字在剖析着一个个带着强烈罪感的灵魂，书写灵魂的挣扎、醒悟与复活。善与恶、罪与罚，这些被反复书写的文学母题，近些年来再一次发出闪亮的光芒。《收获》2016年第4期刊发了徐则臣的长篇小说新作《王城如海》。与上一部四十余万言的长篇小说《耶路撒冷》相比，这部十万余字的新作在"体形"上更为精小，但字里行间弥漫着的罪感、焦虑与孤独同样令人印象深刻。

"惟有王城最堪隐，万人如海一身藏"，小说的标题来源于苏东坡《病中闻子由得告不赴商州》（之一）一诗。小说讲述的是一个先锋派戏剧导演余松坡从国外回到北京之后的生活状态。他用超现实（或者说魔幻现实主义）的手法创作了一部

---

* 原载于《西部》2019年第4期。

名为《城市启示录》的戏剧，而后引发了众多的争议，令其疲惫不堪；他在天桥上偶遇已然精神失常的堂哥余佳山，让他不得不再次面对藏在内心最深处的愧疚与罪恶；北京的雾霾"醇厚无比"，而他的儿子余果因对雾霾过敏而饱受痛苦……在北京，在无处不在的雾霾笼罩下，《王城如海》书写了一个个体的故事，但其指向的却是我们生活在城市的每一个人。

一、文本互文：《城市启示录》与《王城如海》的隐喻与复调

读《王城如海》，容易令人想起乔伊斯的《尤利西斯》——它讲述的是都柏林人一天零十八个小时的生活，书写的却是以色列和爱尔兰两个民族的史诗。借用意识流的手法，《尤利西斯》生成了广阔而深刻的内在小说空间。在《王城如海》中，徐则臣也将故事的发生时间控制在短短几天之内。要在短暂的几天里呈现余松坡跨度长达数十年的人生，这无疑增加了小说的创作难度。作者必然要面对这样的问题：在如此短暂的时间里，如何将余松坡的过去、现在及其思考自然有机地融为一体？如何在余松坡的日常生活书写中保证小说连贯的故事性（可读性），同时，将日常经验转化为一种形而上的思索，塑造小说独特的美学特征，形成广阔而深刻的小说内在空间？

在《耶路撒冷》中，小说的每一章节都是以小说中的人物来命名，并且，小说文本与主人公初平阳的专栏文章相互呼应，形成互文性文本。在《王城如海》中，这种互文性结构再

次出现，且更为典型。徐则臣是一个尤为看重小说结构的小说家："小说的结构说到底是处理时间的问题，解决不了这个问题就没法写。评论家和读者会从社会、历史、人性等层面来解说小说，但对作家来说，结构才是根本，其他的都好解决。"①余松坡创作的戏剧《城市启示录》既是小说情节发展的一个重要线索，又是与小说文本相互呼应、充满隐喻色彩的互文性文本。《城市启示录》中，研究城市文化的华裔教授带着洋媳妇、儿子以及儿子养的一只猴子，从伦敦回到北京，打算在国内做一个世界城市的比较研究。在戏中，猴子汤姆的形象令人惊奇。它是一只充满魔幻色彩的、超现实的、艺术的猴子——它对所有的气味都十分敏感，能闻到"拥挤、颓废、浓郁的荷尔蒙，旺盛的力比多，繁茂的烟火气，野心勃勃、钩心斗角、倾轧、浑浊、脏乱差的味儿"②。在一次约见初恋情人的过程中，猴子汤姆将教授带向了蚁族们的出租屋。教授目睹了年轻蚁族群体卑微、拥挤的生活状态，他由迷惘不解，继而愤怒：

　　"这样的生活有什么意义？"教授茫然地说，然后转向刚赶上来的房东，他的初恋情人，说，"他们待在这个地方干什么？"没等初恋情人回答，他又愤怒地质问一个正在楼道里烧菜的姑娘，"你们为什么待在这地方？"③

① 徐则臣：《写小说是一门科学》，http://lit.cssn.cn/wx/wx_skdh/201608/t20160811_3158532_1.shtml。
② 徐则臣：《王城如海》，《收获》2016年第4期，第133—134页。
③ 徐则臣：《王城如海》，《收获》2016年第4期，第136页。

面对教授的质疑，烧菜的姑娘双手掩面，大声痛哭。教授以一种鄙夷、愤怒的轻蔑口吻，说："你们啊——"教授的话没有说完，而正是这一句没有说完的话引起了青年们的愤怒。在余松坡的讲座中，冯柿代表青年群体发出这样的声音："我们没有失败，我们只是尚未成功！"①

《城市启示录》中华裔教授的故事与《王城如海》中余松坡的故事形成了小说文本的第一重互文。华裔教授在国外待了数十年，作为一个城市文化研究专家，当他回到北京时，却对北京这座城市以及生活在此的人们的生活状态感到迷茫与不解；余松坡作为先锋戏剧导演，在国外待了二十余年，享有盛名，而当他回到北京时，同样产生了强烈的不适感。徐则臣笔下的余松坡与余松坡笔下的华裔教授——两个不同文本的主人公——面对北京这座城市，不约而同地产生了种种不适。两人的疑惑、焦虑和愤怒，相互关联，相互呼应，两个主人公的声音从而从单声部变成了一种复调——在我看来，这些不解与焦虑正是作者徐则臣所想要表达的对于当下城市病症与青年问题的思考。在余松坡的日常中，徐则臣借教授的故事，在小说文本中生成了"文本中的文本"。这有效地拓展了《王城如海》的广度与深度，大大扩大了小说的内部空间。

《王城如海》小说文本的每一章节前都有一段《城市启示录》戏剧文本，戏剧文本与小说文本形成了第二重互文。小说中摘录的《城市启示录》的片段充满隐喻色彩。在第一章的开头，三位合租客的对话就非常值得深思：

---

① 徐则臣：《王城如海》，《收获》2016年第4期，第150页。

合租客甲　从前有个人，来到一片茂密的森林，想栽出一棵参天大树。

合租客乙　结果呢？

合租客甲　死了。

合租客丙　该。

合租客甲　他又栽，死了。他还栽，继续死。他继续栽，还死。再栽，再死。

合租客乙　上帝就没感动一下？

合租客丙　你看，想到上帝了。为什么一定得想到上帝呢？

合租客甲　上帝没感动，上帝看烦了。他说你为什么不试试种点草呢？

合租客乙　跑森林里种草？头脑被上帝踢了？

合租客丙　他种了没？

合租客甲　他弯下腰，贴着地面种出了草原。

　　　　　　　　　　　　　　　——《城市启示录》①

　　在我看来，"茂密的森林"是我们的城市，"栽出参天大树"是追求理想与成功。城市里的年轻人千千万万，想要获得成功何其难也。因此，栽下的树反复死亡暗示着青年人的反复失败。一次又一次的努力，换来的是一次又一次的失败，这是当下许许多多青年人在现实生活中追求梦想的真实写照。成功无法一蹴而就，得一步步慢慢往前追寻。"他"怀着"栽出参天大树"的远大理想，锲而不舍地努力，然而却始终没有收

①　徐则臣：《王城如海》，《收获》2016年第4期，第118—119页。

获。最后他"弯下腰"——这是一种巨大的转变。当他脚踏实地，紧贴地面，终于收获了"一片草原"。虽然没有"参天大树"，但"一片草原"何尝不是另一种成功？三位合租客的对话，显示出当下城市年轻人的三种态度。这三位合租客和种出"草原"的"他"的故事，映射的正是《王城如海》中罗龙河、韩山、鹿茜、冯壬以及生活在出租房的每一个年轻蚁族的生活。除此之外，《城市启示录》中对开奔驰的黑车司机、擦车工、教授太太、猴子汤姆、小偷、票贩子、嫖客、地铁乘客、文艺青年的书写文本，都具有这样的隐喻性。比如，因老房子拆迁获得九套房的黑车司机，生活无忧，根本不差钱，买奔驰开黑车只是图个乐子；而同样丧失家园土地的农村人连做农民的机会都没有了，穷得只能在城市的十字路口擦车。城市人与农村人同样丧失土地，却出现"图个乐子"与"无处归乡"两种截然不同的生活状态。这正是对当下城市与乡村现状的一种隐喻。甚至可以说，每一个在戏剧中发声的人，其声音都与小说文本中的人物声音以及作者的声音相互应和，形成一个众声喧哗的多声部场域——而这，同样使得小说由简单变得复杂、厚重、开阔和深邃。

二、焦虑：一种时代病

在《王城如海》中有大量对雾霾的书写。雾霾无所不在，它是对北京令人担忧的生活环境的一种描述，与此同时，它也带着浓郁隐喻色彩。换言之，无所不在的雾霾既是城市环境的

文学的轻与重

一种底色，也是现代人心灵状态的一种底色。

　　小说从一开始，雾霾就作为一种阴暗、压抑、苍凉的大背景出现在读者面前。"能见度能超过五十米吗？他才跳几下我就看不见了。他对着窗外嗅了嗅，打了一串喷嚏，除了清新的氧气味儿找不出，各种稀奇古怪的味道都有。"① "雾霾像灰色的羊毛在北京上空摊了厚厚的一层。"②成年人对雾霾由恐慌、无奈、忍受，最后变成一种"伪乐观"的调侃。当四个记者兴致勃勃地比较北京、上海、南京、广州四座城市雾霾的异同，认为北京的雾霾味道醇厚，堪比老汤，而南京的雾霾是玫红色的时尚新款时，话语背后传达出来的实则是一股无言的悲凉。广阔无边的雾霾不仅给人带来感官上的阴暗和压抑，它还对人的身体健康造成极大的伤害。在小说中，徐则臣塑造了一个饱受雾霾伤害的儿童形象。余松坡五岁的儿子余果，对雾霾严重过敏。他的身体就像一个精准无比的雾霾报警器，只要一吸入雾霾，便咳嗽不止。余果这一人物原型是徐则臣的儿子。"写《王城如海》的四个多月里，儿子前后咳嗽了三个多月。听见他空空空的咳嗽声，我同样有种使不上劲儿的无力感和绝望感。"③在小说中，余果的咳嗽也令余松坡、祁好和罗冬雨大为担忧。余果是承受雾霾伤害的典型人物，但显然，余果并不是唯一的那一个。在雾霾的笼罩下，每一个在城市生活的孩子、大人都受到了或大或小的伤害。可以说，余果的每一声咳嗽，都是对雾霾天气的一次指控与批判，同时也是对中国当下

---

①　徐则臣：《王城如海》，《收获》2016年第4期，第120页。

②　徐则臣：《王城如海》，《收获》2016年第4期，第124页。

③　徐则臣：《王城如海·后记》，http://chuansong.me/n/464711342608。

的城市化发展的一次反思与诘问——雾霾天气正是中国城市化进程中的病症之一。

雾霾还是现代人心灵状态的一种底色。"刚上车，他就觉得悲伤像雾霾一样弥漫了身心。"[1]《王城如海》中，焦虑、压抑、恐惧、躁动、不安、悲伤等词语反复出现——焦虑一词甚至出现了十多次。在小说中，仿佛无人不焦虑。中年人焦虑，年轻人也焦虑；有钱人焦虑，没钱的也焦虑；衣食无忧的余松坡焦虑，前路迷茫的罗龙河焦虑，日晒雨淋的韩山焦虑，急于成名主动要求被"潜规则"的鹿茜焦虑……每个人的生活条件都不尽相同，但是，每个生活在北京这个巨大的城市里的人，时时刻刻都背负着这些挥之不去的负面情绪。也就是说，每一个人的心灵都蒙上了厚厚的一层雾霾。

焦虑已然成为我们的一种时代病。美国心理学家罗洛·梅将焦虑定义为是因为某种价值受到威胁时所引发的不安，而这个价值则被个人视为是他存在的根本。"威胁可能是针对肉体的生命（死亡的威胁）或心理的存在（失去自由、无意义感）而来，也可能是针对个人认定的其他存在价值（爱国主义、对他人的爱，以及'成功'等）而来。"[2]在小说中，余松坡始终处于焦虑之中。他为自己的戏剧事业焦虑，为自己的家庭焦虑，为心中深埋的罪感焦虑。用小说中的原话说，"余松坡大概就是传闻中的那种焦虑型人格，只要不是正儿八经想笑，眉头基本上都拧在一起，睡觉的时候都是"。[3]焦虑使得他疲

① 徐则臣：《王城如海》，《收获》2016年第4期，第129页。
② 罗洛·梅：《焦虑的意义》，朱如欣译，广西师范大学出版社，2010，第172页。
③ 徐则臣：《王城如海》，《收获》2016年第4期，第164页。

文学的轻与重

惫不堪，惶恐不安。在小说的开始，保姆罗冬雨帮他贴创可贴时，他突然而迫切地渴望一个温暖的拥抱——此刻的余松坡放下所有的伪装面具，如同一个脆弱而疲倦的孩子。"跟欲望无关，是脆弱，好女人总能让男人感觉自己像个孩子。"[①]然而，在绝大多数的时间里，余松坡都背负着沉重的、款式各异的面具，其心灵始终不能回归到轻松、平和的状态。余松坡家中收藏着大大小小两百三十六个面具——面具何尝不是一种对现代人生活状态的隐喻。小说中，余佳山在余松坡家中见到这些奇崛怪异的面具，凄厉地喊："鬼！"在此刻，精神失常的余佳山仿佛才是真正的清醒者，用穿透一切表象的神眼，清晰地看透了面具的真正面目。面具是伪装，是掩藏，是隐瞒。"见人说人话，见鬼说鬼话""人模鬼样"……在现代生活中，在社会中摸爬打滚的人往往戴着形形色色的面具，在不同的场合，面对不同的人，能够随意切换，但始终无法展现最真实的自我。时日渐长，自由而纯真的心灵被雾霾一点一点地遮蔽，于是便身心疲惫，焦虑不安。即便是在睡梦中，现代人的焦虑也无法得到有效的舒缓与释放。余松坡的噩梦，以及他日渐频繁的梦游，正是对现代人焦虑病症的典型书写。

再回头看余松坡的儿子余果——我们尝试从另一个角度对他的雾霾过敏症进行分析。余果只有五岁，正处于人一生中最为纯真的孩童时期，还不需要接触世事，因而天真无邪，灵性十足。雾霾既是一种恶劣的天气，又是一种现代人精神状态的隐喻。因此，余果的雾霾过敏症也具备了这样一层象征意义：

---

① 徐则臣：《王城如海》，《收获》2016年第4期，第120页。

这既是生理上的身体不适，也是对现代人精神焦虑症的一种抗拒与排斥。他纯洁而灵动的自由心灵，拒绝阴暗、灰冷、压抑的雾霾笼罩。这是徐则臣美好的愿望。然而，雾霾无处不在，如何抗拒？在《王城如海》中，深受雾霾困扰的北京人始终在期待着一场大风。"张家口的风还没有吹到北京，但迟早的事，只要天蓝了，云朵白了，余果就会和雾霾前一样，肺部和气管功能一切良好。"[①]小说的最后，风终于来了，自然界的雾霾被吹散了，蓝天白云重现。但是，人们心灵的雾霾应当如何驱散？现代人的焦虑症这一时代病要如何才能有效得以舒缓？这是城市化进程中出现的、不得不警惕的问题，它事关我们每一个人。余松坡的焦虑是这个时代焦虑症的缩影之一，但不是唯一。在万人如海的大都市，每一个个体的孤独和焦虑，都隐秘地存在着。它们无影无形，却弥漫在每一个无法安然入眠的夜晚。

三、罪感：持久、隐秘却难以言说

余松坡的焦虑根源于内心深处隐秘的罪感。《王城如海》这部小说实际上讲述了三个故事：余松坡日常生活故事、华裔教授回国研究城市文化的故事以及数十年前堂兄余佳山的故事。在小说中，余松坡深陷舆论压力之中，但其突然频繁发作梦游症的根源却是余佳山的突然出现。

---

① 　徐则臣：《王城如海》，《收获》2016年第4期，第180页。

在一次逛街中，余松坡发现天桥底下坐着的流浪汉正是自己的堂兄——那个二十七年前的受害者余佳山。之后的几天里，他有意无意地多次经过那座天桥，确认了堂兄的突然出现。于是，余松坡一次又一次地陷入噩梦之中。二十七年前，高考落榜的余松坡为了争取余家庄唯一一个入伍名额，举报其竞争对手余佳山从北京带回了传单——其中的隐含意思是余佳山有可能是"妄图颠覆社会主义大厦的反革命暴力分子"。因为这封举报信，余佳山在极为短暂的时间里，不仅丢了入伍资格，还被判处了十五年有期徒刑。尽管余松坡父子当时并无害人之心，只是想要争取入伍的名额，举报信也"无限地往小里写，往轻里写"，根本"没想到后果如此严重"。但是，余佳山的入狱确确实实是由他们的举报信造成的。从一个特立独行、聪明乐观的年轻人变为一个饱经风霜、精神失常的流浪汉，余佳山的悲剧与余家父子紧密相关。由此，余家父子便背负了一份沉重的罪恶。这种罪感如同附骨之疽，深深地烙印在余家父子身上。为了躲避这种罪感，余松坡不爱回家甚至不敢回去，最后终于"逃离"到国外。但即便如此，他还是时常在梦中梦见余佳山以及自己的罪过，由此落下做噩梦、梦游的病症。

余松坡心中隐秘的罪感随着时间的流逝愈加沉重，令他长期处于焦虑与恐惧之中。他深深地隐瞒着这一段往事，从未向他人提起，独自承担着所有的压力。当他身处噩梦之中时，唯有一曲《二泉映月》能抚平心中的痛楚。对于余家父子而言，《二泉映月》就是救赎与自救的唯一有效药。"这是我从父亲那里继承下来的隐秘的良药。他拉它来自我疗救，我听它来救助自己。"①然而，这种自救只是一时的，并不能从根本上让余松坡真正地得以轻松。当余佳山再一次出现在余松坡的生活中，他的焦虑、不安与恐惧成倍地集中爆发。在小说中，余松坡在天桥与余佳山面对面相见，却始终没有相认的勇气。对于余松坡而言，这种罪感如此沉重，令其难以言说。在国外他被误诊为肺癌，人之将死时，才终于在自己的遗言中袒露一切。

"但我不能带着一个巨大的秘密离开，太重，我飞不起来。要想稍能清白一点走，这大概是唯一的机会。我跟它耗了大半辈子，再不说，就真来不及了。"②但是，我们也要看到，即便是在临死之际，他仍没有勇气亲口向他人说出这一切。他是在一份根本不知道谁能看到、也许根本没人看到的遗书中坦白的——这实际上仍是一种逃避的态度。

余松坡临死之际的坦白令我想起王十月的《收脚印的人》和乔叶的《认罪书》。王十月、乔叶、徐则臣三人同为70后小说家，同样都对于罪这一话题有着较大的书写欲望。在《收脚印的人》《认罪书》和《王城如海》这三部书写罪的小说中，我们看到了一种惊人的相似性。《收脚印的人》中主人公王端午，在被诊断出绝症、濒临死亡之际，终于鼓起勇气面对、坦白自己的罪，并试图公开当年的真相，借此完成自己的救赎；《认罪书》中，金金也是在身患癌症、命不久矣的时候用写作的方式将自己的罪一一袒露，并要求死后公开出版；在《王城如海》中，余松坡在自己被诊断为肺癌晚期的日子里，在遗嘱

---

① 徐则臣：《王城如海》，《收获》2016年第4期，第172页。
② 徐则臣：《王城如海》，《收获》2016年第4期，第172页。

中坦白自己的罪。这三部小说的主人公都是在死亡来临前才敢于面对自己的罪恶。这样的情形，让我们不得不进一步思考：假如王端午和金金并不知自己即将死去，那么，小说中呈现的知罪、认罪以及救赎还会发生吗？正如同余松坡在得知自己是被误诊、死亡带来的恐惧与压抑消失之后，便再无勇气坦白自己的罪恶那样，王端午和金金假如也是被误诊，他们是否也会丧失认罪的勇气？从这个角度而言，这几部小说似乎又向我们呈现了这样一种现实困境：只有人之将死，人才能有勇气去面对过往？只有人之将死，人才能直面自己的罪恶？这何尝不是一种极其尖锐的讥讽！

罪感实质是内心良知与道德对自我进行审判的结果。作家们对于罪的书写态度不尽相同，但整体看来，面对罪恶，他们的作品中的人物主要呈现出"无感""伪装"和"认罪"这三种姿态。与《耶路撒冷》中初平阳、秦福小等人敢于"认罪"并用各不相同的方式去赎罪不同，余松坡持有的是"伪装"态度。这也代表了相当一部分中国人对于罪的态度：自我欺骗、躲避、深藏秘密、独自承受内心折磨。余松坡并不是一个坏人，他始终背负着沉重罪感；他为曾经犯下了罪过而痛苦，但又始终缺乏正视罪的勇气。他焦虑、孤独、惶恐不安，内心矛盾而复杂，而这正是许许多多的当代中国人的一种心灵状态。可以说，徐则臣为当代小说人物形象群谱里新添了一个饱满的、典型的都市焦虑者形象。论及小说的人物形象塑造，《王城如海》这部小说中塑造的人物并不多——而令人略感遗憾的是，除余松坡之外，其余如祁好、罗冬雨、罗龙河、韩山、鹿茜等人的形象显得较为单薄，没有能够立起来。

城市化是人类社会发展的必然趋势。当下中国城市化发展势头迅猛，但是，在城市化进程中我们还有太多太多未能妥善解决的问题。雾霾是其中之一，现代人的精神困境也是其中之一。《王城如海》批判了城市化进程中的种种病症，有着众多对于城市化发展的积极反思；《王城如海》截取余松坡短短几天的日常生活，呈现的是一个人半生的挣扎与痛楚，并由此书写了一代都市人的焦虑与困境。

"记忆修辞术"与"少年成长史"[*]
——论双雪涛小说创作

从多个角度看，双雪涛都可谓是近些年来的"现象级"的青年小说家——作为一名80后，他2007年大学毕业后在银行工作，2010年开始小说创作，2012年毅然辞去工作专职写小说，2015年离开沈阳进入中国人民大学首届创造性写作研究生班；至2019年，他已出版长篇小说《翅鬼》《天吾手记》《聋哑时代》和中短篇小说集《平原上的摩西》《飞行家》《猎人》；他先后获得首届华文世界电影小说奖首奖（2011）、第十四届台北文学奖（2012）、第二届"紫金·人民文学之星"奖短篇小说佳作奖（2014）、第十七届百花文学奖中篇小说奖（2017）、第十五届华语文学传媒大奖年度最具潜力新人（2017）、第二届单向街·书店文学奖"年度青年作家"（2018）、第三届宝珀理想国文学奖首奖（2020）。在文学评论界，他与班宇、郑执被称为"铁西三剑客""新东北作家群"①，引起了广泛关注与讨论：黄平、刘岩等批评家将其看作"东北文艺复兴"的代表性人物，将其作品《平原上的摩西》（《收获》2015年第2期）视作"80

---

* 原载于《新文学评论》2021年第4期。

① 黄平：《"新东北作家群"论纲》，《吉林大学社会科学学报》2020年第1期。

后文学"一个标志性的成熟时刻①。在影视界双雪涛也成绩斐然：2021年2月12日由其小说《刺杀小说家》改编的同名电影上映（路阳执导，雷佳音、杨幂、董子健、于和伟、郭京飞主演，票房破十亿），由其小说《平原上的摩西》改编的电影《平原上的火焰》（张骥执导，周冬雨、刘昊然、梅婷、王学兵等主演）2021年12月24日也将上映。

"半路出家""裸辞从文"，颇具传奇性的创作经历，发表、出版、获奖皆硕果累累的傲人成绩，文学界、评论界、影视界的多重认可……凡此种种，让双雪涛在较为短暂的时间里广泛为人所知。在2020年，双雪涛小说创作甚至作为"文学事件"②引发了众多批评家的深入讨论。但是，在"广泛为人所知"与"引发深入讨论"背后，起着根本作用的依然是、也只能是双雪涛小说文本本身。因此，重新回到小说文本，从最初的处女作《翅鬼》到最近的作品集《猎人》，再次梳理双雪涛小说的言说内容、言说方式及其言说价值，探究其之所以成为"文学事件"的内在质地，显得必要且重要。

一、童年："最初的素材"与"虚构的开始"

理解双雪涛的小说，首先需要理解《聋哑时代》，理解童

---

① 黄平：《"新的美学原则在崛起"——以双雪涛〈平原上的摩西〉为例》，《扬子江评论》2017年第3期。
② 丛治辰：《何谓"东北"？何种"文艺"？何以"复兴"？——双雪涛、班宇、郑执与当前审美趣味的复杂结构》，《中国现代文学研究丛刊》2020年第4期。

年对于双雪涛的重要意义：童年作为最初的材料直接影响了双雪涛前期的写作，也为他的虚构提供了坚实的事实依据。评论界对其小说"东北性"的高度认可，事实上也源于双雪涛对童年记忆中"国企工人下岗浪潮""艳粉街"等的反复书写。

弗洛伊德在《作家与白日梦》中提到，当我们需要理清作家是从什么源头汲取了他的素材，又如何利用这些素材使读者产生深刻印象，激起读者未曾想象到的情感时，作家未必能够给出答案，即便给出也可能不令人满意。因而他认为应该回到作家的童年时代去寻找答案："难道我们不该在童年时代寻找想象活动的最初踪迹吗？"[1]童年对于一个人，尤其是一个小说家的重要性不言而喻。"童年是人与世界建立关系的最初阶段，在个体的经验积累中有很大一部分来自童年，童年的记忆对一个人的个性、气质、思维方式等的形成和发展起着决定性作用。"[2]不仅如此，童年更是作为一个最熟悉、最初始、最深刻的写作素材，反复在小说家的脑海中萦绕。尽管这些童年记忆因儿童生理原因与时间的作用，有时候显得并不那么完整，也并不那么清晰。但是，这种朦胧的（有时甚至是虚幻的）、碎片化、最初的体验，已然深入到作家的潜意识之中，在往后的日子里随时浮现。甚至于，不少作家一辈子的创作不过是"重返童年"而已。

在访谈与演讲中，双雪涛多次讲起两个故事：一是一个老实憨厚的修自行车的邻居老李在被警察抓捕、警察在他家中房

---

① 弗洛伊德：《弗洛伊德论美文选》，张焕民、陈伟奇译，知识出版社，1987，第29页。
② 洪治纲整理：《"文学与记忆"学术研讨会综述》，《文学评论》2010年第2期。

梁上搜出上百万现金后，大家逐渐才在震惊中得知原来他是伙同他人在四年半时间里抢劫、杀害了十九人的凶手；二是他的一名叫小霍的同学、好友，始终坚守正义与原则，初中时期在校长办公室贴大字报为朋友鸣不平，结果承受了重重压力最终被摧毁。这两个故事，都是双雪涛童年时期的亲身体验。在双雪涛从事小说创作之后，前者后来变成了长篇小说《天吾手记》中的重要情节，后者变成了长篇小说《聋哑时代》中的第六章《霍家麟》（也是稍做修改后的中篇《我的朋友安德烈》）。不仅仅是这些——双雪涛把他童年时居住的艳粉街与自己的学习经历搬到了小说里（《聋哑时代》），也把他家后面的一个湖搬到了小说里并命名为影子湖（《光明堂》），把家附近的煤矿四营变成了"我"与老拉探寻又迷失的"煤的山川"与"煤的海洋"（《走出格勒》），把那些酒鬼与无赖写进故事里（《无赖》）……可以说，1983年生于沈阳的双雪涛，长期住在艳粉街的双雪涛，在众多小说中不断地改造，甚至是重现其童年记忆。"那个胡同我大概住到十岁，就是我记忆能力大大增强的时候，搬到了市里最落魄的一个区域，艳粉街。我的邻居大概有小偷、诈骗犯、碰瓷儿的、酒鬼、赌徒，也有正经人，但是得找。总之，在那个环境里，会看见各种各样的人……这一切，都是我一直牢记的东西。因为就在我的血液里，无论表面看起来如何，无论写东西之后如何如何，我还是艳粉街的孩子。"①

---

① 双雪涛、走走：《写小说的人，不能放过那道稍瞬即逝的光芒》，《野草》2015年第3期。

《聋哑时代》是重返童年之作。这是一部双雪涛尤其看重甚至将其视作自我治愈"一种良药"的长篇小说。小说写于《翅鬼》之后，《融城记》（《天吾手记》）之前，那时双雪涛白天上班，夜晚写作。《翅鬼》是为了参加第一届华文世界电影小说奖而写，《融城记》是得到第十四届台北文学奖资助的写作计划。相较而言，《聋哑时代》才是双雪涛真正无法压制的创作冲动："我就想，怎样才能彻底地解决这个问题：只有把初中的磨难写出来。而我一直认为，那个年龄对人生十分关键，是类似于进入隧道还是驶入旷野的区别……这里没有纯文学和类型文学的界限，这里面只存在我当时最想说的是什么。"①小说除序曲与尾声外，以刘一达、高杰、许可、吴迪、安娜、霍家麟、她（艾小男）七个人物为章节。每个章节可独立成为中短篇，组合在一起就构成了"我"的初中生活：成长、苦难、对抗、友情和最初的爱情。这些人物中，刘一达与霍家麟的人物原型即是双雪涛初中时的同学（当然，我认为其他的人物同样有原型，但尚未见到双雪涛的讲述）。

　　双雪涛有时在访谈中表示书中的女性角色是虚构的，但我依然愿意将这部小说视作他的"自叙传"。"一段时间里，每当黑夜降临的时候，我都会想起很多人。我的亲人，曾经的同学、朋友、同事、我的爱人，还有我听说过而不认识的人。……我越想记住他们，我就越在篡改关于他们的记忆，在脑海里把他们改得面目全非。"②如果说《翅鬼》和《天吾手

①　双雪涛、走走：《写小说的人，不能放过那道稍瞬即逝的光芒》，《野草》2015年第3期。
②　双雪涛：《聋哑时代》，北京十月文艺出版社，2016，第239页。

记》以虚构的艺术见长，展现出双雪涛的想象能力，那么《聋哑时代》则以写实为特征，以个体的成长经验呈现80后一代人的成长片段。换而言之，《聋哑时代》更多的并不是依靠想象与虚构，而是从童年记忆中"拾取""挪移"和"拼接"。这一点正如同小说家田耳所说："他耽沉于童年视角，是认定此中存有可供无尽攫取的资源。"①

对比《聋哑时代》与双雪涛的演讲《冬天的骨头》，我们清晰地看到童年是如何作为双雪涛的素材、如何作为"虚构的开始"的。小说中的人物形象、核心情节与重要细节，均来源于双雪涛的童年记忆。人物形象上，记忆中的小霍与虚构文本中的霍家麟几乎是一致的，内心有坚守，敢于反抗，绝不妥协。核心情节上，记忆中的小霍为了小刘考了年级第一却被剥夺去新加坡学习一事而在校长室门口贴"大字报"鸣不平的事情成为小说文本中的核心情节。稍有不同的是，小说将现实中的"初二"改成了"初三"，将小刘改成了"我"（李默）。另外，小说增添了小霍利用镜子反射原理"监控"老师、在升旗台上发表两次"著名演讲"、练气功、研究朝鲜、精神失常等内容（这些情节是否仍出自童年记忆只有双雪涛才知道了）。在细节上，记忆中的小霍与小说中的霍家麟，都与"我"踢前后卫。两人的相见都与父亲的葬礼有关：现实中双雪涛最后一次见到小霍是父亲去世时，而小说的开头写道："我倒数第二次看见家麟是在我爸的葬礼上"②。在这对比

---

① 田耳：《瞬间成型的小说工艺——谈双雪涛的小说》，《上海文化》2015年第7期。
② 双雪涛：《聋哑时代》，北京十月文艺出版社，2016，第129页。

　　　　　　　　　　　　文学的轻与重

中，我们看到，《聋哑时代》中霍家麟故事的核心情节，基本源自双雪涛记忆中小霍的故事。换而言之，这个故事双雪涛写实多于虚构，改造多于创造。童年在这里更多地作为素材，以最直接的方式，呈现在双雪涛的小说创作中。

演讲中，双雪涛讲述的另一个故事也作为重要情节出现在长篇小说《天吾手记》中："后来才知道，他们这个团伙可能是5个人，从1995年到1999年，跨度大概四年半，杀害了19个人，累计抢劫应该是三四百万……这个团伙其实是两兄弟、两兄弟再加一个老李，那两个都是亲哥俩，他是一个单崩儿的……他们去了之后，把这司机从前面的驾驶室骗下来，把他勒死，放在后备厢，直接开这个车就去抢。"[1]童年目睹的真实演变为小说中改变"我"和蒋不凡生死命运的犯罪团伙："在他们这个团伙里面，有两个全国A级通缉犯，是双胞胎兄弟，算上那天的目标在内，一共五个人，平均年龄四十六岁，大多数有过前科或者离异无业。从1992年到2002年，他们在内蒙古、黑龙江、吉林、辽宁，夜晚劫杀了四个出租车司机，通常是勒死，把尸体放在出租车的后备厢，第二天凌晨径直开车抢劫银行或者储蓄所"[2]。与《聋哑时代》不同的是，这段童年记忆，并不成为小说的主体，而是作为影响小说中"我"与蒋不凡命运的关键情节。因为这一团伙的存在，导致了"我"和蒋不凡的死亡，这才有了"我"到台北寻找最高教堂等故事。也就是说，童年记忆并不如同《聋哑时代》中的《霍

---

① 双雪涛演讲《冬天的骨头》。豆瓣文字实录参见https://www.douban.com/note/748251638/；腾讯视频参见https://v.qq.com/x/page/c0397qcdfo6.html。

② 双雪涛：《天吾手记》，花城出版社，2016，第52—53页。

家麟》一样作为素材直接呈现，而是作为"虚构的开始"而产生重要作用。此外，"出租车""警察""案件""凶手"这些关键词也反复出现在《平原上的摩西》等其他小说中。这充分显现出这一童年经验对于双雪涛的深刻影响。

"最高的文学属于童年并通向童年。"①作为"艳粉街的孩子"，写作初期支撑双雪涛的两个重要力量，一是漫无边际的想象力，二是更为重要的童年经验。这一点，尤其集中显现在《翅鬼》和《聋哑时代》两部长篇小说之中。倘若再将这两部作品与双雪涛近期的小说集《飞行家》和《猎人》进行对比，可以清晰地看到，奇幻想象与童年经验是如何一步步在成人经验（现实经验）的"逼迫"与创作理念与"自我规训"中"隐身其后"的——这一切，都与双雪涛的"记忆修辞术"紧密相关。

二、"记忆修辞术"：多重文本、交错叙事与另类现实

一个小说家的创造力绝不仅仅表现在他对记忆的"拾取""搬运""重复"和"再现"上，更表现在对记忆的"修辞"与"诗化"中。如何对记忆再次"赋情"与"赋值"，如何对记忆加以改造、变形、再创造，成为有写作抱负的小说家的日常功课。从创作心理学的角度来说，"在作家、艺术家

---

① 张炜：《童年——文学的八个关键词之一》，《天涯》2020年第3期。

文学的轻与重

看来，记忆并不都像理论家所断定的，只是对于过去感知过的东西的重复和再现；记忆并不是一种完全被动的心理功能，而是一种重建活动，是一种创造性的心理活动，情绪记忆尤其如此"①。在将记忆作为素材的基础之上，修炼"记忆修辞术"，用各式各样的方法将记忆变成虚构的现实，是小说家漫长且无止境的工作。

从奇幻想象，到童年记忆的再现，再到虚构真实，这是双雪涛的创作历程中一条清晰的线索。这一过程，实质上就是如何艺术化地处理素材、生成个体叙事独特性的过程。对此，双雪涛有明确的认知。他在不同的场合，多次谈到这个问题："小说本质上，就是虚构，即使是真实记忆，到了小说里，马上瓦解、粉碎、漂浮、背景化，然后成为另一种东西，就是你的精神世界"②；"素材很重要，但更重要的是你怎么用自己的内心把它打造成一个跟现实并肩而立的建筑……对于一位作家而言，他写作的材料是一个问题，但更重要的是他看待材料的方式和处理问题的方法，我觉得这是一个作家安身立命的根本……当你开始起步的时候，更多地使用自己熟悉的材料，但越往后写越会尝试新的方法。"③因此，在《平原上的摩西》《飞行家》《猎人》这三本小说集中，我们看到，双雪涛的叙事愈加地从奇幻叙事（《翅鬼》）、现实主义叙事（《聋哑时

---

① 鲁枢元：《创作心理研究》，河南文艺出版社，2015，第34页。

② 双雪涛、走走：《写小说的人，不能放过那道稍瞬即逝的光芒》，《野草》2015年第3期。

③ 鲁太光、双雪涛、刘岩：《纪实与虚构：文学中的"东北"》，《文艺理论与批评》2019年第2期。

代》）走向更具现代气质、技术更为复杂与熟稔的新阶段。在这过程中，双雪涛的叙事风格也在不断选择、变化、调整中逐渐确立。

在我看来，多重文本、交错叙事与另类现实，是双雪涛"记忆修辞术"的三个关键词。

首先是多重文本。双雪涛偏爱在小说中以第一人称"我"为视角，讲述两个或者多个故事。这使得他的小说常常出现多个故事文本。长篇小说《天吾手记》中包含发生在S市"我"与蒋不凡追查罪犯、李天吾在台北寻找教堂、小久在消失之前不断回顾人生三个核心事件。短篇小说《白鸟》由七个部分构成，分别勾勒了Z、W、M、S、O、H、V的人生片段——小说没有明确的主题，所有的指向与意蕴都需要读者在这七个文本的相互碰撞与相互映衬中自行发觉。《刺杀小说家》包含现实生活中千卫兵多年寻找失散的女儿最后为钱去刺杀小说家、小说家虚构的少年久藏独自前往京城刺杀赤发鬼为父报仇的两个故事——与此相似的是《女儿》，同样是作家故事与作家笔下的小说相互指涉。《北方化为乌有》同样包含两个不同时间节点的故事，一个是作家刘泳、编辑饶玲玲与女孩米粒在除夕夜相见，另一个是他们所谈论的十余年前老刘（刘泳父亲）在工厂被杀之谜。类似的小说，还有《Sen》《预感》《剧场》《松鼠》《猎人》等等，在此不一一分析。

多重文本在小说中互渗，由此扩大小说的叙事空间与叙事张力，这是双雪涛小说叙事的精妙之一。这些文本有时候构成一种平等的关系，在相互指涉中丰富小说的意蕴，《天吾手记》《刺杀小说家》和《白鸟》等就是此类的代表。在这种情况中，文本的等级是一致的，没有主要文本与插入文本的区别。因而小说在结构上相对清晰，其文本关系也相对简单，但难度在于如何让两个独立文本产生戏剧性的、主题性的关联。另一种情况相对要复杂，即在一个主要文本之中插入新的叙事文本。这时，主要文本与插入文本之间的关系就显得微妙。更多的时候，插入文本作为一个副文本，其叙事功能在于辅助、提升、强化主要文本，使主要文本的表现力与感染力得到深化。在小说《跛人》中，"我"与刘一朵在考试之后坐上火车准备私奔到北京天安门广场放风筝。在车厢里遇到的中年跛人的故事就是典型的插入文本。在喝酒与交谈中，跛人的故事若隐若现地被勾勒出来：他自幼离家闯荡社会，做过许多不同的工作，如今他的父亲已经一声不吭地死在了炕上，他只剩一条腿，口袋空空、满怀沧桑地返回家乡。"'下一站我就下车了。到家了。'他轻声地说着。我好像透过衣服，看见他的刀疤在闪闪发亮。"[1]作为一个插入文本，跛人故事并未完全展开，但却对小说中的人物行动产生了关键性的转变："我"不想再去北京选择返回家中，而刘一朵在火车上不知所终，之后杳无音信。一方面，插入文本起到了"决定"主要文本走向的功能；另一方面，插入文本以对比的方式强化了主要文本：以承受社会多重苦难的"归家者"反观一对青涩的十七岁的"离家者"。由此，"家的意味"以及对"规训""稳定""自由"的不同选择与不同命运，就成为这个短篇小说带给读者的思索。

---

[1] 双雪涛：《平原上的摩西》，百花文艺出版社，2016，第119页。

《女儿》中"我"所遇到的年轻人所撰写的小说文本也构成了整篇小说的插入文本，它从属于"我"和年轻人相遇、交流这一叙事框架之中。但这篇小说与《跛人》又有不同。在《女儿》中，年轻人发到"我"邮箱里的故事远比跛人的故事要丰满、完整、有力。它是一个结构完整、精心创作的能够独立成篇的文本。"当插入文本呈现一个具有精心结构的素材的完整故事时，我们会逐渐忘记主要叙述的素材。"①这时，在叙事的力量上，完整的插入文本就远远超越了《跛人》中那种若隐若现的、不完整的插入文本。这一篇未完成的关于杀手、木匠及其女儿的虚构文本，在小说中最终也影响了作为行为者的"我"的举动："我忽然坐起来，又把电子表看了看，距离晚上八点还有十五分钟。我滚下床穿上外套跑出门去……有一个人在等我，她等了我很久，现在已经绝望，炉火要灭了，但是以我对她的了解，时间没有走完之前，她不会放弃，而我，马上就要到了。"②类似《女儿》这样，以相对完整、独立的插入文本影响主要文本的还有《预感》中的信件、《猎人》中的台词、《剧场》中的剧本、《间距》中的剧本大纲、《宽吻》中奥康纳的笔记等等。除此之外，双雪涛时常在小说中加入《圣经》中的文字、诗歌、歌词等非叙事性文本，并与主要文本构成一种互文关系。它们作为"主文本的一个符号（sign）"③，扮演着主要文本的解释者、推动者、强化者、

① 米克·巴尔：《叙述学：叙事理论导论》（第三版），谭君强译，北京师范大学出版社，2015，第53页。
② 双雪涛：《猎人》，北京日报出版社，2019，第22页。
③ 米克·巴尔：《叙述学：叙事理论导论》（第三版），谭君强译，北京师范大学出版社，2015，第58页。

隐喻者等角色。

其次是交错叙事。如前文所说，双雪涛偏爱在小说中创作多重文本。如何对这些文本进行排列组合同样考验着小说家的叙事能力，尤其是把握叙事结构的能力。对小说文本中的叙事人、事件时间、事件空间、事件顺序的不同选择与编排，是生成小说的现代性与作家的个人风格的关键因素。现代叙事的"错时""隐匿""碎片化"甚至"有意混淆"与传统的线性叙事、完整性叙事，形成了鲜明的对比。

双雪涛的选择是交错叙事。他偏爱在小说中划分出不同的篇章（即便是短篇小说），时常是一、三、五部分讲述文本A，二、四、六部分讲述文本B。最为典型的作品是《天吾手记》：小说第一、三、五、七、九、十章以第三人称讲述李天吾在台北与小久的故事；第二、四、六、八、十一章以第一人称讲述"我"（李天吾）与蒋不凡的警察生涯。《刺杀小说家》同样如此，第一、三、五、七、八部分是现实中"我"与小说家的故事，第二、四、六、九部分是小说家写的少年久藏刺杀赤发鬼的复仇故事。类似的作品还有《光明堂》《Sen》。按照一定的顺序进行交错叙事，是双雪涛的叙事风格之一。但这多少显得简单，且读者习以为常之后也降低了最初的新奇感。更为复杂的是《平原里的摩西》，它以庄德增、李斐、傅东心、庄树、孙天博、赵小东六人为叙事人，透过六人的第一视角，交错讲述了一个跨越数十年岁月的一群人的悲剧。这篇小说见"功力"之处，在于叙事时间与事件时间的"错时"，在于事件与事件的相互交错、相互对抗与相互补充，因而生成了一个相当复杂的、具有张力的叙事结构。结构同样属于内容的一部分，结构的复杂同样暗示着这段悲剧的复杂。所以，《平原上的摩西》充分显现出了双雪涛作为一个小说家在叙事上的突破与抱负。

最后是另类现实。小说是虚构的艺术，无论它多么逼真，本质上依然是虚构。然而，优秀的小说能够"弄假成真"，能够在强劲的想象中迸发出超越现实的力量。"真"与"假"、"实"与"虚"的辩证是小说美学的重要内容。在中国叙事诗学中，从历史真实性到虚构真实性，是一个巨大的转变。罗杰·加洛蒂在《论无边的现实主义》中宣称"没有非现实主义的，即不参照在它之外并独立于它的现实的艺术"[1]。在现代小说艺术中，"虚构的真实同样是一种现实""内心真实""虚构创造真实""幻想成分也进入现实主义"[2]等观点得到越来越多的认同。双雪涛的小说创作同样经历了从"幻想"到"写实"再到"另类现实"的转变。

双雪涛最初的创作带有相当多的"幻想成分"。处女作《翅鬼》是一部奇幻小说，书中故事发生在一个完全游离于我们现实世界之外的想象世界中。雪国、翅鬼、过冬的井、大断谷、长城、蚕币和蛾币、大虫、火鸟……这些独特的意象无不暗示着读者：《翅鬼》是一个虚构的故事，它是一种想象，而绝不是我们的真实世界。到《天吾手记》，一半的篇幅属于传统的现实书写，另一半则带有奇幻色彩："我"死而复生到台

---

① 罗杰·加洛蒂：《论无边的现实主义》，吴岳添译，百花文艺出版社，2008，第171页。
② 罗杰·加洛蒂：《论无边的现实主义》，吴岳添译，百花文艺出版社，2008，第264页。

文学的轻与重

北寻找最高的教堂，小久在不断的"透明化"中"淡去"最终消失不见。再到《聋哑时代》，奇幻的色彩全面褪去，剩下的是具有历史感的、我们熟悉的青春岁月，仿佛这篇小说并非虚构，而是一种纪实回忆。这三部小说，从"幻想"到"写实"，"虚构"与"真实"的边界清晰而明了。

　　值得注意的是，在《平原上的摩西》《飞行家》《猎人》这三部小说集出现的另类现实。这或许可以称为一种现代主义的真实，双雪涛无意做一个传统的现实主义小说家，展现时代的风云变幻，记录历史的错综复杂，复原一段被遗忘的岁月等等。他内心更为注重的是内心的真实、情绪的真实、思考的真实。因而，他的小说在现实主义的底色之中，又时常闪现出并不符合真实世界的另类现实来——幻觉、梦境、超自然现象等等。所以，我们在这三部小说集中，看到许多不合逻辑的、离奇的突兀之处。《光明堂》中，"我"在冬夜坠入冰冷的影子湖，并目睹了一出诡异的审讯；《飞行家》中李明奇带着亲人背着降落伞乘着一个必将爆炸的气球飞升而去；《武术家》中日本武士练出影人，而影人杀主后成为特殊年代里"那位权倾朝野的女人"，最终"我"在她耳边念出咒语将她毁灭；《预感》中李晓兵夜出野钓，遭遇外星人，而湖原来是一个巨大的飞行器；《长眠》中苹果从鱼嘴分离后，整个镇子被雾气笼罩，日益被冰水吞没。凡此种种，它们不符合现实世界的逻辑，但却更加逼近内心世界的真实。它们是双雪涛内心世界的投影与客观化，从而让不可见的观念与思考变得可见。

　　由此，双雪涛的叙事也愈加地从纯粹的写实走向了现代的真实，从社会的真实走向了内心的真实。小说人物在离奇的、幻想的世界中行动，这是属于小说家的创造力。在这一点上，双雪涛与卡夫卡有诸多相似之处（尽管在《我的师承》中双雪涛谈到余华、王小波和村上春树但没谈到卡夫卡；另外，卡夫卡也曾在银行工作）。创造一个小说世界并非为了重现，而是为了发现："艺术家创造的这个新的现实与现实生活无关，艺术家的任务不在于体现认识了的现实生活，而是在于借助于艺术作品发现人在现实生活中的存在。"①

"无论一部作品具有什么样的逼真，这个逼真总是在更大的人为性技巧中起作用的。"②从"苦于打字速度跟不上自己的想法"③的《翅鬼》，到回望过去、自我疗愈的《聋哑时代》，再到《天吾手记》《平原上的摩西》《飞行家》《猎人》，双雪涛不断探索，技巧、手法更为繁复与多样，而这一切，都证明他的"记忆修辞术"已经越发精巧与熟稔。

三、"少年成长史"：困惑与探索

小说创作，"术"固然重要，"道"也不容忽视。评论界对于双雪涛小说的"地域性"赞誉甚多，对其作品的"东北书写"做了美学的、社会学的深入分析。但从内容上看，我更愿

---

① 罗杰·加洛蒂：《论无边的现实主义》，吴岳添译，百花文艺出版社，2008，第259页。

② 韦恩·布斯：《小说修辞学》，华明、胡晓苏、周宪译，北京联合出版公司，2017，第51页。

③ 双雪涛：《翅鬼·再版序》，广西师范大学出版社，2019，第2页。

意将双雪涛目前的小说创作视作一部"少年成长史"。

双雪涛小说中最常出现的人物是少年、青年。《翅鬼》讲述的是几个青年逃离雪国的故事，《聋哑时代》以记录初中生活为核心，在此已无须多言。值得注意的是，即便在以父辈为主要人物的作品中（如《飞行家》《大师》《无赖》《跷跷板》等），双雪涛也设置了一个年轻的"我"作为叙事人与见证者。童年不仅成为双雪涛的叙事对象，更成为其叙事的重要视角。他擅长以少年、青年视角，刻画那些青春岁月里的疼痛、困惑与安慰，勾勒当下生活中的困顿、迷茫与无力，还原父辈在时代浪潮中的艰辛、忧伤与无奈。这三个不同的年龄阶段——"少年""青年""中老年"——实质上就构成了一个小说家对于不同阶段的人生与命运的种种思索。

"少年成长史"同时也是一部"少年困惑史"。从这个角度看，双雪涛的小说大多可以视作一种广泛意义上的成长小说——更确切地说，是正在进行时的成长小说、仍在困惑中的成长小说。张国龙将成长小说定义为是一种着力表现稚嫩的年轻主人公，历经挫折、磨难的心路历程的小说样式，"其审美特征是：其一，成长主人公通常是不成熟的年轻人（主要为13～25岁），个别成长者的成长可能提前或延后。其二，叙说的事件大多具有一定的亲历性。其三，大致遵循'天真→受挫→迷惘→顿悟→长大成人'的叙事结构。其四，成长主人公或拒绝成长，成长夭折；或若有所悟，具有长大成人的可能性；或受到导引，得以顿悟，长大成人，主体生成"。[1]但

---

① 　张国龙：《成长小说的叙事困境及突围策略》，《当代作家评论》2019年第3期。

在双雪涛这儿，主人公从少年走向青年，仍然处于迷茫与探索阶段，他并未夭折，也不拒绝成长，更没有"长大成人"。于是，对"自我"与"世界"的困惑与探索也始终存在。

双雪涛小说中的困惑更多关乎精神与存在。《翅鬼》中，默和萧朗因为背上长有翅膀（但翅鬼并不能够飞翔）而被视为不祥之人，在雪国之中沦为奴隶。他们对长城之外的大断谷产生了浓郁的兴趣，试图从井里打通地洞，冒着生命危险去练习飞翔，去往一个被雪国人称为"地狱之门""谷妖遍地"的未知世界。在这一过程中，他们对自我身份的困惑（翅鬼/雪国人）从命名开始："我的名字叫默，这个名字是从萧朗那买的"[1]；未知的世界最终在戏剧性的颠覆中揭晓：大断谷的另一边是羽国，而没有翅膀的雪国人是羽国人的囚徒。存在的正义性、身份的合理性与世界的荒谬性由此在几个年轻人的反抗中暴露无遗。这部充满想象力的小说虽然远离我们的现实世界，但其对"自我"和"世界"的探索却与我们别无二样。

在之后的小说中，尽管主人公各不相同，故事也截然有异，但困惑与探索始终存在，并成为双雪涛小说的重要主题。伴随着主人公从小学、初中、大学、大学毕业后工作的成长，这些困惑似乎也在不断生长着。《光明堂》中弥漫着对罪恶与过往的深度书写，三姑、"我"、柳丁等人都在寻找各自的命运："有人活着是吃饭睡觉，有人活着除了吃饭睡觉还为寻个究竟"[2]；《聋哑时代》中，这帮初中生与教育体制和现实法

---

[1] 双雪涛：《翅鬼》，广西师范大学出版社，2019，第5页。
[2] 双雪涛：《飞行家》，广西师范大学出版社，2017，第73页。

　　　　　　　　　　　　　　　　　文学的轻与重

则产生了最初的碰撞，对身体、爱情、友情等等都萌发出了新的体验；《冷枪》里，网络世界的神枪手老背和以武力而声名在外的棍儿，大学毕业前的遭遇显现出他们在现实、金钱与权势面前"不堪一击"；《天吾手记》中李天吾执着地寻找安歌，追寻爱的真谛；《间距》在"我"与疯马讨论剧本的过程中，阐发对于人性与信仰的探寻；《飞行家》以李明奇用半生岁月执着地制造飞行器来书写理想主义与现实主义的碰撞，呈现了一种逆流而上、具有勇气的人生姿态："做不了拿破仑，也要做哥伦布，要一直往前走"[①]；《武术家》和《Sen》这两篇小说中，双雪涛在荒诞而离奇的历史重构中呈现命运的偶然；在仅有773字的小说《终点》中，处在爱情与物质双重困顿中的女孩张可，选择用离开的方式结束一段生活……

中国人看重"知人论世"，也讲究"文如其人"。小说是虚构的艺术，它遵循着小说家的意愿，显现出了小说家对于这个世界的全部理解。因而，小说及其形象，在很大程度上即是小说家世界观、人生观、价值观、命运观等的形象化展现。小说家的虚构世界中天地的广阔与人性的幽微，皆源于小说家自身。深刻的小说总是在深刻的思考中生根发芽的，这也意味着，小说家在创作之外同时还承担着哲学家的角色：他以一种严肃的姿态，打量这大千世界，探究现象背后的常道；他总是持有一种怀疑的眼光，揣摩世间的人、事、情；他看见天空与大地，看见其间的种种肉身，更看见肉身之下的筋骨及灵魂。当然，这是一种理想的状态——无数的小说家竭尽一生走在这

---

① 双雪涛：《飞行家》，广西师范大学出版社，2017，第175页。

条通往伟大、深刻、广袤的途中。双雪涛同样如此。从这个角度来说，小说作品中的"少年成长史"同样是小说家双雪涛的"成长史"。

生与死、爱与恨、善与恶、罪与罚、来处与归途、现实与理想、存在与虚无，面对这些人生终极问题，双雪涛不断地用他的虚构世界呈现他的答案。这些答案可能是暂时的、模糊的、迟疑的甚至是试探的，但这并不重要——这些问题原本就没有标准答案。重要的是勇敢地直面这些问题，并做出回答的姿态。这是双雪涛小说的可贵之处，也是他的创作具备走向深刻与广阔的可能：小说"对自我的探究总是而且必将以悖论式的不满足而告终……因为小说不可能超越它本身可能性的局限，显出这些局限就已经是一个巨大的发现，是认知上的一个巨大成果"①。

---

① 米兰·昆德拉：《小说的艺术》，董强译，上海文艺出版社，2004，第32页。

　　　　　　　　　　　　　　　　　文学的轻与重

死亡阴影下的日常叙事*

——论王海雪小说

一

　　王海雪是近年颇受瞩目的青年作家。她的写作在绵密的叙事背后往往隐藏着更大的思想表述和精神追求。新作《白日月光》延续着她一直以来的书写特点：将故事的发生地设置在一个小镇中，在日常化、生活化的叙事语调中勾勒那些隐秘的情爱，在碎片化的故事中掀开人物命运的一角，在平淡中编织出独特的感染力与冲击力。更具体地说，《白日月光》中关于刘加与钟晓回到家乡小镇这一事的寥寥数笔，就让我们想到了《失败者之歌》中屏风在远赴他乡后又跟随琼剧团再次回到塘镇定居，《归离》中"我"回到塘镇工作以照顾病重的父亲，《夜色袭人》中刘圆年迈之后重返塘镇旧地，等等。在这些小说中，"还乡"是推动小说情节发展的原初动力。想得再久远一些，我们还可以想到鲁迅《祝福》《在酒楼上》《孤独者》《故乡》等小说中的还乡叙事。还乡叙事总与时间相关，此刻与昔日往事时常交融于一体。《白日月光》中父亲与刘朝

＊　原载于《鸭绿江》2019年第9期。

颜的故事、杜眠琼与钟晓父亲的故事，均在刘加与钟晓的爱情中缓慢展开——但只是轻轻地掀开了一角，更多的"你侬我侬""刻骨铭心""歇斯底里"都在岁月的长河中任由我们去猜测、想象。在这一点上，《白日月光》延续着王海雪对爱情故事的叙事特征。

我试图详细论说的是《白日月光》中另一个异常吸引人的元素：死亡。情爱与死亡相交织，这是王海雪小说叙事的另一个显著特征。死亡，这是谁都无法逃脱的终极命运，它意味着肉体生命的结束、情感伦理的戛然而止、此在世界的失去与因未知而带来的神秘与恐惧。因恐惧而忌讳，在日常生活中，人们总是有意无意地避开死亡话题，甚至对"死亡"这一字眼都充满了排斥与逃避。然而，死亡又是每一个人——不管他学富五车还是目不识丁，不管他家财万贯还是身无分文，不管他亲友满堂还是孑然一身——都曾暗暗思索的问题。在人生的不同阶段，人们对死亡的思索重心亦有不同：青少年时对死亡的疑惑与不解，人到中年对死亡的无奈与恐惧，乃至于耄耋之年见惯死生之后对死亡的平静、安然与豁达等等。因而，"生死问题体现人生最根本的困惑，和人的本质、美的本质问题一样，处于同等的逻辑地位，是一个终极性的哲学命题。"① 尽管如此，当我看到王海雪——一个生于1987年的青年小说家——在小说中如此频繁地书写死亡时，我依然感到一丝惊讶。

死亡在小说叙事中并不少见，甚至可以说，死亡是小说（尤其是长篇小说）中最为常见的元素之一。这源于死亡元素

---

① 颜翔林：《死亡美学》，中国社会科学出版社，2014，第79页。

在小说叙事中的独特功能。在小说文本中,死亡能够激发矛盾与冲突,有效地"聚合"小说文本力量,从而使得小说情节走向高潮;同时,死亡又时常扮演"重要转折点"的角色,能起到"发散"的作用,引发诸如探秘、复仇等重要情节;此外,死亡是悲剧之一种,它还能够最大限度地激荡起人物与读者的情感波动。在小说叙事中,死亡除了作为一种小说情节,也时常作为一种叙事视角与基调而存在,它直接地影响到小说整体结构与叙事风格的生成。正因如此,许多写作者在小说创作中,往往借助人物的死亡来更有效地促成小说情节的转变,凸显小说的人物形象,渲染、传递或升华其创作意图,生成独特的美学风格。

在《白日月光》中,三对有着千丝万缕隐秘情愫的男女都与死亡相关。刘加与钟晓在回乡之后相遇,并相爱,然而其中又夹杂着钟晓前女友之死带来的影响:钟晓因死亡刺激而患上精神疾病。刘加找来的护工刘朝颜——她长期在医院服侍濒死病人,见惯生死——照顾瘫痪在床的母亲杜眠琼。但是,刘朝颜又与死去的父亲有过恋爱关系,且刘朝颜至今仍对父亲持有深刻的情感,仍收藏着父亲被遗弃的一切物品。杜眠琼反对刘加与钟晓的婚事,一方面因为钟晓的精神疾病,更重要的是钟晓的父亲是她曾经求而不得的旧爱。刘加的渴望、担忧与反抗,刘朝颜的平静、怀念与满足,杜眠琼的麻木、暴躁与隐于深处的希冀,如此多难以言清的情感在死亡的阴影中若隐若现,在冷静而克制的字词之中若有若无。小说因而显得张力十足:愈是克制的,愈是有力的。小说的最后,刘朝颜将自己与小镇的所有男女比喻成一只只"蜗牛","一辈子爬不出小镇四周遮天蔽日的绿"。这是点睛之笔：爬不出的不是小镇，而是男女之间的情爱。

<h1 style="text-align:center">二</h1>

在王海雪的小说中，死亡事件及死亡意象随处可见——需要注意的是，王海雪对死亡书写的偏爱具有专一性与持久性。

2016年出版的小说集《失败者之歌》收录了王海雪2010年以来发表的十篇中短篇小说。《拿来，酒瓶》中庙婆的祝词、被妹妹捂死的父亲及其葬礼；《躁动》中，"我"租金便宜的小床上有斑斑血迹，那是谌桥叛逆的姐姐死去时所留；《归离》中奶奶的葬礼、因癌症将死的父亲、为父亲准备的生墓及其仪式、阿宝丈夫的尸体被盗、阿宝之死、父亲之死等情节共同构成了小说中浓郁的忧郁气息；《道具灯》和《新街》对有着种种死亡禁忌与风俗的鬼节的书写充满地域色彩；《在光亮的房间点燃蜡烛》里，芝麻之死充满现实疼痛，令人怜惜，吴旺的自杀使得他一改往日的卑微、窝囊的活法，成为人们茶余饭后讨论的焦点……在这一部小说集中，病痛、尸体、自杀、鲜血、墓地、葬礼、法事、祭祀等死亡意象层出不穷，与生死攸关的庙婆、神棍、牧师、神父等特殊人群也轮番上场。这构成了我对王海雪小说的初次印象：死亡是她讲述小镇故事的关键词之一。

这种印象在阅读近两年她的小说新作之时不断得到加深。《烟火荡漾的告别》（《十月》2017年第6期）中，妹妹的死

　　　　　　　　　　　　文学的轻与重

亡改变了一个家庭中每一个人的生活；《暮年》（《长江文艺·好小说》2017年第7期）中，"我"在父母的将死过程中一次又一次地体验到死亡带来的蜕变；《遏粒》（《广西文学》2018年第8期）中，那塔与召恩在一场葬礼中触发各自对死亡的个体记忆，在死亡教育中生发对存在的思考："人终究都要一死，那活着的意义是什么？"；《漂流鱼》（《芙蓉》2018年第5期）中，父母的死亡如同无法躲避的乌云时刻笼罩着周故，死亡带来的恐惧与阴郁虽无形却深入骨髓；《夜色袭人》（《花城》2019年第1期）中，人到中年的刘圆在一场葬礼中与李恩慈相识，在教堂的熊熊火焰中摆脱肉欲之欢而真正爱上他——在这重新唤醒她的不道德的爱恋中，刘圆重新思考生死爱欲，重新发现了个体的存在意义与生存姿态；《夏多布里昂对话》（《青年作家》2019年第3期）中，"我"总结出一个死亡公式："晕倒小于睡眠，睡眠小于死亡"，而宋镇则认为"烂醉如泥人事不省才最像死亡"。

可以说，王海雪在小说中毫不遮掩她对于死亡的迷恋。她写下各式各样的死亡事件，而其中最常见的是父母之死；她又时常借助小说人物之口，单刀直入般地阐述自己对于死亡的思索与体悟。在阅读的过程中，这种感觉不断地透过那些反复出现的、与死亡息息相关的字眼显现出来。以至于我认为，死亡是王海雪小说叙事中最为重要的主题。然而，当我从这持续的阅读中抽身出来，跳出王海雪在小说中建构的世界，并在时间的缓冲与隔离中摆脱那些葬礼、死亡、祭祀、招魂后，再回头思索，发现这只是一个错觉。在王海雪的小说中，并未生成诸如亡灵叙事、鬼魂书写、零度叙事、死亡狂欢等较为常见的死亡叙事模式。死亡仅仅作为一种情节而存在。更关键的是，众多的死亡只是表象，生命的不断逝去只是小说的幕布——死亡留下的阴影才是核心；在这死亡阴影下各式各样的活法，才是王海雪的叙事主体。换而言之，在见证、遭遇他者的死亡之后，在死亡的阴影中，"我们"如何活着、何以活着以及活着之种种艰难，才是小说的重点书写对象。

维克多·布朗伯特在论述托尔斯泰小说《伊凡·伊里奇之死》时谈道，"比重病更可怕的是活着这个疾病"①。活着之不易，在《活着》《许三观卖血记》中，我们早已深有感触。"人是为活着本身而活着的，而不是为了活着之外的任何事物所活着"②，余华在《活着·中文版自序》中的这句话语，成为当下我们对"活着"最好的注解之一。小说中，福贵的忍耐、许三观的黑色幽默，亦是"活着"或者说"抵抗活着之难"的姿态之一种。在此之外，"活着"的姿态还有许多种，譬如积极进取、为爱而生、消极麻木、得过且过、逃避遗忘等等。在帕斯卡尔看来，通过娱乐或者分散注意力来忘却，从而进行逃避，这是人类的悲剧之一："人类既然不能治疗死亡、悲惨与无知，他们就认定为了使自己幸福而根本不要想念这些。"③逃避或许是一种"趋利避害"的本能，然而，王海雪小说中的塘镇众生，恰恰与此相反：死亡不断地激发起他们对于逝去时光与亲朋的记忆，死亡阴影持续地笼罩着他们、改变

① 维克多·布朗伯特：《死亡划过指尖》，殷悦译，黑龙江教育出版社，2017，第10页。
② 余华：《活着·中文版自序》，作家出版社，2013，第4页。
③ 帕斯卡尔：《思想录》，何兆武译，商务印书馆，1985，第90页。

着他们的活法与命运，也给予了他们不同寻常的日常。

在《烟火荡漾的告别》中，两年前妹妹在浴室触电身亡给这个家庭带来的影响是深远且难以磨灭的。在母亲看来，父亲摔断手臂、哥哥爱情破灭与断指之伤、姐姐为爱私奔却又惨遭抛弃等等一系列不幸都源于妹妹的亡魂在作祟。因而，母亲整日在家中办法事，最后甚至通过结阴婚的方式将妹妹迁出这个家庭。妹妹的双胞胎哥哥，在空荡的房间里还能听见妹妹的声音，闻到妹妹的味道。他一直想搜寻死亡的秘密，又不得不同妹妹的亡魂进行告别。同母异父的姐姐，情路坎坷，甚至想到过死去，让自己的房间也和隔壁一样凋零。在低落与无望中，她思索"我们应该怎么活着"但却无法解决这个深奥的问题。作为一个孤儿，父亲在年轻时同样有过自杀的念头。然而，在岁月的打磨中，他已经成为一个看破生死、不动声色之人。在小说中，生者不断在试图遗忘，试图磨灭生的痕迹。只是，死亡阴影依旧顽强地以香火、法事、梦境、幻觉与寂静等多种方式显现于生者的生活之中。从叙事学的角度看，妹妹的死亡是这个家庭普通而又不寻常生活的背景，它是整个小说叙事的开始，亦是小说叙事得以延伸的最大推动力。小说以四个生者的命运为叙事单元不断循环，其中回忆与现实交错接替，着重呈现出死亡阴影中的"活着"的多样与艰难。小说以"结阴婚"为节点，让这一家人告别了亡魂，与死亡握手言和。但是，这充满仪式感的告别是否真正有效？我们谁也无法得知。

"死亡不是一了百了的事情，死亡的影响仍然在活着的人之间延续。"小说中的这句话，可以用于概括《烟火荡漾的告别》这篇小说，也可以用来概括王海雪相当一部分的小说作品。王海雪时常借死亡阴影叙述情爱之艰难——这同样是"活着"之一种。我不知道这是王海雪的有意为之，还是长期迷恋死亡书写而带来的写作惯习。但无论如何，在叙事上，情爱与死亡联系在一起，总会增添其悲凉之感，亦能凸显出情爱之深之苦。另一方面，王海雪笔下的死亡又绝不是疯狂的、波涛汹涌的、歇斯底里的。相反，它显得安静，显得再平常不过，这正如同王海雪笔下的情爱纠缠与日常叙事一般。

　　与《白日月光》相似，在小说《归离》中，死亡阴影下王海雪试图呈现的是父亲与寡妇的陈年旧爱；《在光亮的房间点燃蜡烛》试图刻画的是"无后"焦虑、死亡恐惧中吴旺与芝麻这一对贫贱夫妻的艰难而又温暖的爱情；《暹粒》中，那塔与召恩两个心中都藏有深刻的死亡体悟的孤独者，因同病相怜而在一起，又因在一起而生发出新的死亡事件。死亡，抑或说死亡带给生者的影响，在王海雪小说中占据重要地位。在某种程度上，我们可以说，王海雪的小说始终披着一层"死亡风衣"———一眼望去，阴郁弥漫，又冷酷冰凉，充满腐朽的味道，令人印象深刻；而细细探究，则会发现在这死亡笼罩之下，其实另有一番天地。

三

　　王海雪小说中另一个反复出现的字眼是：塘镇。早期的长篇小说名为《塘镇叙事》，小说集《失败者之歌》中，故事都发生在塘镇这一片小天地。在《白日月光》中，塘镇已然升级为了塘县。显然，王海雪与福克纳、莫言、苏童、贾平凹一样，试图在文字中建构属于自己的"专属领地"。王海雪在海口龙塘镇成长，这里的一草一木、一砖一瓦都是她最为熟悉的。如同王海雪在《夜色袭人》的创作谈中所说："我的作品，包括《夜色袭人》的故事背景地，都发生在一个小镇上，那是我生活之地在纸张之下的变形。"然而，无论如何变形，龙塘镇的点点滴滴总会影响到其在文字中对塘镇的虚构。也就是说，这必然地影响到了王海雪的小说叙事。譬如，龙塘镇的陶瓷泥塑、石雕和木雕驰名已久（龙塘雕刻艺术入选第二批海南省级非物质文化遗产名录），现实中的龙塘陶瓷厂就被移植到塘镇叙事中，小说中的许多人物故事都与此相关。又如，海南种种热带植物，也反复出现在王海雪的小说中：印度紫檀、椰树、波罗蜜等。

以上所言是显而易见的影响。更深层次的影响，来自地方特有的风情、民俗、文化心理等。丹纳在《艺术哲学》中反复提及："要了解一件艺术品，一个艺术家，一群艺术家，必须正确地设想他们所属的时代的精神和风俗概况。"①同样以死亡叙事为例。在荆楚大地，巫鬼文化盛行，精怪、鬼魂、天眼、轮回等在民间文化中广泛流传。于是，我们看到，在陈应松《还魂记》、王十月《米岛》《收脚印的人》等作品中，植物化灵、人鬼共存、魂魄夜行等匪夷所思的情节如同现实事件一般常见。迟子建笔下的"万物有灵"，莫言笔下的"生死轮回"，等等，同样是受到当地地域文化的深刻影响。在王海雪

① 丹纳：《艺术哲学》，傅雷译，生活·读书·新知三联书店，2016，第15页。

的死亡叙事中，我们同样可以看出许多海洋文明、海南地域文化等特征。譬如，随处可见的印度紫檀被称为招魂之树，细致的葬礼文化（包括生前为人挖生墓），灵魂离了身迷了路招魂幡也招不回，结阴婚，充满禁忌的七月十四鬼节，用椰子祭祀祖先，寺庙中具有神性的庙祝，颇有能力的算命，等等。值得一提的是，王海雪笔下的塘镇，还具有鲜明的文化融合气息：她多次写到塘镇中本土寺庙与基督教堂共存，寺庙执事与基督教徒混在一起。显然，这是近现代中西文化碰撞、并存、交融的一种缩影。

回到王海雪对塘镇的写实与虚构，我们看到，她的书写大多是一种现实的日常叙事。这与莫言《红高粱家族》《丰乳肥臀》等小说对高密东北乡进行的传奇化叙事策略显然是不一样的。塘镇的家长里短，时代变迁中的塘镇风貌，不同家庭各自的"幸"与"不幸"，男男女女之间的爱欲情仇，等等，成为王海雪的重点书写对象。当然，书写一地风貌，构建一个属于自己的"文学国度"，在当代小说中并不显得独树一帜。令人眼前一亮的，是王海雪总是善于用那阴郁、冷酷又充满腐朽气息的"死亡风衣"，包裹那些温暖的、悲伤的、坚韧的、独立的、卑微的、反抗的个体生命，在冷静而克制的叙事中，传递出多层次的、个性化的生活体悟。

地方风物书写的凸显、隐退与失衡[*]
——以"新南方写作"为中心

　　"新南方写作"出现之后，迅速地引发了广泛讨论。这是当代文学现场中一个全新的命名，其概念、内涵、边界、风格特征、代表作家、标志性作品等等，目前都处于一个尚未确定的状态，亟待进一步厘清。不少评论家、作家，纷纷撰文，阐述他们对于"新南方写作"的理解。作为一个概念，或者一个对于某种文学现象的概括，"新南方写作"显然具有丰富的讨论、阐释空间。但无论如何，我们得承认，这个概念首先是一个地域性的概念——尽管目前，对于这个"新"的"南方"的地理范围的界定稍显宽泛与模糊。杨庆祥在《新南方写作：主体、版图与汉语书写的主权》一文中，将"新南方写作"的地理区域界定为"中国的广东、广西、海南、福建、香港、澳门、台湾等地区以及马来西亚、新加坡、泰国等东南亚国家"。"南方"与"北方"在文学领域本就没有一个地理学上的清晰界线，"南方"和"新南方"同样也难以划分出这么一条线出来。但与传统的"江南"相比，"新南方"显然是一个更为开放与广博的空间概念，它不限于一江一河、一山一水，它超越省市界限乃至超越了国界，其地域更为广泛。"新南方

---

[*]　原载于《广州文艺》2022年第5期。

写作"作为一个地域性的文学概念，它必然地带有某种地域书写风格。同时，又因其地域的广阔与泛化，其地域风格又注定是多样、多元的，而非单一的、集中的。

在文学创作中，作品的地域风格与地域气质往往通过地理环境、地域方言、地方风物等来呈现。迟子建笔下的东北，贾平凹、陈忠实笔下的西北黄土高坡，张承志、张贤亮笔下的旷野、草原与边地，老舍、刘恒笔下的北京，冯骥才笔下的天津，汪曾祺、苏童笔下的江南，王安忆、金宇澄笔下的上海，沈从文笔下的湘西，等等，都给人留下了深刻的印象。地理意义的风景，经过作家的书写，成为文学的风景。众多的文学风景，又构成了一个文学中国。文学中国，既是想象的，又是现实的；既是凌空而起的，又是根深蒂固的；既是极具个人色彩的，又是有着坚固而普遍的物质基础的。地方风物书写，在这一过程中往往就承担着展现小说作品现实的、扎根的、物质基础这一面的叙事功能。

作为一个地域性概念，"新南方写作"显现出怎样的地域性？如何呈现这种地域性？具体到地方风物书写，又呈现出哪些特征？这些都是值得进一步讨论的问题。

我想到略为矛盾的四个词语："丰富""凸显""隐退""失衡"。

首先是"丰富"。如前文所说，"新南方写作"在地理边界上目前虽然没有定论，但却已经显得相当辽阔——杨庆祥认为"新南方写作"包含了南洋地区的汉语写作，陈培浩在《"新南方写作"及其可能性》中认为它"囊括了广东、福建、广西、四川、云南、海南、江西、贵州等等文化上的边

文学的轻与重

地，具有更大的空间覆盖性"。在这一界定中，存在着多元化的文化：广府文化、潮汕文化、客家文化、海洋文化、南洋文化、各少数民族文化等等，在漫长的历史长河中传承至今，仍熠熠生辉。与此同时，"新南方写作"所涵盖的主要地区，又与民主革命、全球化、改革开放、城市化进程、科技革命、人工智能等时代浪潮有着密不可分的联系。在这一过程当中，"新南方"广泛地接受了来自全球各地的异域文化，在与之碰撞、交流、交融中，也逐渐生成了具有自身特征的新的城市文化。在以广东、香港、澳门等为代表的粤港澳大湾区，这一特征表现得更为突出。广东的打工文学、底层书写、都市小说在新世纪以来都引发了文坛的广泛关注，"城中村""出租屋""工厂""流水线""钢铁""深南大道"等作为新兴的"核心意象"，成为"新南方写作"中极具时代性的风物一种。因此，地域的辽阔，古老传统文化与新兴时代文化的交叠，使得"新南方写作"在地域特征与地方风物书写上，首先就呈现出了一种丰富性。传统风物、乡土风物、时代风物、城市风物，在"新南方写作"中，滋味不一，却各有风采。

其次是"凸显"。近些年，有一批青年小说家的"新南方写作"得到了众多关注。以陈崇正《黑镜分身术》《美人城》、林培源《小镇生活指南》、陈再见《出花园记》等为代表的潮汕书写，以林森《岛》《海里岸上》《唯水年轻》为代表的海洋书写，以朱山坡《蛋镇电影院》《风暴预警期》为代表的小镇书写，以林棹《溪流》《潮汐图》为代表的岭南书写，都取得了相当不错的成绩。尽管身处不同地域，尽管叙事风格不一，但这些作品都有一个相同的特点：它们都深深扎根于地方传统文化，着力在地方风物与时代变幻的碰撞中，书写其中的悲欢离合，展现出浓郁的地域文化色彩。在现实主义叙事中，地方风物成为他们小说中清晰的底色。比如陈再见长篇小说《出花园记》，将潮汕青年男女在十五岁时的"出花园"风俗作为整个故事的关键隐喻，在海东城与深圳、在出走与回归之中，展示了马玮、罗一枪、陈静先等一批80后青年的成长故事；比如林森的海洋书写，在过往与当下的交错中，在陆地与海洋的交替中，挖掘那些消失的或者即将消失的海洋信仰。在充满现象力的后现代叙事与魔幻现实主义叙事中，地方风物成为他们小说中重要的角色。比如林棹小说中对于岭南风物与景观的重现与变形，使得其小说弥漫着浓郁的岭南气息；比如陈崇正小说中对家乡的重新想象与建构，显现出历史与现代、地域与个体的深度融合。此外，林白的《北流》（《十月》长篇小说双月号2020年第3期、第4期）、陈继明的《平安批》（北京十月文艺出版社，2021年10月）、厚圃的《拖神》（作家出版社，2022年1月）等一批长篇小说新作，也在地方风物书写上展现出强大的吸引力。同时，一些潮汕、客家小小说作家，也在作品中就其所在地域的某一种风俗民情做出刻画，比如陈树龙、陈树茂兄弟二人的小小说集《北门街94号》、吴小军的《太公分猪肉》等。地方风物书写的凸显，给这些作品带来了历史的厚重感，也带来了浓郁的地域性。更关键的是，地方风物，在小说中，既是表现对象，也是表现手法，既是内容，也是方法。因此，"凸显"应当成为"新南方写作"中地方风物书写的重要关键词之一。

再是"隐退"。"隐退"与"凸显"，看起来矛盾极

　　　　　　　　　　　文学的轻与重

了——它们本是极度相对的。但是，在辽阔的"新南方写作"中，"隐退"与"凸显"又是并存的。有作家将地方风物作为其小说中的重要部分，也有作家并无意于此。比如路魆，他是土生土长的广东肇庆人，其作品流露出阴郁的后现代主义气息，这一点，与陈崇正的部分小说有一定的相似性。不同的是，他的小说作品，往往将故事的发生地设置在一个相对模糊、独立、闭合的空间之中，故事发生的时间点往往也并不清晰。换而言之，他的作品并无意在地域性与时代性这两个常见的维度上做文章，而是将重心放在了个体的现代处境与内心世界的深度挖掘上。又比如王威廉，他成长于西北，求学于广州，在广州生活了十余年，成为广东青年作家中的佼佼者。他的小说作品，比如早期的《非法入住》《无法无天》《合法生活》（"法三部曲"），将目光投射在当代都市青年的处境之中，但并未包含具体的风物书写。这些作品，更注重的是一种存在状态的普遍性，而不是某一种地域性。所以，在不少"新南方写作"中，地域性处于一种"隐退"状态——不能简单地判断他们就没有南方气息，那些深入骨髓的地域文化影响是难以磨灭的，只是这种气息在作品中并不显性呈现。当然，这种情况也并非定局，它会随着作家书写状态与书写目标的更变而发生变化。王威廉的中篇小说新作《你的目光》（《十月》，2021年第6期），就将大量的笔墨放在了生活在粤港澳大湾区的客家与疍家这两个土生土长的岭南族群身上，借他们的历史与现在，借眼镜店老板何志良与设计师冼姿淇的相遇、相知、相爱，展现时代的飞速变迁，更展现时代潮流中客家人与疍家人的处境一种。此外，在一些城市书写中，传统地方风物显现较少，但某些新兴的、更具时代性的风物又出现了。比如前文所说的"流水线""城中村"，比如科幻小说中的种种技术想象，等等。因而，"凸显"是相对的，"隐退"也是相对的。

最后是"失衡"。作为一个生长在江西赣州，求学、生活在广东珠三角的客家人，当我梳理阅读视野中的"新南方写作"时，当"失衡"这一个词语出现在我脑海之中时——坦白说，内心确实有一种尴尬的情绪。仅以广东的小说创作来说，展现潮汕地方风物与文化、广府地方风物与文化的作品都不在少数。而当我在脑海中搜索近些年以客家文化与客家风物为中心的小说作品时，确实许久都没能够找出足够具有代表性或引发了相当关注的作家作品来——尤其是弥漫着浓郁客家风情的作品，尤其是青年作家作品。"近些年，被大家广泛关注和讨论的潮汕小说家和作品挺多，客家的呢？我一下子想不出来。或许是我孤陋寡闻——所以真诚一问，近些年有哪些作家作品？"——当我在朋友圈里将这个问题提出，又私下咨询了好几位广东的作家、评论家之后，我确实感觉到这种"失衡"应当引起我们的重视。在现代文学史中，张资平、李金发等都是客家人，许多作品都展现出了对客家风貌与客家人情的刻画；在当代，不少学者也在践行"客家文学研究"（可参阅钟俊坤《客家文学研究：基于学术史的考察》）。但在"新南方写作"中，客家风物书写的"相对缺失"又确实是现实一种。从青年作家的创作来说，客家籍的作家并不在少数，比如这两年引起了广泛注意的陈春成（福建宁德人），其小说集《夜晚的潜水艇》（上海三联书店，2020年9月）中的《竹峰寺》《传彩笔》《酿酒师》等不乏客家文化风情的踪迹；比如徐威（江西赣州人），其杨镇系列小说着重展示客家的风俗民情，《慢生十二式》（《人民文学》，2021年第12期）以赣南一个厨师家族的传承与衰败为核心，试图呈现客家风物与客家品格；又比如巫宏振（广东清远人），同是客家，他的作品更倾向于展示现代体验，在客家风味这一块，暂时并未显露出明显的书写痕迹。倘若把这种视域从广东再往外延伸，延伸到"新南方"，客家的声音仍然显得轻微；倘若把客家替换成其他地域与族群的文学书写，"失衡"也同样存在。

"丰富""凸显""隐退"与"失衡"，这四个词语构成了我对当下"新南方写作"中地方风物书写的印象一种。它们有时彼此独立，有时重重交错，从而构成"新南方写作"文学风景的复杂一面，而这复杂的一面，又恰恰是我们都需要、期待、珍视的。仅仅是"新南方写作"才呈现这几个相互矛盾的关键词吗？其实也不然。我想，把这四个词，放在更广阔的中国地域书写中，放在整个当代文学发展链条中，同样也是适用的。所以，从这个角度看，以"新南方写作"为中心探讨地方风物书写的现状一种，仅仅是一个局部的、有限的分析——但我相信，这些问题，不应当被忽略。

论余华小说中的反英雄形象

余华在数十年的创作历程中，塑造了众多令人印象深刻的人物形象，譬如山岗、山峰、阮海阔、福贵、许三观、李光头、宋刚等。一方面，余华作品中的人物往往承受着巨大的苦难（暴力、意外、死亡等）；另一方面，这些人物在生活中往往表现出默默承受、麻木不仁、玩世不恭、缺乏思想信念、随波逐流、对社会和道德冷漠不在乎等反英雄特质。在余华新世纪创作的两部长篇小说中，其人物同样具有此类反英雄特征。《兄弟》中，李光头流氓式的发家史是对商品经济时代英雄人物的消解；《第七天》中的杨飞则真正如同一具游魂，在生活中缺乏信念，随波逐流，默默承受生活的荒诞与苦难。"意义（meaning）、叙述（narrative）、人物塑造（charaterization）是文学必需的三种成分。"①基于此，对余华小说中的反英雄人物形象进行分析，成为本文的努力方向。

王岚认为，"反英雄（Anti-hero）是与'英雄'相对立的一个概念，是电影、戏剧或小说中的一种角色类型。作者通

---

① 刘俐俐：《文学"如何"：理论与方法》，北京大学出版社，2009，第35页。

文学的轻与重

过对这类人物的命运变化对传统价值观念进行'证伪'，标志着个人主义思想的张扬、传统道德价值体系的衰微与人们对理想信念的质疑。反英雄走向了'英雄'的反面，它的出现是对传统理想中的'英雄'人物的解构，或者说是这些理想概念的破碎和丧失。"①根据王岚的分析，"反英雄"在小说作品中可以分为四类：积极向上的普通人、从虚幻中惊醒的人们、失去信念的现代人、荒原人。曾繁亭认为反英雄直接出自自然主义："对'真实感'的追求，使自然主义作家致力于淡化戏剧性情节，返回到平淡的现实生活。这决定了其小说里的人物必然要变得平凡庸常，猥琐渺小。"②从这一个角度而言，反英雄人物拒绝传统理想中的高大全式的"巨人英雄"，它将英雄还原为普通的人的生活，刻画在日常生活中的常态英雄。用小说家左拉的话来说："小说家如果接受表现普通生活的一般过程这个基本原则，就必须去掉'英雄'。我所谓的'英雄'，是指过度夸大了的人物，木偶化的巨人。"③余华在其小说文本中塑造了许多这种日常生活中的反英雄。

纵观余华四十余年创作历程，可以把余华的创作分为三段阶段：一是20世纪80年代至90年代初的中短篇小说创作，此时的余华乃是先锋文学主将之一，其作品无论是形式上还是主旨意蕴上都体现出强烈的先锋性；二是20世纪90年代的长篇

---

① 王岚：《反英雄》，赵一凡等主编，《西方文论关键词》，外语教学与研究出版社，2006，第103页。
② 曾繁亭：《"反英雄"：西方文学叙事从"典型"到"类型"的现代转换——兼论自然主义和现代主义的关系》，《东方论坛》2008年第4期。
③ 卢卡契：《左拉诞辰百年纪念》，朱雯等编选，《文学中的自然主义》，上海文艺出版社，1992，第470页。

小说创作，主要是《呼喊与细雨》（后更名为《在细雨中呼喊》，《收获》1991年第6期）、《活着》（《收获》1992年第6期）、《许三观卖血记》（《收获》1995年第6期），有相当一部分学者将这一阶段称为余华的转型阶段；三是余华十年沉寂之后的新世纪创作阶段，小说作品有《兄弟》（上）（2005）、《兄弟》（下）（2006）及2013年出版的《第七天》。本文将对这三个阶段余华小说进行个案分析，历时地看待余华小说中反英雄形象的呈现。

二

在余华所有的小说创作中，最能体现余华小说中的后现代解构因子的，即最具有解构主义特征的小说文本，比较集中地出现在20世纪80年代这一阶段。在这一阶段，余华从一个名不见经传的乡镇牙医跻身成为当时中国文坛耀眼的新星。余华在较短时间内接连创作出大量中短篇小说佳作，成为先锋文学的主将之一。他努力通过文字的组合、人物的裁剪、情感的掌控等进行小说文本的先锋性实验，打破文学中的传统，引发新的审美观念的变化。"当余华在1986年开始写小说时，他力图嘲弄传统的文学规范，并最终颠覆汉语言本身所蕴含的价值与文化观。"[①]事实上，这正是对余华小说先锋性、解构性的

---

① 刘康：《余华与中国先锋派运动》，洪治纲编，《余华研究资料》，天津人民出版社，2007，第159页。

　　　　　　　　　　　　文学的轻与重

一种认识。在余华的小说中，正义、崇高、无私、无畏、英勇的传统英雄形象也一一被解构，笔下人物多以反英雄形象出现。

《鲜血梅花》是余华的所有小说作品中唯一一部戏仿武侠小说之作，讲述阮海阔为父复仇的故事。在传统的武侠小说中，主人公往往具有侠义之心、侠义之力与侠义之气。然而，在余华《鲜血梅花》的主人公阮海阔身上，无论是侠义之气、侠义之力，还是侠义之心，均不见踪影。首先是侠义之气的缺乏。在传统的武侠小说中，为父报仇之人往往心性坚定，苦练技艺，一心渴求手刃仇敌，如《雪山飞狐》里的胡斐，《射雕英雄传》中的郭靖，《苍穹神剑》中的熊倜，然而阮海阔却始终处于一种无意识的漫无目的的行走之中。其次是侠义之力。阮海阔不懂得任何武功技艺，柔弱力薄，显然缺乏勇武之力。更重要的是，他压根没有获取勇武之力的念头。在他的观念中，背负梅花剑，出门寻杀父仇人，仅仅是母亲的嘱托，仅仅是因为母亲纵火自焚家园后一种无奈的选择。最后是侠义之心。罗立群在《中国武侠小说史》中说："从史传中所记载的著名侠士，如战国四公子、朱亥、唐雎、冯煖、朱家、郭解等人及诸位刺客的言行来看，侠对义的理解主要着眼于'助人''重言诺'和恩仇必报，这便是侠义精神。凡按照侠义精神行为处世者，即言行符合'侠义'的人，便是侠。"[1]阮海阔在行走中帮助了胭脂女和黑针大侠，按理，其可视作为侠。然而，阮海阔在帮助二者之时，完全是处于一种机缘巧合之中，并非阮海阔主动助人，积极地寻找消息，而后"重言诺"

---

[1]　罗立群：《中国武侠小说史》，花山文艺出版社，2008，第3页。

告知被助之人。因此，他的"侠义行为"同样是处于一种莫名其妙的被动状态，而非其真正地"按照侠义精神行为处事"。所以，无论是从侠义之气、侠义之力与侠义之心来看，阮海阔形象都不再是一个传统的武林侠客形象。

在《鲜血梅花》中，余华建构了一种反讽性环境。反讽性环境是环境的一种，它与象征性环境、中立性环境不同："它与人物行动既有关系又不和谐""环境与人物的情感或行为发生对立与隔膜"[①]。换言之，在反讽性环境之中，人物的举动往往与环境构成一种格格不入之感。这种感觉或是强烈的对比，或是麻木的无视与漠视，从而呈现出环境对人物的嘲讽与戏弄。在《鲜血梅花》中，一方面是典型的武林侠客社会环境氛围，另一方面却是软弱、无力、无意识的非典型武林人士阮海阔；一方面是严肃而扣人心弦的复仇，另一方面是漫无目的的麻木行走。"阮海阔低头沉吟了片刻，他依稀感到那种毫无目标的美妙漂泊行将结束。接下去他要寻找的是十五年前的杀父仇人。也就是说他将去寻找自己如何去死。"[②]在这一句非常典型的戏仿叙事中，我们可以看到耐人寻味的反讽意味：毫无目标的行走是美妙的，杀父之仇已然失去其严肃性；寻找杀父仇人等同于寻找自己如何去死，英雄之子阮海阔显得如此软弱无能。阮海阔与余华所设定的环境格格不入，由此造成了余华对武侠小说的戏仿与颠覆，也促使了余华小说中反英雄人物形象的生成。

---

① 胡亚敏：《叙事学》，华中师范大学出版社，2004，第167页。
② 余华：《鲜血梅花》，作家出版社，2013，第18页。

文学的轻与重

王香火——一个被地主王子清视作"孽子"的富家少爷——用生命完成了一次壮举，偏离原目的地将日军带向了孤岛。这种行为在抗日战争时期，可谓是可歌可泣。他应当与中国现当代其他文学作品，诸如《地雷战》《鸡毛信》《平原游击队》中的抗日英雄人物一样，美名远扬，令人敬仰。然而，读毕《一个地主的死》，我们在震撼之余却并不能在脑海中建构一个完整的英雄形象。在小说中，王香火更像是一个冰冷的符号——缺乏温度、面目模糊，他的形象呈现出扁平化的特征。这种形象特征与以往的抗战革命英雄形象相比较而言，同样是一种反英雄的形象。从叙事角度来看，《一个地主的死》中明显存在着双重叙事话语：其一是王香火带领日军行走的零度叙事话语，其二是对王子清、孙喜及其余人物所使用的写实叙事话语。小说情节在这两种叙事话语之间反复切换，形成强烈的对比，并由此构成了反英雄人物的张力所在。罗兰·巴尔特在《写作的零度》中提出一种"零度的写作"，这种写作方式"根本上是一种直陈式写作"[①]。作者在写作中不掺杂任何的人格想法与情绪，不介入小说而以零度情感机械地描述事件。在《一个地主的死》的零度叙事话语中，我们可以发现，不仅是作者本身是零度的，连作者笔下的人物王香火也是零度的。余华在叙述王香火身上发生的故事时，使用的叙事话语往往是客观的、中性的直陈式的话语，语言简练，只图将动作行为讲述清楚。当这两种迥然不同的话语在小说文本中反复多次

---

① 罗兰·巴尔特：《写作的零度》，李幼蒸译，中国人民大学出版社，2008，第60页。

切换后，二者之间形成巨大的反差。王香火孤岛困日本兵的举动在这种反差中显得更为英勇、悲壮，但是，王香火自身的形象却显得更为模糊。他不是传统叙事模式下生动、形象的着力刻画的英雄——双重叙事话语的反复切换、对比消解了英雄叙事与宏大叙事，将王香火推向了反英雄的阵营。

《河边的错误》是一篇戏仿侦探体的小说，是余华又一篇充满先锋色彩的小说文本。与《鲜血梅花》中的阮海阔、《一个地主的死》中的王香火不同，《河边的错误》中马哲具有英雄人物所具有的奉献精神与行动魄力。然而，其"英雄之行为"不被理性法则所认可，反而被认为是精神病患者，这同样具有强烈的讽刺意味与反英雄色彩。在小说中，马哲如同梁山好汉般替天行道，具有英雄的几个品质：正义、睿智、果敢、敢担当、敢奉献。这是《鲜血梅花》中阮海阔所没有的。马哲不忍疯子再杀害他人，心怀对生命的敬畏，思考之后毅然做出自己的选择。这种自觉意识是《一个地主的死》中王香火所缺乏的。正所谓"侠以武犯禁"，他不顾律法，枪杀疯子，颇有侠义之风。可以说，在马哲身上体现出了英雄形象的自觉意识与行动意识。然而，马哲其所为又偏偏成为一个"河边的错误"。他的英雄之举符合其内心的道义，却与律法对立。以至于最后自己也需要借助"疯子"的身份破解律法上的困境。"英雄"最终变为了"精神病患者"，英雄的品质与行为被另一个身份所消解，这种悖论式的情节发展具有强烈的反讽意味。

从阮海阔、王子清和马哲这三个人物形象，我们可以看到，余华20世纪80年代的先锋实验中，已经开始刻画出较为典型的反英雄形象。这些反英雄形象，与众不同，是余华对传

　　　　　　　　　　　　　　文学的轻与重

统创作方式与创作理念的一种"反叛"与"突破"。

三

　　20世纪90年代，余华接连创作出三部长篇小说《细雨与呼喊》（后改名为《在细雨中呼喊》）、《活着》、《许三观卖血记》。这一时期，余华的小说创作与之前先锋时期相比，在形式实验上，先锋性、探索性、异质性有所减弱。但对人的关怀，对世界的怀疑与无奈，对现实的关注与书写，却仍然是余华小说的主题。余华愈加地关注生活中具体的人，关注那些生活在底层的、边缘的小人物，关注他们的吃喝拉撒，关注他们在时代变迁中的命运变化，作品呈现出更多温暖的人文关怀。福贵与许三观一生遭遇令人感慨。他们是亿万中国人民中的普通一个，但他们又是唯一的那一个。他们的所作所为令人震撼，甚至敬佩，但又很难将其定义为一个英雄。他们呈现出来的形象仍然是反英雄形象。

　　《活着》中的主人公福贵一生遭遇了种种苦难，亲人接二连三地死亡让他体验到活着的艰难与无奈。从一个地主大少，到一介平民，承受苦难成为他的生活常态。"'活着'这个本应该是过程的东西，反而成了生存的全部目的。"①余华"以福贵的口吻讲述了二十世纪的中国史"②，他记录的是时代境

① 刘忠：《20世纪中国文学主题研究》，社会科学文献出版社，2006，第132页。
② 余华：《活着》，作家出版社，2013，第187页。

遇中福贵这一普通个体在日常生活中的琐碎细节，并以此刻画出福贵这一反英雄形象。

在《活着》中福贵有一段曲折又心酸的从军经历。他被国民党军队抓壮丁去拉大炮，在被解放军包围之后，福贵以及"福贵们"的表现与中国现当代主流的革命英雄形象大相径庭。在主流的带有强烈政治意识形态因素的"红色经典"作品中，军人战士往往呈现出视死如归、勇猛顽强、舍生忘死、不惧艰难困苦、忠贞爱国等英雄气质。在思想与行动上他们展露出超乎一般的一致。"从左翼文学到'红色经典'的一系列文艺作品，都极力张扬战斗主体的主动性，弘扬生死度外的勇武精神以及与敌人势不两立的仇恨心；它不仅形成了固定的叙述革命战争的模式，而且建构了以大无畏的革命英雄主义和爱国主义为核心的宏大叙事。"[①]然而，在福贵身上，我们难以看到这种大无畏的革命英雄主义精神，勇敢、顽强、无畏等英雄气质被福贵的贪生怕死、懦弱、自私、狭隘的反英雄特质所消解。在福贵的心中，想得最多的不是革命与胜利，而是对死亡的恐惧以及对活着的渴望。余华在此用了个人化视角书写战争的残酷。这种视角是以个人的私欲为出发点的，它通过对福贵内心的惧怕与念想塑造了一个反英雄的小人物角色：一方面用个人化叙事消解了"红色经典"所擅长的革命宏大叙事；另一方面，通过书写福贵的畏惧与软弱呈现出普通大众"活着"的不易。

---

① 褚蓓娟：《解构的文本——海勒与余华长篇小说研究》，北京师范大学，比较文学与世界文学博士论文，2006，第41页。

更需要注意的是福贵在生活中面对苦难时所表现出来的态度。在福贵的一生之中，亲人的接连死亡使得福贵遭遇了众多的苦难。而福贵面对种种困境所选择的面对方式是被动地承受。在发挥自身主观能动性上看，福贵身上缺乏传统英雄所具备的崇高、勇敢、执着与勇气，他显得卑微、懦弱。这恰恰是反英雄形象的特征之一，它与悲剧英雄不一样："反英雄面临人生难题时却往往表现得唯唯诺诺、全无主见。他们既缺乏崇高的人生目标，更缺乏维护某种信念的意志力量。"①然而，我们也必须看到，在他的懦弱之中，又能发觉出一丝乐观、豁达的心态，他仍然努力地活着。因此，在小说中显得复杂而矛盾的是，福贵面对生活的态度呈现出一个懦弱、卑微应对的小人物形象，但余华又通过各种苦难把福贵塑造成了获得了读者怜悯甚至敬佩的悲剧人物形象。谢有顺对于福贵这一形象曾发出这样的感慨："我对余华所树立和推崇的福贵这个形象，的确有一些费解。从人物塑造的角度来讲，我不能不说他是成功的，但从存在的意义上说，福贵并非勇敢的人，而是一个被苦难压平了的人，为此，他几乎失去了存在的参考价值。"②因此，就发挥人的能动性方面而言，福贵呈现出来的同样是反英雄形象。

苦难是余华小说的重要主题。与福贵类似，许三观一生之中同样遭遇了各种各样的苦难。与福贵不相同的是，福贵选择忍耐方式面对苦难，而许三观则通过幽默来消解苦难。然而，

---

① 楼成宏：《论反英雄》，《外国文学研究》1992年第2期。
② 谢有顺：《文学的常道》，作家出版社，2009，第179页。

比较这二者之后，我们发现，在书写苦难之时，他们或是忍耐，或是通过幽默自我消解，但偏偏就没有正视苦难并逐步战胜苦难。他们并没有采用一种积极的态度，以自身的主观能动性去对抗苦难。"苦难在使余华成为高尚的作家的同时，也把他的精神中的软弱性和屈服性暴露了出来。余华面对苦难，显然缺乏受难的勇气，不愿意在苦难中前行，以倾听人在受难中如何获救的声音；他选择了用忍耐和幽默来消解苦难。"①因而，他们呈现出来的不是英雄形象，而是反英雄形象。

与福贵经历的时代大变革相比，许三观经历的生活显然更为单纯，所遇事件大多为众多日常生活中的琐碎事件。许三观作为一个普通人，一个小人物，却做出了许多悲剧性的壮举。在许三观的身上，我们能看到作为一个小人物为了这个家庭所作出的巨大奉献，十二次卖血，每一次都代表着许三观及其家人所遭遇的一件大事。通过重复卖血这一举动，使得许三观作为丈夫与父亲的形象深入人心。其中，他为了一乐这个非亲之子卖了七次血，甚至数次卖血差点失去生命。从对许一乐的付出来看，他确实可以看作是一个英雄父亲。但是，这种"英雄"与传统的英雄形象又不大相同。我们也必须看到许三观的性格局限，他身上有着自私、狭隘、自我麻醉、世俗等与"英雄"不甚相关甚至截然相反的性格特征。正是在这一点上，可以看到，王安忆所说的"当代英雄"②实质上是"英雄"的一种变体，从神性走向世俗的人性，从"高大全"走向了复杂与

---

① 谢有顺：《文学的常道》，作家出版社，2009，第181页。
② 王安忆：《王安忆评〈许三观卖血记〉》，《当代作家评论》1999年第3期。

文学的轻与重

真实，他已经走上了反英雄的道路。

　　尽管许三观一生之中做出了许多悲剧性的壮举，但本质上他却是一个喜剧性人物。在面对现实的荒诞与无奈之时，许三观呈现了以荒诞对抗荒诞、以幽默消解荒诞、以幽默批判社会现实的应对策略。1997年12月24日，比利时《晚报》刊文称："余华选择了用诙谐幽默的方式来阐释这个社会的荒诞。他成功地结合了正义与讽刺，细腻与遒劲有力的文风以及历史事件与一个小人物坚毅地生存、固执地活着的心路历程。"①幽默成为许三观反英雄形象的一个重要标签，也集中呈现了许三观作为一个小人物所有的狡黠与智慧。不可否认，许三观在生活中渺小而平庸，他身上天真乐观的心态、世俗而粗鄙的语言与思维，幽默且荒诞的举动使得其作为一个喜剧性小人物形象饱满而立体。但他身上也存有普通人没有的悲壮，为了家庭为了家人十二次卖血，又令人感到他英雄的一面。当两种截然不同的性格特征结合在一起，顺其自然地塑造了许三观的反英雄形象。

四

　　自《许三观卖血记》之后，余华经历了长达十年的沉寂期。其间余华未能创作出新的长篇小说作品。2005年《兄弟》（上部）、2006年《兄弟》（下部）的发表引起了文坛

---

① 余华：《许三观卖血记》，作家出版社，2013，第257页。

的密切关注，引发了众多争议与讨论。余华在新世纪的创作，令人们感觉到，余华在90年代转型之后的又一次变化。与80年代带有强烈先锋性的作品不同，余华新世纪的作品是在90年代回归现实主义的基础上进行的对现实的"正面强攻"。历史在其作品中不再"虚无"，但又显得荒诞而讽刺。作品中的人物形象不再似80年代作品中那般符号化，而是鲜活、具体的立体的人。然而，新世纪余华作品中的人物同样带有一种反英雄化倾向。

2009年6月3日意大利《欧洲杂志》记者Federica Cantore（费德丽卡·冈托雷）以"中国《兄弟》：一部当代的英雄传奇"为题推介《兄弟》[①]，李光头成为时代的"英雄"。陈思和从"民间传统"的角度将李光头视作"民间英雄"："李光头应该是一个民间的英雄，而不是一个干干净净的知识分子。"[②]在陈思和看来，从"先锋"到《活着》《许三观卖血记》及《兄弟》，余华经历了一个完全西方化到融入中国民间社会及传统的过程。然而，李光头与我们传统"英雄"形象相差甚远：李光头更像是一个机灵而粗鄙的街头混混，是反英雄人物，而非正统英雄。美国著名评论家莫琳·科里根认为："余华笔下的'反英雄'人物李光头已和大卫·科波菲尔、尤赖亚·希普、艾瑟·萨莫森等狄更斯笔下的文学人物一样，拥有了独立于作品之外的永恒的生命力。"[③]

---

① 余华研究中心：《意大利〈欧洲杂志〉之余华评论：中国〈兄弟〉，一部当代的英雄传奇》，引自http://yuhua.zjnu.cn/ArticleOne.aspx? id=1473。

② 潘盛：《"李光头是一个民间英雄"——余华〈兄弟〉座谈会纪要》，《文艺争鸣》2007年2期。

③ 莫琳·科里根：《〈兄弟〉是一个巨大的讽刺》，《上海文化》2009年第6期。

李光头玩世不恭、聪明又无赖，最后成为一名巨富，一个流氓富豪。如果仅从李光头所取得的成就看，他显然是商业时代的弄潮儿，是英雄般的商业巨头。但仔细思索，又会感觉，李光头的成就及其遭遇更像是对近几十年来商业经济时代发展的一种反讽与嘲弄。李光头成为这个时代变迁的解构者与见证者。李光头无疑是《兄弟》中最为立体、最为鲜活又最为矛盾的人物形象。在他的身上，既有优秀卓越的一面，譬如他对爱情的渴望与专一、对兄弟的关怀与维护、对生活与人生的乐观态度，以及最为重要的，在时代变革中表现出来的商业天赋；然而他又具有人性中最为荒诞与粗俗的一面：偷窥屁股，用屁股信息换取阳春面，年纪轻轻对着电线杆与板凳自慰、带着一帮残疾人"发家致富"，举办处美人大赛，等等。正是因为这些矛盾所在，李光头的形象才显得愈加饱满。李光头的经历与行为令人哭笑不得，这个玩世不恭的流氓富豪成为典型的反英雄人物，而在这一反英雄形象背后，呈现出的是一种社会变化中复杂而又典型的病症。"反英雄形象那些乖张荒唐的行径和纷乱杂陈的思想，所体现的正是一个缺乏信仰的时代所特有的文化病症，表现出一种具有典型意义的文化困境。"[①]

在余华看来，《兄弟》是把西方四百年社会所经历的动荡与变迁融合在了中国近四十年的变化中。确实如此，近几十年来，中国经历了从最为封闭的"文革"到最为开放的商业经济时代，从单纯走向了复杂。在这一过程中，中国人的观念发生了翻天覆地的改变。改革开放后，邓小平提出了发展具有中国

---

① 楼成宏：《论反英雄》，《外国文学研究》1992年2期。

特色社会主义的市场经济。1979年7月，"改革文学"的开篇之作《乔厂长上任记》发表。蒋子龙在小说中塑造了"文革"结束后中国经济发展时期力挽狂澜式的英雄形象乔光朴。这是传统的、主流的中国英雄。一直到20世纪90年代，中国当代小说中的商业英雄大多具有聪慧过人、足智多谋、做事果敢、敢于创新、敢于牺牲、锲而不舍、心怀家国等英雄特质。然而，在余华的《兄弟》中，李光头从一个街头混混到最后成为刘镇首富，但其身上偏偏就没有90年代传统商业英雄所具有的英雄品质：英雄的品性都被李光头的无赖、粗鄙所解构了。不可否认，李光头是天赋异禀的商人：他具有敏锐的商业头脑、锲而不舍的毅力、优秀的口才与感染力、坚决果断的魄力。但是，在小说中，体现他商业头脑与商业能力的事件却显得如此出乎意料：在少年时期用"屁股"换取"阳春面""三鲜面"，在政府门口建垃圾仓库、轰动巨大的处美人大赛，等等。这些事件在小说中被表现为一种现实而又夸张荒诞的矛盾情境。差异如此之大，从而造成了一种巨大的张力，使得李光头的形象更加复杂与立体。李光头是一个玩世不恭的流氓富豪，这一反英雄形象是对中国当代社会发展过程中畸形与病态的一种尖锐的见证、批评与嘲讽。

余华2013年出版的长篇《第七天》以一个死者为叙事视角，以死者杨飞的所见所闻所忆为线索，讲述中国的故事与现实。从人物塑造的角度来看，主人公杨飞不仅仅是死后成为亡灵四处飘荡，在其生时，其状态也如同游魂，缺乏信念，随波逐流，默默承受生活的苦难与荒诞。杨飞的生命没有福贵与许三观那样漫长，但是，他与他们一样，面对生活，仍然是一个

被动的软弱的接受者，他呈现出来的同样是反英雄形象。在
《第七天》中，余华试图以一种"举重若轻"的手法，以一个
亡灵的视角，将近些年来中国土地上发生的故事呈现在读者面
前。然而，这种意图却并未获得成功，主要原因在于余华未能
很好地实现经验的转换：在余华笔下，现实经验（新闻事件）
并未能够成功地转化为小说叙事文本。事实上，从现实新闻中
挖掘素材，加以艺术创造，本来便是小说创作的一种手段。例
如，王十月的中篇小说《人罪》（《江南》，2014年第5期）
便是以现实社会素材为骨血，将"冒名顶替他人上学，命运
截然不同"这样的新闻事件艺术转化为一个法官的内心的自
省、自责的深刻主题，深入地挖掘人性中的善与罪。在《第七
天》中，小说文本涉及了许多当下时代发生的社会公共事件，
强拆、火灾、弃婴、卖肾等等。这些都是发生在当下生活中
的，人们所熟悉的现实，是某一刻的新闻。当经验没能成功转
化为小说文本时，读者也就不可避免地认为《第七天》只不过
是"新闻串串烧"。我们不质疑余华关注现实、批判现实的信
念与勇气，但是，我们也看到，余华在素材的艺术加工上没有
更新颖的、更深入的突破，他的"举重若轻"并不成功。如同
王春林所说："在充分肯定余华冒犯社会现实的批判勇气的同
时，我们还需要明确意识到，对于一位如同余华这样中国文坛
一流的作家来说，仅有批判的勇气肯定是远远不够的，问题的
关键还在于他是否真正实现了一种艺术的批判。从这个角度来
看，《第七天》就无法令人满意。"①

①　王春林：《余华的一种写作困境》，《深圳特区报》2013年8月12日，B2版。

回到主人公杨飞身上，我们可以看到，虽然杨飞的形象塑造并不如福贵、许三观那样令人印象深刻，但是杨飞与福贵、许三观一样被动地承受生活苦难，一样是反英雄形象。大多时候，他就像是一只随波逐流的小舟，在社会中被动地飘荡着。以杨飞与前妻李青的相处为例，我们可以看到杨飞的软弱与被动。李青是公司里的大美女，追求者众多。杨飞同样爱慕李青，却没有这个野心与勇气，从不敢说出口。机缘巧合，当李青最后选择了平凡、软弱的杨飞时，杨飞喜出望外，但很快又心生自卑。在杨飞自己看来，自己就是一个"便宜货"，他与李青走在一起是癞蛤蟆吃到天鹅肉。杨飞在李青身上的感受和想法非常典型地呈现出他反英雄人物的特性：

　　有时我也恨自己的软弱。①
　　一次出差的经历让她真正意识到自己是什么样的人，也意识到我是什么样的人。她是一个能够改变自己命运的人，而我只会在自己的命运里随波逐流。②
　　我为她高兴，电视和报纸杂志上的她仍然是那么美丽，这张通行证终于是她自己在使用了。然后我为自己哀伤，她和我一起生活的三年，是她人生中的一段歪路，她离开我以后才算走上了正路。③

　　杨飞不仅仅是在李青身上呈现出这种软弱、随波逐流的特

①　余华：《第七天》，新星出版社，2013，第42页。
②　余华：《第七天》，新星出版社，2013，第44页。
③　余华：《第七天》，新星出版社，2013，第48页。

文学的轻与重

性。面对自己爱人，杨飞都没有勇气与魄力去主动把握幸福。也就可想而知，在面临生活的苦难与悲剧时，杨飞的被动与软弱。杨飞是一个平凡的小人物，他的生命有些许传奇色彩，但并非英雄传奇；他的一生也曾遭遇苦难，却只是被动地承受苦难。从这个角度来看，杨飞始终处于一种"无我"的失语状态。无论是在生前，还是死后，他始终是一个麻木的、随风飘荡的游魂。在这一点上，他与阮海阔十分相似。

五

一时代有一时代之文学。当代文学遭遇了新的历史境遇与外在环境，新的文学理念、文学样式与新的文学创作方法也悄然变化着。当代英雄叙事也自然而然地产生某种新变：从革命英雄主义叙事到反英雄叙事，从歌颂英雄到消解英雄。尤其是伴随着后现代主义的到来，"英雄的凡俗化、平庸化时代势必来临或者已经来临"[1]。将神性祛魅，以人性动人，在余华的笔下，我们看到他更多地讲述日常生活中凡俗化、平庸化的反英雄。从阮海阔到杨飞，余华在三十余年的小说创作中塑造了一大批反英雄人物。这些人物形象，较之20世纪中国英雄叙事所创作的英雄人物形象，已然大不一样。透过这些反英雄人物形象，我们看到的是余华对于现实与人性的思索与批判。是的，无论余华的创作手法是"先锋"还是"现实"，但可以确定的是，对人的关怀和对人性的挖掘始终是余华创作的中心主旨。

---

[1]　王封疆：《后现代语境中的英雄空间与英雄再生》，《文学评论》2014年第3期。

论余华小说的反英雄叙事及其价值*

　　反英雄叙事拒绝传统高大全式的"巨人英雄"，而是将英雄还原为普通的人，刻画日常生活中的反英雄。"反英雄走向了'英雄'的反面，它的出现是对传统理想中的'英雄'人物的解构，或者说是这些理想概念的破碎和丧失。"①在余华的小说中，存在这样一种反英雄叙事，它书写日常生活中的反英雄，塑造了阮海阔、王子清、马哲、福贵、许三观、李光头、杨飞等一大批反英雄人物。余华认为他的写作是"从中国人的日常生活出发，经过政治、历史、经济、社会、体育、文化、情感、欲望、隐私等等，然后再回到中国人的日常生活之中"②。从"出发"到"回归"，从"巨人英雄"到"日常式反英雄"，余华的反英雄叙事有着其独特的叙事策略与审美价值。

一、解构、黑色幽默与狂欢化：余华小说的反英雄叙事策略

　　余华塑造了众多令人印象深刻的人物形象。一方面，余

---

* 　原载于《南方文坛》2017年第3期。
① 　王岚：《反英雄》，见赵一凡等主编：《西方文论关键词》，外语教学与研究出版社，2006，第103页。
② 　余华：《我们生活在巨大的差距里》，北京十月文艺出版社，2015，141页。

文学的轻与重

华作品中的人物往往承受着巨大的苦难（暴力、意外、死亡等）；另一方面，这些人物在生活中往往表现出默默承受、麻木不仁、玩世不恭、缺乏思想信念、随波逐流、对社会和道德冷漠不在乎等反英雄特质。在这些反英雄人物形象的塑造过程中，余华的反英雄叙事策略应当引起我们的注意。

首先是戏仿与解构。从鲁迅《故事新编》对正史的戏仿，到施蛰存《石秀》对《水浒传》的戏仿，再到余华《鲜血梅花》《古典爱情》对武侠小说、才子佳人小说的戏仿，可以看到，戏仿这一叙事手法被相当多的写作者所喜爱。戏仿（Parody），又称滑稽模仿，指的是创作者在创作过程中有意识地对其他的文本、文体、风格进行模仿的一种创作手法。这种模仿不是简单地重复与抄袭，而是在其他文本、文体、风格的基础上进行的一种再创作。这种再创造是异于被模仿的文本的，并且，这种差异越大，戏仿取得的叙事效果越加明显。华莱士·马丁指出："滑稽模仿本质上是一种文体现象——对一位作者或文类的种种形式特点的夸张性模仿，它以语言上、结构上、或者主题上与所模仿者的种种差异为标志。"[1]在余华的小说中，戏仿是余华反英雄叙事的策略之一。《鲜血梅花》是余华对武侠小说的模仿，小说的环境设置与传统武侠小说别无二样，但其人物形象与故事情节却与传统武侠小说迥然不同。在这两个方面，余华进行了颠覆，形成强烈的差异性，促使了阮海阔反英雄形象的生成。传统武侠小说中的叙事因果被余华所切断，故事因此显得模糊而神秘。阮海阔如同一个反

---

① 华莱士·马丁：《当代叙事学》，伍晓明译，北京大学出版社，2005，第183页。

英雄符号，在漫无目的的游荡中阴差阳错地结束了"复仇之旅"。在这一过程中，阮海阔及其行走的意义仿佛只是证明了神秘莫测的"天意"的存在。这其实是余华对传统武侠小说的一种戏仿与解构。手无缚鸡之力的阮海阔"入武林"却不成侠，"复仇"亦非真正的复仇，传统武侠小说中的风格与意义在这里被解构得淋漓尽致。在《河边的错误》中，余华对侦探小说进行戏仿。马哲具有英雄人物所具有的奉献精神与行动魄力。他为民除害的英雄之举符合其内心的道义，却与律法对立。以至于最后自己也需要借助"疯子"的身份破解律法上的困境。"英雄"最终变为了"精神病患者"，英雄的品质与行为被另一个身份所消解，这种悖论式的情节发展具有强烈的反讽意味。

除却以戏仿解构文本意义，余华还以符号解构人物，以个人叙事解构宏大叙事，进而解构历史。海登·怀特认为："历史学家在选择特定的叙述形式时就已经有了意识形态的取向，因此他给予历史的特定阐释也必定带着特定的意识形态含义。"[①]在《一个地主的死》中，余华并没有花费大量笔墨去刻画王香火作为一个地主少爷与抗日英雄的形象。余华仅仅将其视作一个普通人物，一个可以叫作王香火，也可以叫作张香火、李香火的人物。余华不对王香火进行人物刻画，不描述其心理活动与思想变化。王香火不似其他英雄那般，是为国恨而进行"壮举"，或是为心中大义与理念而牺牲。他的举动

---

① 海登·怀特：《后现代历史叙事学》，陈永国、张万娟译，中国社会科学出版社，2003，第6页。

完全可能是因为个人遭受折磨而报复泄恨，或只是因为目睹日军暴行后产生的一种热血冲动。由此，余华解构了左翼文学、十七年文学以来主旋律文学中所呈现的"英雄"气质——王香火并不是"正典英雄"，他的英勇壮举虽沉重，却又显得"轻飘"。他并无其他抗日英雄那般具有坚定的环境影响与精神基础。虽然他的所为是英雄之举，但他作为一个英雄的形象已经被余华在小说中反复切换的两种叙事线索与叙事方式（零度叙事、写实叙事）所消解，转而成为反英雄。

其次，黑色幽默为余华小说的反英雄叙事做出了突出贡献。事实上，黑色幽默往往与反英雄联系在一块："黑色幽默用于描写反英雄人物，反英雄人物透露着黑色幽默；在对于反英雄人物的描写中，黑色幽默和悖论的手法往往是点睛之笔，入木三分。"[①]余华小说中，黑色幽默不仅仅是一种修辞，更是一种态度。这种态度，是余华作为写作者创作理念的传达，也是余华笔下人物的价值取向与生存哲学。因而，在余华的反英雄叙事中，黑色幽默是余华的重要叙事策略，它更好地呈现出了反英雄叙事所带来的审美感受："如果说悲剧美感是由痛感至快感，喜剧美感是紧张消除后的愉悦感，那么，反英雄所引发的审美感受就是由片刻的愉悦转化为沉重的难以排遣的压抑感。"[②]

在《活着》中，福贵年轻时骑着胖妓女经过丈人家门口时脱帽向丈人致礼；加水煮钢铁造炮弹要打到蒋介石的羊棚里；

---

① 师琳：《反英雄：黑色幽默与悖论》，《陕西师范大学学报（哲学社会科学版）》2004年第10期。

② 楼成宏：《论反英雄》，《外国文学研究》1992年2期。

儿子有庆"被献血"致死后，医生逼问"你为什么只生一个儿子"；外孙苦根饥肠辘辘时吃豆子被撑死；给牛取名为福贵……所有这些都在用喜剧方式塑造难以言说的悲剧。接踵而至的苦难福贵只能一一忍受，令人在心生同情的同时也感到钦佩。正如同美国《时代周刊》对《活着》的评价那般："余华至真至诚的笔墨，已将福贵塑造成了一个存在的英雄。"① 这"存在的英雄"并无传统英雄的崇高品质，它更像是日常生活中的反英雄形象。《活着》之后，黑色幽默的手法在《许三观卖血记》表现得更为突出。故事伊始，当卖血与身体是否结实联系到一块，并决定着一个男人是否能够娶到女人时，整部小说就定下了黑色幽默的叙事基调：

　　"是不是没有卖过血的人身子骨都不结实？"
　　"是啊，"四叔说，"你听到刚才桂花她妈说的话了吗？在这地方没有卖过血的男人都娶不到女人……"②

　　当这一认知成为一种常识之后，许三观的命运之路也就可以被理解了。因为卖血是一种能力的表现，是一种荣誉——只有强壮的人才能够卖血，才能够以卖血来娶妻赚钱。而且，卖一次血还能够吃一盘炒猪肝，喝二两黄酒，这是一种高规格的享受。余华在小说中将这种认知与逻辑无限地放大，将之扭曲、变形，因此，也就可以理解在许三观的一生中为什么一遇

---

① 余华：《活着》，作家出版社，2013，第185页。
② 余华：《许三观卖血记》，作家出版社，2013，第5页。

到了困难，潜意识里想到的解决方式就是卖血。这种认知在小说的最后呈现得最为突出：已经无须卖血赚钱的许三观因无法再卖血而突然放声大哭。无法再卖血，意味着他能力与荣誉的丧失。这一时刻，痛哭的许三观反复念叨着家里再遇上灾祸怎么办，黑色幽默带来的极大的沉重感，其反英雄形象最为饱满。

在滑稽、荒诞的黑色幽默叙事基调上，余华在小说中还充分运用了重复、反讽等手段提升黑色幽默的效果。热拉尔·热奈特认为："一件事不仅能够，而且可以再发生或者重复，'重复'事实上是思想构筑，它除去每次出现的特点，保留它同类别其他次出现的共同点，一系列相类似的事件可以被称为'相同事件'或同一事件的复现。"[1]重复手法的运用使得小说不仅在形式和结构上紧凑，更让小说酝酿出更为浓郁的意蕴，使得小说节奏感大大增强，生成更加深厚的感染力。在《许三观卖血记》中，重复叙事使得小说在简单中走向宽广与丰富。以许三观用嘴巴给家人炒菜这一事件为例，他给三乐、二乐、一乐三个人炒的都是一盘红烧肉，每一盘炒肉过程都描述得绘声绘色，让儿子们不断咽口水。在读者读到炒第一盘红烧肉之时，感觉到惊奇，佩服于许三观的奇思妙想。然而，当炒了又一盘，直至第三盘红烧肉时，读者感受到的是在这种滑稽的奇思妙想背后的沉重与压抑。喜剧表象背后的悲剧感由此滋生蔓延开来。反讽也是余华反英雄叙事中的重要手段。在汉斯·罗伯特·耀斯看来，"小说作为一种文学样式，其最高成

---

① 热拉尔·热奈特：《叙事话语·新叙事话语》，王文融译，中国社会科学出版社，1990，第73页。

就都是反讽性的作品。"①反讽常常是建立在一种悖论或者一种二元对立之上，反讽意蕴通过二者之间的对比而形成，并且这种对比越鲜明，反差越大，取得的效果越好。在《河边的错误》中，马哲由警察成为一个精神病人，通过身份的对比形成一种反讽；在《活着》中，福贵吃喝嫖赌，从地主大少到一贫如洗，在土改运动中反而救回了一条小命；在《兄弟》中，警察对李光头进行讯问，其主要意图却在于从李光头身上打听出李光头所偷窥到的屁股。凡此种种，都有效地提升了作品黑色幽默这一叙事风格。

最后，狂欢化也是余华小说反英雄叙事的重要策略。余华的作品常给人悲喜剧的印象。无论是《活着》《许三观卖血记》，还是《兄弟》，让人认为它是一出书写人间苦难的悲剧之时，又总会不经意间感受到其中的喜剧色彩；当你认为它是喜剧时，又始终无法忘怀其中的悲情。造成这种悲喜交融效果的原因，除黑色幽默之外，还有狂欢化。

狂欢化同样是构成余华反英雄叙事的重要组成部分。巴赫金认为，狂欢化文学产生于欧洲的狂欢节文化传统。在狂欢节中，一切非狂欢生活的规矩和法令、限制都被取消了，在没有舞台、不分演员的狂欢游艺中，所有的人都参与狂欢、生活在狂欢之中。如同巴赫金所言："狂欢式的生活，是脱离了常轨的生活，在某种程度上是'翻了个的生活'，是'反面的生

---

① 汉斯·罗伯特·耀斯：《审美经验与文学阐释学》，顾建刚等译，上海译文出版社，1997，第282页。

活。'"①在《兄弟》中，狂欢化得到了最为明显的呈现，它描述了两个时期的"翻了个的生活"：一个精神狂热、本能压抑和命运惨烈的时代；一个伦理颠覆、浮躁纵欲和众生万象的时代。两个天壤之别的时代都有着令人难以置信的疯狂。因而，狂欢化叙事成为书写这两种疯狂的不二选择。狂欢式的四个重要范畴，即人们之间随便而又亲昵的接触、插科打诨、俯就、粗鄙，在余华的反英雄叙事中都得到具体的呈现。在《兄弟》中，狂欢的场景反复出现，且刘镇群众全员参与，亲昵接触。"在狂欢节上，人们不是袖手旁观，而是生活在其中，而且是所有的人都生活在其中，因为从其观念上说，它是全民的。"②在小说中，这种全民性的狂欢反复出现。李光头厕所偷窥被发现后的游行如同狂欢，整个刘镇的群众都化身为了狂欢节中的一分子；李光头暴打刘作家声称要揍出他的劳动本色，群众围观起哄；李光头带着十四个残疾人忠臣组成的求爱队伍在针织厂一本正经地向林红求爱；整个刘镇的人穿上李光头从日本弄回来的名牌西装并互相恭维、攀比……当刘镇举办震惊全国的处美人人赛时，这种狂欢仪式达到了巅峰。狂欢节具有全面性，在刘镇生活的每一个人，或是化为傻瓜，或是变为小丑，都成为狂欢节中的演员，而其中最大的主角自然是李光头。狂欢化叙事把他塑造成了一个性格复杂而又生动饱满的反英雄人物。

---

① M. 巴赫金：《陀思妥耶夫斯基诗学问题》，白春仁、顾亚玲译，生活·读书·新知三联书店，1988，第176页。
② M. 巴赫金：《拉伯雷的创作与中世纪和文艺复兴时期的民间文化》，李兆林、夏忠宪等译，河北教育出版社，1998，第8页。

粗鄙即狂欢式的冒渎不敬，一整套降低格调、转向平实的做法，与世上和人体生殖能力相关联的不洁秽语，对神圣文字和箴言的模仿讥讽等等[1]。小说开场，余华就展现出一种粗鄙叙事："李光头那次一口气看到了五个屁股，一个小屁股，一个胖屁股，两个瘦屁股和一个不瘦不胖的屁股，整整齐齐地排成一行，就像是挂在肉铺里的五块猪肉。"[2]这种粗鄙叙事形成了《兄弟》荒诞叙事的整体基调。而李光头的流氓性格，也源于这种粗鄙叙事——厕所偷窥屁股，用屁股换阳春面、三鲜面，摩擦电线杆搞性欲，搞处美人大赛，睡中外各种女人等粗鄙之举随处可见，"屁股""屌毛""王八蛋""他妈的"等各种粗鄙语汇接连不断。这些粗鄙叙事在一定程度上解构了李光头作为一个优秀的商人的光辉形象。李光头聪明机灵，具有优秀的商业眼光与头脑，有胆量有魄力，这都是他身上闪亮的发光点。但在狂欢化的叙事话语中，李光头尽管获得了如此的成功，却无法成为一个令大家接受的英雄人物，而只能成为一个反英雄。巴赫金认为："国王加冕和脱冕仪式的基础，是狂欢式的世界感受的核心所在，这个核心便是交替与变更的精神、死亡与新生的精神。狂欢节是在毁坏一切和更新一切的时代才有的节日。"[3]《兄弟》所描述的两个时代，恰恰就是毁坏一切与更新一切的两个时代。狂欢化叙事促使余华"把小说

---

① M. 巴赫金：《陀思妥耶夫斯基诗学问题》，白春仁、顾亚玲译，生活·读书·新知三联书店，1988，第177页。

② 余华：《兄弟》，作家出版社，2013，第5页。

③ M. 巴赫金：《陀思妥耶夫斯基诗学问题》，白春仁、顾亚玲译，生活·读书·新知三联书店，1988，第178页。

从滑稽变成了悲剧，从讽刺走向了戏剧"①，它是余华反英雄
叙事的重要组成部分，也是余华的正面强攻现实的有力武器。

二、余华小说反英雄叙事的价值呈现

1997年12月10日，比利时《前途报》刊文称："可以
说，在中国当代作家中，余华是游离于诙谐的格调、时代的批
判及文学赖以生存的人道主义之间，做得最为游刃有余的一
个。"②这句话凝练地阐释了余华的作品风格与作品价值。通
过反英雄叙事，余华勾勒出一幅幅人生"灰色图景"，剖析人
性的复杂，呈现出人道主义的关怀；他用荒诞直击现实，观照
生活，批判社会，将手中笔化为匕首与利刃。

首先是在"灰色图景"中揭露人性的复杂。暴力、血腥、
死亡、苦难等是余华小说中反复出现的主题。在暴力与死亡等
特殊情境、事件之中，人隐藏在背后的欲望浮于纸面，余华所
呈现的复杂人性令人感慨。《现实一种》里中国人最为注重的
家庭伦理与情感在暴力与鲜血面前被肢解，人的兽性已然高于
人性。《一个地主的死》中众人在日军侵略下仍然麻木地欢笑
令人感到震惊。在余华90年代的长篇小说中，对人性的剖析
与劣根性批判更为尖锐，但也更为隐晦。《活着》中福贵一生
受到死亡的打击，他仍活着。在许多人看来，福贵面对苦难与

---

① 余华：《兄弟》，作家出版社，2013，第638页。
② 余华：《许三观卖血记》，作家出版社，2013，第257页。

死亡，表现出乐观、豁达、超脱。连余华自己也说："他是我见到的这个世界上对生命最尊重的一个人，他拥有了比别人多很多死去的理由，可是他活着。"①但这在实质上仍掩盖不了他身上呈现出的劣根性：他活着，却不知道为什么而活。在福贵起起落落的一生里，遭遇过时代变革与残酷战争，遭遇过大饥荒与"文革"，遭遇了众多的痛楚与死亡，但他乐天顺命地选择麻木忘却。福贵这一形象呈现出人的复杂性，他有自己独特的"精神胜利法"：忍耐与忘却。他的生存哲学实际上是一种逃避哲学。他令人感觉心酸与悲悯，是中国当代文学中的典型形象，但在他身上却很难找出更深层次的存在价值与意义。许三观同样如此，余华说"他是一个时时想出来与他命运作对的一个人，却总是以失败告终，但他却从来不知道失败，这又是他的优秀之处"②。这个"优秀之处"亦是许三观的独特的"精神胜利法"：幽默。然而我们知道，无论是忍受苦难麻木忘却的福贵，还是以幽默抵抗苦难的许三观，他们都活在认定的命运之中，没有试图通过自己的行为去改变命运，而是在这种苦难命运下如何活下去这一问题上寻找答案。也就是说，在生活中他们始终处于一种被动承受的状态。因而，尽管他们让我们震惊、钦佩与感动，但其本质上仍然是反英雄。

其次是在"灰色图景"中呈现人道主义关怀。余华说："我认为文学的伟大之处就是在于它的同情和怜悯之心，并且将这样的情感彻底地表达出来。"③这种同情与怜悯之心，便

①　余华：《我能否相信自己》，人民日报出版社，1998，第219页。
②　余华：《我能否相信自己》，人民日报出版社，1998，第219页。
③　余华：《没有一条道路是重复的》，作家出版社，2013，第107页。

是人道主义关怀。倘若一部文学作品丧失了对人类的人道主义关怀，那么，这部作品的分量无疑是轻飘的。余华小说中的人物在骨子里始终是悲剧性人物。他们在"灰色图景"中或是麻木无望，或是苦苦挣扎。在80年代余华创作初期，余华塑造的人物形象较为干扁，这种人道主义关怀也显得较为单薄，原因在于那时的余华"粗暴地认为人物都是作者意图的符号"①，他更为关注的是人物的欲望。到了90年代，余华作品中的人物开始自己说话，逐渐生动饱满起来，人道主义关怀迅速地浓郁起来。从这一时期起，人物尽管仍处于"灰色图景"中，但人与人之间多了一条无形的、柔软而又坚韧的亲情之线。在这情感线的交织中，弥漫着对命运的无奈，对生命的尊重，对人物的同情与怜悯。这种情感从《在细雨中呼喊》开始，在《活着》《许三观卖血记》《兄弟》《第七天》中越发地多了起来。在《第七天》中，余华所建构的"美好世界"将余华柔软的人道主义关怀展示得淋漓尽致：

　　他惊讶地向我转过身来，疑惑的表情似乎是在向我询问。我对他说，走过去吧。那里树叶会向你招手，石头会向你微笑，河水会向你问候。那里没有贫贱也没有富贵，没有悲伤也没有疼痛，没有仇也没有恨……那里人人死而平等。
　　他问："那是什么地方？"
　　我说："死无葬身之地。"②

①　余华：《没有一条道路是重复的》，作家出版社，2013，第107页。
②　余华：《第七天》，新星出版社，2013，第225页。

余华的反英雄叙事不仅呈现出人性的复杂与人道主义关怀，其价值还体现在对社会与现实的批判上。在现实与时代面前，作家何为？这一问题至今仍对文学创作者有效，并且将一直有效下去。加缪在《艺术家及其时代》中说："不承担责任的艺术家的时代已经过去了"[①]，"对艺术家来说，也许除了一种处于最激烈的战斗之中的和平之外并没有其他的和平"[②]。也就是说，艺术家面对现实，必须有所作为，有所担当。文学创作的形式与手段可以多种多样，允许细致写实，也允许夸张虚构，但是，以内在的"战斗"姿态正视时代与现实，并勇敢担当的态度却不容改变。

余华着重书写现实的残酷与荒诞。谢有顺认为："今天的文学，已经很难高于生活了，它甚至常常低于生活，因为生活本身的传奇性，大大超过了一个作家的想象。"[③]余华自己也认为："为什么作家的想象力在现实面前常常苍白无力？我们所有的人说过的所有的话，都没有我们的历史和现实丰富。"[④]显而易见，荒诞已经成为这个时代的社会症候之一，余华便如同卡夫卡般选择了以荒诞对抗荒诞，以此完成对社会现实的观照与批判。无论是在80年代的先锋实验阶段，还是在90年代的现实主义转型，以及新世纪对现实的正面强攻，

---

① 加缪：《艺术家及其时代》，见文远，余翔编：《精品中的精品——诺贝尔文学奖得主美文100篇》，作家出版社，1994，第237页。

② 加缪：《艺术家及其时代》，见文远，余翔编：《精品中的精品——诺贝尔文学奖得主美文100篇》，作家出版社，1994，第238页。

③ 谢有顺：《短篇小说的写作可能性——以几篇小说为例》，《小说评论》2007年第3期。

④ 余华：《我们生活在巨大的差距里》，北京十月文艺出版社，2015，第210页。

　　　　　　　　　　　　　　　　　　　文学的轻与重

余华所构造的文本世界里无处不存在荒诞。在余华的反英雄叙事中，亦是如此。这种荒诞恰恰是对现实的最有力的讥讽与批判。2014年，第12届华语文学传媒大奖在给余华年度杰出作家的颁奖词中写道："余华用荒诞的方式，证明了荒诞依然是这个世界不可忽视的主体力量。"①《现实一种》中一家人冷面残杀是荒诞；《往事与刑罚》中的历史老师历经"文革"之后成天沉迷于刑罚之"乐"是荒诞；《鲜血梅花》中阮海阔孱弱无力游荡武林是荒诞；《河边的错误》中警察变为精神病人是荒诞；《活着》中福贵曲折痛楚的一生弥漫着荒诞；《许三观卖血记》中许三观天真而滑稽的言语与行为显得荒诞；《兄弟》中李光头在刘镇偷窥屁股、摩擦电线杆、举办处美人大赛等"光辉事迹"更为荒诞；《第七天》中杨飞以游魂面目记录死亡后七天所见所闻则将这种荒诞演绎到了极致。然而，必须注意到的是：在这些荒诞背后，是比虚构的小说更为残酷的荒诞现实。马克斯·韦伯认为"所谓软弱，就是：不能正视时代命运的狰狞面目。"②显而易见，余华及其作品并不属于此类。为了更加清楚地呈现现实，余华选择了"虚伪的形式"，这种形式"背离了现状世界提供给我的秩序和逻辑，然而却使我自由地接近了真实"③。以虚构之荒诞揭示现实之荒诞，正是"虚伪的形式"之一，也是余华对现实"正面强攻"的策略

---

① 第12届华语文学传媒大奖：余华获年度杰出作家http://cul.sohu.com/20140427/n398873237.shtml。

② 马克斯·韦伯：《伦理之业：马克斯·韦伯的两篇哲学演讲》，王蓉芬译，广西师范大学出版社，2008，第26页。

③ 余华：《没有一条道路是重复的》，作家出版社，2013，第165页。

之一。

2007年，余华在复旦大学的演讲中说："我相信文学不可能是凭空出来的，而必须像草一样，拥有它的泥土……什么样的现实才会产生什么样的文学。"①将这一句话反过来思考，即是"什么样的文学呈现了什么样的现实"。在余华的作品中，荒诞、残酷、暴力、绝望、死亡、欲望等因素充斥其中。换而言之，正是通过对这些因素的细致描述，余华完成了对荒诞现实的观照与批判。以《兄弟》为例，李光头经历过封闭、残酷的"文革"岁月，也经历着欲望横流的商业时代。通过荒诞化、狂欢化的反英雄叙事，余华将暴力、残酷、荒诞、绝望、死亡等因素聚集李光头身上，因而李光头也具备了相当的典型性：他的经历呈现了近几十年来的时代骤变，他的形象是对这段历史形象的文学化缩影。这种观照必然有着余华的思想烙印。余华认为，当他在写作《兄弟》时，自己控制不住人物的话语与故事的发展。然而，无论人物如何发声，他总是带有作者的影子。如同杰拉德·普林斯所说："无论叙述者是否被称为'我'，他总是或多或少地具有介入性，也就是说，他作为一个叙述的自我（narrating self）或多或少地被性格化。"②李光头的荒诞举动不单单是他个人的荒诞，而是这个时代与社会的荒诞，通过对李光头反英雄形象的塑造，余华完成了他对荒诞现实的呈现与批判。在《第七天》中，余华借亡灵之

---

① 余华：《文学不是空中楼阁——在复旦大学的演讲》，《文艺争鸣》2007年第2期。

② 杰拉德·普林斯：《叙事学：叙事的形式与功能》，徐强译，中国人民大学出版社，2013，第10页。

眼冷观世间万象，建构"死无葬身之地"实现对现实的批判。观照现实，批判社会，这也是余华反英雄叙事的价值所在。

三、结语

通过戏仿、解构、黑色幽默、重复、反讽、狂欢化等叙事手法，余华在小说中建构了一种反英雄叙事。这种反英雄叙事，无疑是对传统英雄叙事的一种反叛。传统的英雄形象在余华的小说中难觅踪迹，反英雄形象接连登场。余华在作品中消解了左翼文学、新中国文学与十七年文学努力塑造高大全式主人公的叙事模式，极大地弱化了以往英雄叙事中带有的强烈的意识形态意味。在书写对象上，余华关注普通人的日常生活——既关注普通人在时代浪潮中所遭遇的幸运与苦难，也关注他们内心深处的希望与绝望。在艺术创造上，余华的先锋叙事持续远离主流文化模式与意识形态中心话语。在这一过程中，余华的反英雄叙事一方面给英雄提供更多的能指与所指；另一方面，也勾勒日常生活平凡人物的"灰色图景"，剖析人性的复杂，呈现出作为一个作家的人道主义的关怀。生活是荒诞的，余华用虚构荒诞直击现实，以此观照生活，展露出一个作家关注社会、批判社会的良知与勇气。

论小小说的"轻"与"重" *

一、难以忽略且必须勇于正视的"轻"

"轻"已经成为当下一个常见的文学批评术语。在《新千年文学备忘录》中，卡尔维诺列出他认为文学作品最重要的五个特质：轻、快、精确、形象、繁复，其中"轻"居其首。"我将在第一个演讲里谈论轻与重的对立，并将维护轻的价值。"[①]"面对现实之重，卡尔维诺推崇文学作品中应当有'轻'，不是轻佻、轻弱、轻薄、轻狂、轻飘与轻浮，而是轻盈、轻逸、轻巧、轻快。简而言之，卡尔维诺主张以轻呈重，以轻越重。"[②]然而，我在此将要论述的小小说的"轻"不是卡尔维诺推崇的轻盈、轻逸、轻巧、轻快，相反，恰恰是指他所反对的轻佻、轻弱、轻薄、轻狂、轻飘与轻浮。

小小说与短篇小说、中篇小说、长篇小说一样，是小说家族的成员之一。从先秦诸子散文中《精卫填海》《夸父逐日》

---

* 原载于《延河》（下半月刊）2017年第3期。

① 伊塔洛·卡尔维诺：《新千年文学备忘录》，黄灿然译，译林出版社，2009，第1页。

② 徐威：《轻与重、工与农、鬼与人——评王十月小说〈米岛〉》，《当代作家评论》2014年第5期。

文学的轻与重

《守株待兔》《刻舟求剑》等神话寓言故事，到汉代《神异经》《十洲记》《汉武故事》《韩诗外传》《说苑》《新序》等笔记小说的产生；从魏晋南北朝时期的《搜神记》《世说新语》，再到清代《聊斋志异》《阅微草堂笔记》，可以看到，如果我们追本溯源，小小说这一体裁的萌芽、发展比长篇小说更早也更为久远。时至今日，网络媒介、移动媒介等新型媒介蓬勃发展，浩浩荡荡的小小说写作潮流借此越发壮大。创作小小说的人愈来愈多，小小说作品每日数以百计、千计地出现在读者面前。然而，我们不得不面对的一个尴尬是——哪怕小小说创作在今日如此之流行、兴盛，哪怕小小说如今已经被纳入鲁迅文学奖评选范围——它却仍未能够得到足够的尊重与重视。原因何在？依我看来，小小说的"轻"（轻薄、轻飘、轻佻、轻弱、轻浮）是我们难以忽略且必须勇于正视的一个重要原因。

小小说既然是小说家族的一员，那么它就必须持有小说的文学艺术性。也就是说，小小说必须是小说，具备小说的美学形态，而不是段子、故事、散文。这是我们应有的常识。然而，在当下的小小说创作中，却有太多的人忽略了这一常识。吴礼权在《中国笔记小说史》论述笔记小说时特别强调指出："'笔记小说'是文学作品，属于小说范畴。它与其他文言小说、白话小说一样，也需要刻画人物性格，塑造人物形象、讲究情节结构、重视语言运用等。"[1]小小说创作同样应当如此。当下浩浩荡荡的小小说创作大军中，有的人快速地

---

① 吴礼权：《中国笔记小说史》，商务印书馆国际有限公司，1997，第3页。

记录下自己脑海中的一现灵光或一丝小感悟，将之成文，便标榜为小小说作品，以至于每天能创作出三五篇甚至上十篇；或是照抄网络段子、现实新闻，以戏谑的态度将其删减、拓展，改换面目，便堂而皇之成为一篇小小说。然而，这样的作品大多只是段子，或者只是一个略为取巧的故事。也就是说，这样的作品缺乏小说的特质，缺乏一种个人洞见，自然也缺乏一种文学性。创作者不以小说特质对自我进行严格要求，小小说之"轻"中"轻浮"便由此而生。我们要相信，一篇优秀的小小说作品绝不可能在这种"轻浮"的态度中产生——小小说作家应当秉持一种小说家严谨而独特的思考、创作态度。这让我想起哈金的一句话。哈金认为："对小说家来说最重要的是有不同的眼光，对世界独到的看法，这样才会有自己的风格。"①我想，这种独特的眼光，在"轻浮"中绝不可能产生。

与"轻"相对应的是"重"，是现实之重，是历史之重，更是思想之重。在篇幅上，相比于长篇小说，小小说无疑是"轻"的。诚然，小小说囿于篇幅限制，无法如同数以十万字计的长篇小说那样呈现广阔而深邃的小说世界。但是，"一沙一世界"，我始终相信小小说在千余字左右也必然能够有所作为。同时，我也同样坚定地认为，小小说创作是螺蛳壳里做道场，是戴着镣铐跳舞，想要有所作为，其路之艰难、坎坷不次于其他小说体裁创作——甚至，它更为考验创作者拿捏取舍的功力。问题的关键在于，如何摆脱小小说的"轻"（轻薄、轻飘、轻佻、轻弱、轻浮）？如何在千余字左右的篇幅中展现

---

① 哈金：《小说是什么》，《文学报》2016年2月25日，第20版。

　　　　　　　　　　　　　　　文学的轻与重

小小说的"承重力"？小小说又如何在故事中超脱而出，呈现其独特的文学艺术性？

在这一方面，广东作家陈树茂的小小说创作有一定的代表性。陈树茂并不是一个专业作家。他是工科硕士，在绝大部分的时间里他以一个高级工程师的身份出现在地铁建设工地里。我们可以把他看作是一个彻彻底底的理工男，然而，这个理工男心中却内含着对艺术的敏感与柔情。他在空闲时间里写小小说来展现其内心对生活、对现实、对历史的种种思考。小小说创作于他而言是一种兴趣与爱好，而这种爱好者身份同样具有代表性——在当下的小小说创作大军中，绝大部分创作者都并非专业作家，而是小小说的爱好者。由爱好者转化为一个合格的小小说作家并不容易。从2006年处女作《相亲》的产生，到近百篇小小说在《羊城晚报》《南方日报》《小小说选刊》《微型小说选刊》发表并多次入选中国各类小小说年度选本，再到《醒来之后》《一只食素的狼》两本小小说作品集的出版——在这十年的摸索中，他在处理"轻"与"重"二者关系中暴露出的问题具有相当的普遍意义，其探索与突破也同样能够给其他小小说创作者提供可贵的借鉴。

二、小小说之"重"：在"仅限于此"之外

当前的小小说创作弥漫着一种繁荣的幻象。之所以说繁荣，是因为小小说创作近些年来确实遍地开花，随处可见——《百花园》《小小说选刊》《微型小说选刊》《小说月刊》

《微型小说月报》等传统小小说刊物仍在有序运行，《小说选刊》这样高级别的文学大刊近些年每期也都刊发十篇小小说作品[①]；在全国各级报刊中，大多副刊都会刊登小小说作品；近十年来，随着网络媒介、移动媒介的迅猛发展，小小说借篇幅短小、易读易懂之利，成为新兴媒介平台的宠儿，传播更为广泛；全国各地也纷纷成立省级、市级、县级甚至镇级小小说学会、小小说创作基地等。之所以说是幻象，是如同前文所说，当下的小小说创作精品少，各种段子、故事大行其道。更深层的原因在于，大多小小说创作者缺乏一种严谨的小说家姿态。我之所以不厌其烦地论述小小说是小说这一常识，原因在于当下有太多的小小说作品缺乏文学性。

纵观陈树茂这十年来的小小说创作，他在初学阶段也写过相当一部分的故事。坦白说，相比于其他小小说创作者，陈树茂的创作起点显然更高。虽然是一个理工男，但他自幼爱好文学，文学功底比大部分文科男更为深厚。2006年他的处女作《相亲》能在《惠州日报》刊发便是一证。《相亲》讲述了老徐三次失败的相亲经历，首次失败源于对方嫌弃老徐太胖，为此老徐努力健身，保持良好身材；第二次失败，对方嫌弃老徐不善应酬；第三次相亲老徐口若悬河，表现出众，一切似乎完美，然而对方却说："条件这么好的男人，三十五六岁还不结婚，估计有问题。"[②]初次出手的陈树茂已经较为娴熟地运用

---

① 2007年，《小说选刊》开始刊登小小说作品，2010年小小说栏目停止；2013年，在作家申平的努力下，小小说栏目重新启动。2013至2015年每期刊登五六篇小说，2015年后每期刊登十篇左右小说。

② 陈树茂：《相亲》，《一只食素的狼》，百花洲文艺出版社，2013，第111页。

了重复、对比等小说技巧，作品欧·亨利式的结尾也令人哑然一笑。我们可以说，这篇小小说书写了当下社会的一种怪癖心理，书写了一种社会病象，其水平不差，但也仅限于此。《一百块哪去了？》《宝宝不见了》《跑步》《8号》《橘子丰收》《小巷深处》等作品与《相亲》类似，通过一个短小的故事，在文章结尾处给人以一种反差，并通过这种反差表达创作者的创作意图，水平不差，但仍然是仅限于此。在陈树茂初期作品中，"仅限于此"的小小说作品还有不少。当然，对于一个初学者而言，这也是极为正常的事情。我以陈树茂的作品为例，之所以在这儿特别指出，并非批判，而是因为这一问题具有相当的代表性。

在故事结尾处以陡然一转，传达创作者的某些所感，似乎成为当下小小说创作的一种惯习。换句话说，这样的作品太多了。我并不认为这样的创作手法不可取——问题不在于这种小说叙事模式，而在于创作者在这种模式中到底传达出什么样的内容，给我们提供了怎样的洞见。"经验丰富的小说家一定会强调内容比语言更重要，作家的才华更表现在有东西说，而且说得有意思，有见解。"[1]哈金的这一论断，恰当与否我们不予置评，但它对于当下小小说创作模式化、简单化、游戏化等症候来说却是一语中的。事实上，当我写下"仅限于此"四个字，我便想到，这四字评语可以适用于当下的绝大部分小小说作品。太多小小说创作者试图走捷径，喜欢取巧，而缺乏如同"偏向虎山行"一般向难而行的勇气。"仅限于此"是一种评

---

[1] 哈金：《小说是什么》，《文学报》2016年2月25日，第20版。

判，亦是一声叹息。小小说应当提供的，读者们所期待读到的，是"仅限于此"之外的更为广阔的思考意蕴——"仅限于此"之外的，便是小小说应有的"重"。

小小说的"重"难以与中长篇小说相比。汪曾祺说："小小说不大可能有十分深刻的思想，也不宜于有很深刻的思想。"[①]这是精确的判断。在我的观点中，小小说的体量无法承载"深刻思想"之重，它却可以给我们提供一个引发思考的路径。如果要做出一个比喻，我认为，长篇小说之"重"是构建了一个广阔、复杂、深邃的小说世界，而小小说之"重"是推开了一扇观察这个世界的窗子。一篇优秀的小小说作品，能让读者阅读之后掩卷深思，能从这篇作品里读到自我、他者与世界；读者能回忆起过往，能联系到当下，还能延伸至未来。因此，在陈树茂百余篇小小说作品中，我独独偏爱《七月七日那天发生的几件小事》《寻找优良血统》《寻找王羲之》《一碗猪肉》《醒来之后》《选美男》《另类服务》等作品。在我看来，这些作品不仅是陈树茂小小说创作中的顶尖之作，也是当下小小说创作中的优秀之作——因为它们具有"重"的特质，它们替我们推开了一扇观察世界的窗子。

《七月七日那天发生的几件小事》引发了我们对历史以及如何看待历史的思考。这篇小小说看似无技巧，实则是大巧不工、重剑无锋。小小说选取了在七月七日那天发生的几件小事：一是徐三从南京出差回来，给我带来一只咸水鸭；二是我

---

① 汪曾祺：《关于小小说》，王保民主编，《小小说百家创作谈》，河北文艺出版社，1997，第3页。

文学的轻与重

拒绝坐徐三的本田车（日本品牌），走路回家；三是在回家路上，看见几十人在寿司店排队买寿司；四是在路上听到几个年轻人在争论七月七日是南京大屠杀还是占领上海，最后有人说那是中国情人节；五是女儿吵着要吃寿司，我不满，女儿哭泣，妻子愤怒与我吵了一架；六是妻女出门吃寿司而我只能自己做菜，煮了咸水鸭。这六件小事看似平常无奇，但却是陈树茂精心挑选——它们一旦与七月七日这一特殊日期联系在一起，便形成了一种巨大的张力。在小说的结尾，陈树茂写道："今天，是2007年7月7日。七十年前的夜晚，日军借口一个兵士失踪，要进入北平西南的宛平县城搜查，中国守军拒绝了这一无理的要求，日军开枪开炮猛轰卢沟桥……"[1]"六件小事"与"七月七日"这样惊天动地的大事变联系在一起，形成的力量令人动容。七月七日卢沟桥事变开启了日军的全面侵华之战，而在七十年后，我们似乎已经彻底遗忘了这一段悲惨历史。作品中所举的种种小事，无一不透露出我们对于历史的无感与无知。而这种对待历史的无感、无知在我们的现实生活中实在太多。这是一种悲哀。在这篇小小说中，陈树茂没有夸张的"大声疾呼"，没有动容的"语重心长"，而是以流水账式的日常叙事完成了对这种无知、无感的批判。读者读完之后，自有一种扪心自问，自有一段记忆在脑海中涌现而出，自有一股悲凉、羞耻、气愤萦绕心头。

《寻找优良血统》披露了一种独特而普遍的国民劣根性。

---

[1] 陈树茂：《七月七日那天发生的几件小事》，《一只食素的狼》，百花洲文艺出版社，2013，第63页。

这篇小小说创作于2011年，刊发在《汕尾日报》，但却没能入选当年任何一个小小说年选的选本。这实在是一种遗憾——在我的判断之中，这是陈树茂目前最好的小小说作品，没有之一。作品中的"我"不甘于自己的祖先是一个农民，因而不断地去追寻自己的血统。在"我"的想象中，"我"的祖先应当是英雄，应当是大人物。所以"我"不断去寻找祖先的信息，慢慢将祖先由农民变成了武林高手。然而，隔壁村习武的老人却说，"我"开武馆的祖先后来因抽鸦片而沦落为农民。这一点让"我"感觉到羞愧，因而坚决不承认、不相信。"我"甚至想，追溯到唐宋时期祖先可能是侠客、游侠。而当父亲终于告诉"我"在宋代似乎有个祖先做过县太爷之类的官时，"我终于可以理直气壮地说，我们的祖先不是农民。当然，这个结果还不是我最满意的。我还会继续寻找，直到证明我身上流的是优良血统为止。"[①]小说中的"我"不断寻找、臆造自己优秀的祖先，实质是一种血统论在作祟。一种优秀的血统能给"我"带来什么呢？仅仅是一种虚幻的虚荣心罢了。进一步思索，为什么作品中的"我"如此执着于寻找优秀血统，不断臆造自己祖先的大人物身份？为什么"我"如此需要这种虚荣心？自己只是农民的后代，祖上没有光辉事迹，没有英雄传说，这令"我"深深感受到自己只是一个小人物。寻找的根源在于"我"内心深处的自卑。农民后代身份不能给"我"带来任何的底气、尊严与荣耀感。为了破除这种身份焦虑，为了以

---

① 陈树茂：《寻找优良血统》，《一只食素的狼》，百花洲文艺出版社，2013，第24页。

　　　　　　　　　　　　　　文学的轻与重

后能够挺直腰杆站立于人前，"我"就必须不断地为自己寻找更好的出身。当然，这种寻找也只是"我"的一厢情愿。"我"始终体现出一切都是理所应当、原本如此的姿态，但归根结底，仍是自欺欺人、自我意淫。哪怕"我"最后寻找到祖先曾经是王公将相，那又会怎么样呢？只会令人想起鲁迅笔下阿Q说的那句"我们先前——比你阔的多啦！""我"以一种异常严肃的一本正经的姿态去意淫，作品中的荒谬感、可笑感与批判力量便由此显现出来。这篇作品中的"我"具有相当的典型性，"我"身上所暴露出的劣根性也决然不是"我"一个人的，而是整个国民劣根性。除此之外，这篇作品的复杂性还在于，它给我提供了好些不同的思索点：为什么"我"对农民如此不齿？农民就只能被人嫌弃吗？"我"在追寻先祖过程中，好事占为己有、坏事坚决不认的姿态又有着怎样的意义指向？凡此种种，都是我喜爱这篇作品的原因。此外，《寻找优良血统》在叙事上远远超越了陈树茂其他的小说作品。在陈树茂的其他作品中，雕刻、打磨的痕迹不时可见，而这一篇作品则更像是浑然大成。"清水出芙蓉，天然去雕饰。"一篇千余字的小小说作品在内容上有着如此复杂性、指向性，在叙事上又呈现出令人舒适的自然之美，我因此确认《寻找优良血统》的优秀——这样的作品是有分量的，它以"轻"承"重"，它就是陈树茂目前最好的小小说作品。

《一碗猪肉》《醒来之后》书写的是底层人民的苦难与血泪。对底层人民的关注、书写一直是陈树茂小小说创作的一个重要方向。《我是保姆》《仙草》《还是跳了》《进城》等作品均属此类。但论文学艺术性与现实批判力度，还是《一碗猪肉》和《醒来之后》更佳。《一碗猪肉》中，"我"以能够在非过年过节时期吃上一碗猪肉而高兴不已，但却不知，这每一碗猪肉都是死去的矿工的"肉"。而当我有一天终于亲口吃下了父亲的"肉"，并知晓真相，那种欢喜霎时间化为了一种无与伦比的悲恸。作品的悲凉还不止于此——"我"最终顶替了父亲的工作，而"我"的肉最终也会给自己的小孩吃。这种毫无选择的命运悲剧将小说的意蕴指向了更为广阔的天地。这篇作品承接鲁迅的"吃人"主题，书写了矿工的无奈与悲凉，令人感慨万分。《醒来之后》中，"我"和大牛在隧道劳作时发生塌方意外，大牛死去，而"我"成为瘸子。小说的高潮在于结尾处两个女人的对话："一个说，听说上次那个才赔了十五万，可惜我家大牛就这样去了！另一个说，至少你还拿了二十万啊，我家小三钱没赔着，还成了瘸子，还不如……"①女人的话让"我"呆住，同样也令读到此文的读者们愣住。我们对女人的想法不予置评，而应当思索，当女人说出这样的话语之时，谁该感到羞愧？

在这些作品之外，《寻找王羲之》中书法由一种艺术变为一种社会工具的畸形变化，《选美男》中对于官场弊病的幽默揭露，《另类服务》等借奇葩的生活服务暗示着城市人的现代性孤独等也都令人眼前一亮。这些作品，我们无法以"仅限于此"为最终判断，它们的意蕴指向广阔而独特，都具有"重"的特质。

---

① 陈树茂：《醒来之后》，《一只食素的狼》，百花洲文艺出版社，2013，第103页。

三、小小说何以承"重"

那么，接下来的问题是，如何摆脱小小说的"轻"（轻薄、轻飘、轻佻、轻弱、轻浮）？如何在千余字左右的篇幅中展现小小说的"承重力"？金麻雀奖获得者、小小说作家夏阳在《小小说创作艺术》一书中认为：语言、故事、讲述与境界是小小说写作的四门功课。这一观点应当引起更多小小说创作者的重视。写什么，怎么写，为什么写，这些是每一个创作者都应当思考的问题。在我看来，夏阳的这一论断，既是他自身创作的经验之谈，也给我们思考小小说何以承"重"提供了一条有效的路径。

在分析"四门功课论"之前，有必要对小小说创作者的创作态度进行一番论述。我们且以对小小说标题的选取为例。标题是一篇文章的门脸，从标题的选择便能看出小小说创作者对于小小说创作的一种态度，而这种态度恰恰呈现出创作者是"轻浮"还是"严谨"。一个好标题对于作品的重要性不言而喻，因此小说家在选取标题的时候总是精心挑选。鲁迅《阿Q正传》以人为题，贾平凹《废都》、莫言《蛙》以"废都""蛙"这带着浓郁隐喻色彩的意象为题，余华的《活着》以"活着"这一艰难的存在困境为题，陈忠实《白鹿原》、迟子建《额尔古纳河右岸》以小说发生的地域为题，凡此种种，都是例证。而在当下的小小说创作中，许多的创作者对于标题选取的轻浮、随意令人感到遗憾。在陈树茂的小小说作品中，《阿玲》《阿清》《我是保姆》《还是跳了》等标题便缺乏一种用心——它们完全没能为小说文本提供它们作为标题的能量。我欣赏的是他这样的标题——《七月七日那天发生的几件小事》将"小事"与"七月七日"这一惊天动地的历史事件并置，张力巨大；《一只食素的狼》与《一只死不瞑目的兔子》在悖论与反差中勾起读者的阅读欲望；《寻找优良血统》堂堂正正，与小说文本相互呼应；《1989年的春节》《1963年的一丝温暖》在斑驳的年代感中饱含温情……总而言之，对于标题选取的不上心，透露出的是创作者轻浮的创作态度。态度轻浮，小小说何以言"重"？因此，小小说如要以"轻"承"重"，创作者首先应当有一种负责、严谨的创作姿态。在此基础之上，我们才能谈小小说在具体写作过程中如何呈现其文学性。

一是语言。朱自清认为文章中"某种特殊句子的形式，不仅是作者在技巧方面的表现，也是作者别有用心之处"[1]。这实质上探讨的便是文章语言的选择与运用。毫无疑问，文学是语言的艺术。当下的小小说作品时常给人以"轻飘""轻佻""轻弱"之感，症结便在于没有通过语言这一首要关卡。以我看来，小说语言首重通顺、精确，能将一件事、一种情以准确的文字顺畅地表达；其次在于合理，妥善把握分寸，一个农民如若操着知识分子的腔调满嘴之乎者也只会令人感觉别扭；最后才是追求语言的味道，也就是汪曾祺所言的"韵致"——"小小说最好不要有评书气、相声气，不要用一种半文不白的轻佻的文体。小小说当有幽默感，但不是游戏文

---

① 朱自清：《文艺常谈》，中华书局，2012，第29页。

　　　　　　　　　　　文学的轻与重

章……小小说的语言要朴素、平易，但有韵致。"[①]

二是故事。在语言艺术的基础上，小说、散文、诗歌各有千秋——小说主叙事，散文重性情，诗歌则更为考究语言的多义挖掘。小小说是叙事文体，自然免不了讲故事。陈树茂《选美男》讲述了"我"和"徐三"为赢得参加上级单位的大型活动名额暗相竞争的故事。相貌筛选、才艺展示、请主任吃饭、"徐三"私下送礼最终夺得名额……如此种种都是作品中的故事。然而，故事只是小小说的一部分，是承载小小说立意的一个载体，而不是小小说的全部。倘若这篇作品最后没有抖搂出原来选美男是为了去乡下给一位领导母亲的葬礼队列凑人这一真相，揭露出官场的荒唐症候，前面所讲述的各种也只是故事，无法有力地集中在一起，形成作品作为小说的张力。好的故事令人印象深刻，虚构合适、有趣而独特的故事可以使得小小说摆脱"轻弱"之气。仍然需要时刻谨记的是，故事不容忽视，但它也只是小小说"承重"的一个介质。

三是讲述。小小说创作者应当有明确的文体意识。当下许多小小说创作者往往忽略了这一点，将小小说写成了段子、故事，甚至是写成了散文。当小小说写成了散文、故事，其力度自然有限，不说"仅限于此"之外的"重"，就连"仅限于此"也难以做到。在陈树茂的小小说作品中，也不乏作品陷入了散文、故事的误区。例如，《母亲腌的酸梅》虽然情深，但在我看来却只是一篇小散文，缺乏小说的特质；《那年高考》

---

① 汪曾祺：《关于小小说》，王保民主编，《小小说百家创作谈》，河北文艺出版社，1997，第5页。

则像是一篇回忆记叙文，通篇是对高考过程的回忆，主旨模糊，缺乏意义指向与思考；《小镇素描》为我们呈现了小镇的几幅画面，然而语焉不详，实在难以将其认定为小说。故事与小小说、散文与小小说的界限并不容易区分，它们相近，甚至互相缠绕：散文中也有叙事，而小小说中也常见散文化的叙事手法。然而，在小小说创作中，作者在创作之时应当有所思索——我的小小说要塑造怎么样的一个人物形象？我要讲述何种内容、表达何种意图？为传达这种意图，又当如何独辟蹊径地去安排小说的结构与叙事？我要采用何种艺术手法，才能超脱出故事范畴而进入小说领域？

四是境界。小小说之"重"与小小说作家的思想境界紧密相关。小小说虽然篇幅短小，但它能够有所作为。在《寻找优良血统》这篇小说作品中，陈树茂为我们塑造了另一个生动形象的当下阿Q，呈现了一个复杂的、多种指向的多层次小说文本。这充分地证明了，小小说也可以摆脱"轻薄"，也能够给人以厚重之感，给人以无穷的回味，将人带入到更深远的思索中去。这需要创作者精心选取进入小说的切入点，更需要创作者自身对人、对现实、对历史的不断思考。想要以"轻"承"重"，技巧（即语言、故事、讲述）是小说创作的一面，它可以在不断训练中加以提升。在技巧之外，更为紧要的是创作者的思想深度。创作者本人对这个世界的思考不深，作品中的洞见从何而来？其作品也势必无法呈现小说之"重"——根本无"重"，何以谈承"重"？

纵观陈树茂十年的小小说创作，有小小说创作者普遍存在的问题，亦有他个人用心追寻、难能可贵的探索与突破。陈树茂身上有对艺术的敏感，有对现实的密切关注，内心深处更是弥漫着一股人道主义温情。凭借此三点，我便坚信他能够创作出更多的小小说优秀之作，他也能够在小小说这条道路上走得更远。回到"轻"与"重"这一组关系范畴，我也坚信——小小说的"轻"与"重"是一个应当引起大家注意并加以重视的问题。唯有正视小小说的"轻"，才能不断寻求"承重"之法；唯有摆脱"轻浮"之气，以一种严谨的小说家姿态面对小小说，当下的小小说创作才能打破繁荣的幻象，真正蓬勃发展，才能以新面目赢得更多的、真正的尊重。

系列小小说的"力量"与"风险"

　　篇幅短小是小小说的显著文体特征，也是一种强大的制约：在两千字以内，难以展现时代的波澜壮阔，难以进行宏大的主题叙事，难以进行全景式的深入的扫描、观察和剖析，等等。如何让小小说摆脱这一束缚，是许多小小说作家都在思考的问题。后来，就有了系列小小说这一突破路径：既然一篇小小说无法承载，那就用五篇、十篇甚至百篇，去承载相似的主题，去刻画某种风貌，去记录某种现象，去剖析某一问题。这事实上并不是什么新鲜的方法。诺奖得主奈保尔的短篇小说集《米格尔街》以人物为中心，通过十七篇相互独立又相互关联的短篇小说，描写特立尼达地区被殖民者的生存状况，表现后殖民时代的世态人心。与此相似的还有哈金《小镇奇人异事》、李锐《太平风物》等。

　　这些作品，我们也可以称之为系列小说——每一个单篇作品刻画一个人物，以点带面地将一个时代与一方地域的面貌书写出来。冯骥才的"俗世奇人"系列、孙方友"陈州笔记"系列、相裕亭"盐河旧事"系列等，也是如此。在广东，小小说作家也对系列小小说的创作有所偏爱。比如夏阳的早期作品"夏阳村人物脸谱"系列、陈树龙的"高手在民间"系列、陈树茂的"二十四节气"系列和"追捕科尔"系列。

　　惠州小小说作家阿社在系列小小说创作上成果颇丰。早在十余年前，他就开始创作"病人生"系列，前些年又因"包装时代"系列而备受关注。

　　大约十年前，我已经关注到阿社的"病人生"系列小小说作品，并写下《常态背后的病态——读阿社"病态人生"系列小小说》一文。"病态人生"系列小小说是阿社写的一系列有关隐藏在"正常"背后的"社会疾病"的小小说，当时已有《脱发》《近视》《耳聋》《口吃》《狐臭》《腰椎间盘突出》《肥胖症》《遗尿》《便秘》《痔疮》《脚气》《臆想症》《记忆力衰退》共十三篇。每一篇都是通过描写一些人身上的某一种病症，巧妙切入到这个社会的"病症"之中，构思新奇，文笔流畅。"病人生"系列小小说，每一篇都讲述一个人患"病"的故事，同时，也是这个社会的病症故事。这些故事，无论是荒诞也好，真实也罢，我们都能从中读出一些特别的东西。在创作技巧上，阿社采用了"以小见大"的方法。我们可以这样理解：阿社创作了一个又一个"点"（单篇小小说），而后又通过系列小小说的方式，把这些"点"串成"线"，最后用这些"线"勾勒出一张"病态的社会图像"。这种方式，很有新意，其最后所勾勒出来的整体图像，也比一般的小小说更具力量。这就像是一记组合拳，打出来之后，虎虎生威。

　　2017年，阿社的小小说集《包装时代》出版。"病人生"系列小小说主题集中，但每篇又相互独立，人物与故事都并不相关；而"包装时代"系列小小说，则在同一个主人公身上做文章。如果说前者是借用一千张不同的面孔呈现一个主题，那么，后者则着重刻画一副面孔的一千种姿态，并透过这一千种不同姿态来抵达、完成其创作意图。在阿社《包装时代》中，人物是固定的，"包装"主题也是确定的，变化的只有不断与时俱进的包装策略。从最开始的包装时代，阿社紧随潮流，衍生出各种"非包装时代""伪包装时代""被包装时代""土包装时代"等等花式荒诞的包装故事。书中各式各样的包装策略确实令人大开眼界，然而，这一切并不是简单的虚构，它仍是来源于我们荒诞的现实生活。时至今日，现实已然比我们的想象力更为强大，更令人感觉惊奇，也更为残酷、荒诞。谢有顺认为"今天的文学，已经很难高于生活了，它甚至常常低于生活，因为生活本身的传奇性，大大超过了一个作家的想象"①，其意即在此。

在"病人生"和"包装时代"这两大系列小小说的创作中，阿社都选用了荒诞叙事。显而易见，荒诞已经成为这个时代的社会症候之一，选择以荒诞对抗荒诞，以此完成对社会现实的观照与批判，成为许多写作者书写现实的一种路径。卡夫卡《变形记》《城堡》是如此，余华《兄弟》《第七天》是如此，东西《篡改的命》是如此，阿社《包装时代》同样是如此。善于包装策划的主人公阿社，用其奇思妙想，打造出"我""张三""李四"等一个又一个大师、名家。甚至，连"我"家中的小保姆丫蛋，经过包装之后，也能成为艺术界的名人。这是虚构吗？当然是。然而更重要的是，这也是我们正处在其中的现实。今日之现实正如同波兹曼所描述的拉斯维加

---

① 谢有顺：《短篇小说的写作可能性——以几篇小说为例》，《小说评论》2007年第3期。

斯：“这是一个娱乐之城，在这里，一切公众话语都日渐以娱乐的方式，并成为一种文化精神。我们的政治、宗教、新闻、体育、教育和商业都心甘情愿地成为娱乐的附庸，毫无怨言，甚至无声无息，其结果是我们成了一个娱乐至死的物种。”[①]在娱乐至死的时代，面对盲目从众、深爱娱乐的普通大众，包装显然有着巨大的市场。在《包装时代》中，各式知识分子、艺术家都沦为了娱乐至死的物种，他们享受着阿社的种种包装，顶着一圈又一圈的荣誉光环，在“乌合之众”的顶礼膜拜中活得有滋有味。这是对当下文化圈内乱怪现状的一种传神观照与尖锐讽刺。由此，阿社借着一波又一波令人瞠目结舌的荒诞闹剧式的包装策略，传达出他眼中的今日现实。或者可以说，他是在极度的荒诞之中抵达了另一种真实。

只从数量上衡量系列小小说的“力量”优势显得有些片面。事实上，系列小小说创作也有其“风险”，比如它极其容易走入到“自我重复”的歧途中，比如它给读者带来“审美疲劳”。以“包装时代”系列小小说为例，符号化的人物在如此集中的三十三种包装策划中，在一定程度上就引发读者的审美疲劳，甚至反感。还有另外一种“风险”：“主题先行”与“强行阐释”。也就是说，当这篇小小说的主题与艺术风格事实上并不完全符合某一系列之时，写作者仍然强行将其增添到某一系列之中。这对于整个系列小小说的质量来说，无疑是一种伤害。比如“病人生”系列的三篇新作《失明》《说谎》《厌食症》，它们保留了“病人生”系列的整体风格，又有

---

① 尼尔·波兹曼：《娱乐至死》，章艳译，中信出版社，2015，第4页。

一些新的变化——这三篇小小说都直接来源于索尔仁尼琴的语录。我更为认可的是《厌食症》这一篇。原因在于《失明》与《说谎》都在为解释索尔仁尼琴某种观念而写作，其中的核心主旨直接来源于索尔仁尼琴。在这过程中，作品丧失了自身的独特性：倘若抽掉索尔仁尼琴的话语，整篇小说就如同抽掉了脊椎骨，瞬时就坍塌了。而《厌食症》不一样，它从索尔仁尼琴来，却走出了自己的路子：它有独特的小说韵味，它给人带来了强大的、耐人咀嚼的阐释空间与想象空间。

总而言之，从十年前的"病人生"系列小小说，到今日"包装时代"系列小小说，阿社在系列小小说的创作上，显然有着其自己独特的创作理念与书写方式。他善于运用象征、隐喻、讽刺、夸张、黑色幽默等叙事手段，通过离奇荒诞的故事情节，完成对时代现实中的种种病症的批判。马克斯·韦伯有一句话，我特别喜欢。他说："所谓软弱，就是：不能正视时代命运的狰狞面目。"[①]对于文学创作者来说，这意味着勇气与担当。借用这一句话，我期待阿社能创作出更多正视时代命运狰狞面目的佳作。

---

① 马克斯·韦伯：《伦理之业：马克斯·韦伯的两篇哲学演讲》，王蓉芬译，广西师范大学出版社，2008，第26页。

文学的轻与重

情感修辞术

论反抒情[*]

从"诗言志"到"诗缘情",中国诗歌自古重抒情,甚至于认为,诗无情而不立。"诗"与"非诗"的界限全在于"情"——"有情"则为"诗","人之所以灵者,情也。情之所以通者,言也。其或情之深,思之远,郁积乎中。不可以言尽者,则发为诗"①;"无情"则"非诗"也,"夫诗者,本发其喜怒哀乐之情,如使人读之无所感动,非诗也"②。于是乎,抒情成为中国诗歌最为重要的一种传统。陈世骧先生说"中国文学的荣耀并不在史诗;它的光荣在别处,在抒情的传统里""中国文学的道统是一种抒情的道统"③。这种传统/道统从古典诗词到现代新诗,仍在延续着。周作人在评判现代新诗时认为,"新诗的手法,我不很佩服白描,也不喜欢唠叨的叙事,不必说唠叨的说理,我只认抒情是诗的本分。"④但

———————

* 原载于《星星·诗歌理论》2017年第5期。

① 徐铉《肖庶子诗序》,见胡经之主编:《中国古典美学丛编》,凤凰出版社,2009,第17页。

② 刘祁《归潜志》卷十三,见胡经之主编:《中国古典美学丛编》,凤凰出版社,2009,第354页。

③ 陈世骧:《中国的抒情传统》,《陈世骧文存》,辽宁教育出版社,1998,第2—3页。

④ 周作人:《扬鞭集序》,《谈龙集》,北京十月文艺出版社,2011,第45页。

是，我们也要意识到，抒情并非一成不变的[①]。一时代有一时代之抒情，戴望舒在《诗论零札》里提出"新诗最重要的是诗情上的nuance而不是字句上的nuance（法文：变异）"[②]，其意即在此。除此之外，我们更应当注意到的是，除却"诗情"（内容）的变化，"如何抒情"（方式）也在不断地嬗变，即一时代亦有一时代抒情之方式。在当代诗歌创作中，"反抒情"也成为一种重要的抒情方式。

一

"反，覆也"，它往往意味着对立、抵抗、颠覆、叛离与解构。在当代文学批评术语之中，"反"有着相当重要的美学意蕴，"文化"与"反文化"、"英雄"与"反英雄"、"神话"与"反神话"、"抒情"与"反抒情"等，它们都以一种二元对立的逻辑思维，作为我们批评、阐释的重要路径，进入到批评的话语谱系当中。当我们说"反"的时候，必然就存在了一个被"反"的对象。艺术的创新往往就在于"反"之

---

① 事实上，"抒情"这一个概念的范畴也在不断变化，它的指向由最初的"直抒胸臆"开始不断在往外延伸。比如，王德威提出"抒情现代性"，将"抒情"从一个文学范畴延伸至一种可以无限放大的超级能指。"抒情的定义可以从一个文类开始，作为我们看待诗歌，尤其是西方定义下的，以发挥个人主体情性是尚的诗歌这种文类的特别指称，但是它可以推而广之，成为一种言谈论述的方式；一种审美愿景的呈现；一种日常生活方式的实践；乃至于最重要也最具有争议性的，一种政治想象或政治对话的可能。"王德威：《抒情传统与中国现代性》，生活·读书·新知三联书店，2010，第72页。

② 戴望舒：《诗论零札》，《戴望舒诗集》，鹭江出版社，2009，第84页。

　　　　　　　　　　　　　文学的轻与重

中——当绝大部分的人以相似的方式在创作时，总会有另一小部分人选择不一样的或者相反的方式去完成自己的创作，而独特性与创新性往往就产生于对秩序、对传统、对同质化、对大多数的反叛之中。譬如说，在政治抒情诗之后，诗人再次将目光聚焦于自身，抒发个人情感；在人人都在以抒情的方式抒情之时，有人则借用"反抒情"而抒情；在抒情泛滥成灾之时，有人发出"拒绝抒情"的声音："诗不言志，不抒情"①。因此，我们谈论反抒情，始终应当将其放置在具体的时代语境中展开，它总是与它所要"反"的对象，即一时代之抒情紧密相连。

张松建在《抒情之外：论中国现代诗论中的"反抒情主义"》一文中，详尽分析抒情与反抒情在中国现代文学中的复杂关系，认为"抒情主义与反抒情主义构成了中国新诗理论的内在张力"，并提出"抒情主义与反抒情主义的冲突实质上不是'对与错'的冲突而是'对与对'的冲突"②。以我看来，这种"对与对"的冲突性质同样可以用来描述当代诗歌中反抒情与抒情之间的关系。

1979年北岛《回答》的发表，正式拉开了朦胧诗革命的帷幕。在这首作品中，诗歌的抒情主体不再是红色诗篇中宏大而宽泛的"人民"与"我们"，而是一个鲜明、冷峻、决绝的"我"：

---

① 于坚：《拒绝隐喻》，《于坚诗学随笔》，陕西师范大学出版总社有限公司，2010，第13页。

② 张松建：《抒情之外：论中国现代诗论中的"反抒情主义"》，《文学评论》2010年第1期。

告诉你吧，世界，

我——不——相——信！

纵使你脚下有一千名挑战者，

那就把我算作第一千零一名。

我不相信天是蓝的，

我不相信雷的回声，

我不相信梦是假的，

我不相信死无报应。

　　一个又一个"我"的出现，饱含着诗人对世界的怀疑、对时代的愤懑以及诗人敢于献身抗争的英雄气概。在这里，"我"的回归，让诗情饱满而有力。朦胧诗的出场显然是对二十世纪五六十年代政治抒情诗的一种"反叛"，让抒情主体由"我们"回归到一个具体的、内在的"我"。然而，很快地，"第三代"诗人又举起了反叛朦胧诗的大旗，甚至提出"PASS北岛"的口号。朦胧诗努力呈现内在的"我思"与"我感"，"第三代"诗人则将日常生活移至诗中；朦胧诗在纷繁的意象中传达情绪，"第三代"诗人则在口语中呈现世界；朦胧诗对崇高、对英雄、对世界抱有极大的书写热情，"第三代"诗人则反崇高、反英雄、反抒情，在凡俗与丑陋中挖掘诗歌新的生命力。概而言之，"'第三代'既在告别朦胧诗的内容，也在告别朦胧诗的形式，他们是在意味与形式的双向破坏中创造着自己的诗美学。"①

---

① 罗振亚：《20世纪中国先锋诗潮》，人民出版社，2008，第200页。

　　　　　　　　　　　　　　　　文学的轻与重

从朦胧诗到"第三代"诗歌，我们清楚地看到，当代诗歌一次次的反叛与突破。从抒情的角度来说，朦胧诗人在诗歌中有着强烈的主动的抒情意识，作品中的情感饱满、炽热且明确。北岛写下"我不相信"（《回答》），写下"即使明天早上/枪口和血淋淋的太阳/让我交出青春、自由和笔/我也决不会交出这个夜晚/我决不会交出你"（《雨夜》），写下"在没有英雄的年代里，/我只想做一个人"（《宣告——献给遇罗克》）。舒婷深情高呼"那就从我的血肉之躯上/去取得你的富饶，你的荣光，你的自由/—— 祖国啊/我亲爱的祖国"（《祖国啊，我的祖国》），她向世界宣告"我必须是你近旁的一株木棉/作为树的形象和你站立在一起"（《致橡树》），她对同代人呼吁"为开拓心灵的处女地/走入禁区，也许——/就在那里牺牲/留下歪歪斜斜的脚印/给后来者/签署通行证"（《献给我的同代人》）……在这些诗歌中，个体的"我"从"人民""人们"和"我们"等群体中突围而出，成为新的抒情主体。

　　而在"第二代"诗歌中，这种炽热的情感，这种充满个性的"我"又迅速消失不见。面对同样的事物，诗人的情感以及抒发情感的方式显然都已大变——从炽热到冰冷，从抒情到冷抒情，甚至反抒情。我们试举一例：同样是书写大海，在舒婷那儿，诗人对大海的情感奔涌而出——"让你的飓风把我炼成你的歌喉/让你的狂涛把我塑成你的性格/我绝不犹豫/绝不后退/绝不发抖"（《海滨晨曲》）。而在韩东的笔下，"你见过大海/你也想象过大海/你不情愿/让大海给淹死/就是这样/人人都这样"（《你见过大海》）；在尚仲敏眼中，"你看你看/无论如何得去见见海/见了海/这辈子也就/不想见其他东西了/其他东西就不是什么东西了"（《海》）。

在这具体的语境与具体的诗歌文本中，我们清晰地看到，当代诗歌显露出的抒情与反抒情二者巨大的差异。它并不是"对""错"之别，而是诗歌理念与抒情策略的一种嬗变与突围。抒情与反抒情的对立与转变，在朦胧诗与"第三代"诗歌、在世纪末的知识分子的智性写作与民间诗歌立场的口语写作之争中、在新世纪初期的"下半身诗歌运动"以及新世纪以来的网络诗歌的出场与生成过程中都有出现。甚至于，每一次诗歌运动与变革，都必然地、或多或少地牵涉到抒什么样的情、如何抒情的问题。也就是说，反抒情既在内容上，也在形式上，显示出特定时间段里诗歌创作的新变与力量。

二

因而我们说，反抒情的背后实则隐含着一种新的诗歌理念，一种新的创作姿态。

朦胧诗以降，当代诗歌创作在内容与形式上变化愈来愈大，甚至出现了许多以"非诗歌""反诗歌"为诗的文本实验与探索。在这些"非诗""反诗"中，抒情消失不见，取而代之的是反抒情姿态。从朦胧诗到告别优雅的"第三代"，从追求思想深度与智性修辞的知识分子写作，到代表平民姿态、民间立场的口语化写作，每一次反抒情的提出，都是对当时抒情的怀疑与反叛，都代表着一次当代诗歌的新突围。

1998年，诗人侯马在题为《抒情导致一首诗的失败》的文章里写道："诗歌的伟大之处就在于它是绝对无用的。如果硬要说有点用，应该是指它能'抒抒情'，但指望这一点是很危险的，抒情导致一首诗的失败，抒情产生一大批千篇一律、面目不清的诗作。如果一个人想抒情，他决定写一首诗，我无法相信他能写出一首'诗'，洋溢的情感通常掩盖的是心灵的枯燥。"紧接着，他做出判断："如果你想把情抒了，在诗中'反抒情'可能是必要的，也是唯一行得通的。"①在这里，侯马对抒情的否定与对反抒情的高度认可，直指当时抒情泛滥、无力等病症。同样，2001年《诗潮》第5期刊发《当代诗歌：抒情，还是反抒情？》研究专辑，其中辑录徐江《善待诗歌，正视抒情》、世宾《诗歌是抒情的艺术》、沈奇《反对滥抒情》、谢有顺《过度抒情是一种矫情》、于坚《诗言体》②五篇探讨抒情与反抒情的短文，其锋芒同样指向时代的滥化抒情倾向。在这些探讨中，我们发现，抒情与抒情传统始终是诗歌写作者与研究者最为关注的核心问题之一。徐江提出"反抒情也是一种抒情"；世宾呼吁应当警惕一种人为的抒情，即刻意的、生硬的抒情；沈奇认为，从唯抒情到冷抒情到反抒情，这是现代诗必然发展过程，而反抒情能够有效地对伪抒情进行证伪；谢有顺对迂腐的抒情提出批评，指出应当书写内心的真实情感；而于坚则坚持诗歌不是抒情言志的工具，而是有生命的、独立的语体。凡此种种，我们看到，无论在何时，抒情问

---

① 侯马：《抒情导致一首诗的失败》，《诗探索》，1998年第3期。
② 《当代诗歌：抒情，还是反抒情？》，《诗潮》，2001年第5期。专辑内这五篇文章选自《中外诗歌研究》2001年第1、2期。

题仍是最受关注的问题。

　　然而，我们也发现，在新世纪之初大部分人对于抒情的理解，实际上仍然没有超脱出新诗始兴之时人们对抒情的探讨与争论。比如，在1926年梁实秋就对抒情的尺度进行批评，认为"现代中国文学，到处弥漫着抒情主义。……'抒情主义'的自身并无什么坏处，我们要考察情感的质是否纯正，及其量是否有度"①；宗白华说"诗忌无病呻吟，但有病呻吟也还不是诗。诗要从病痛中提炼出意，味，声，色，诗心与诗境。诗出于病痛，超脱于病痛"②。由此，我们不禁猜测，诗歌在抒情与反抒情之中的重心迁移，是不是一个螺旋式或者回环式的发展过程？换而言之，现代新诗的创作与研究，在不同的时间段里总会发生关于抒情与反抒情的碰撞与争论——情为诗之本，这被绝大多数的人所认可，然而，论争的关键在于如何抒情。抒情的方式在时间的长河中不断变化。一方面，在诗情尽失时总有人在提醒大家，抒情才是诗歌的本分；另一方面，在抒情成为大多数之时，或者说，在抒情泛滥无力之时，又总会有人以反抒情的方式完成自己的抒情。每一次从抒情到反抒情的变化，都是一次对多数的反叛与突破。诗人借反抒情向外界传递出自己的诗歌理念与创作姿态，诗人也由此呈现出自己作为诗人的独特价值。这样的变化，自中国新诗出场以来，一直持续到现在。并且，我也相信，只要诗歌创作不死，诗人在抒

---

① 梁实秋：《现代中国文学之浪漫的趋势》，转引自张松建：《抒情之外：论中国现代诗论中的"反抒情主义"》，《文学评论》2010年第1期。

② 宗白华：《诗闲谈》，转引自张松建：《抒情之外：论中国现代诗论中的"反抒情主义"》，《文学评论》2010年第1期。

文学的轻与重

情与反抒情之间侧重何者的选择也永远不会停止。

三

　　然而，仅仅看到反抒情作为一种理念的呈现是远远不够的。我们还必须从书写策略的角度，看到反抒情同时还作为一种方法受到相当多诗人的青睐。反抒情是当代诗歌抒情的方式之一，它与叙事、戏剧性、零度情感、口语化等紧密相关。诗人或是在叙事中以戏剧性冲突完成一次讲述；或者，诗人完全将自我从诗歌中抽离出来，以零度情感完成冷静的陈述；再或者，诗人在口语化风格中完成对一现象的调侃或解构……凡此种种，它们可以独立运用，也可以综合在一起形成合力，进而以反抒情的方式抒情。

　　当代诗歌创作中，既有抒情传统，也有叙事传统。陈世骧先生在论述中国古代小说与戏曲时指出，在小说与戏曲等叙事性作品中，打动人心的仍然是抒情的力量："……抒情体仍旧声势逼人，各路渗透，或者你可说仍旧使戏剧小说不能立足。元朝的小说，明朝的传奇，甚至清朝的昆曲。试问，不是名家抒情诗品的堆砌，是什么？"[①]然而，在当代诗歌创作之中，叙事业已成为情感抒发的重要途径——用陈述、叙事的方式补充甚至替代传统抒情方式中的直抒胸臆，同样也能传达诗人心中的情怀。叙事抒情与"我要……""我不……""我想……"等传统抒情样式相比较，它往往采用第三人称视角，

---

① 陈世骧：《中国的抒情传统》，《陈世骧文存》，辽宁教育出版社，1998，第3页。

也就是说，诗人的情怀并不直接、明了地显现，因而，它的诗情显得更加冷静，更加内敛，也更加隐秘。同时，叙事抒情使用第一人称时，"我"大多也是旁观者，或者说是零度情感主体。罗兰·巴尔特在《写作的零度》中提出一种"零度的写作"，这种写作方式"根本上是一种直陈式写作"[①]，作者在写作中不掺杂任何的个人想法与情绪，不介入小说而以零度情感机械地描述事件。

诗人情感在叙事抒情中表面看来是缺席的、离场的，那么，诗歌所要呈现的情感从何处获得力量？此刻，我们应当重视动作性书写的力量。叙事抒情大多以行动者（人）的动作替代内心的情感波动，以动作指向传递诗情而非直接书写人物的情感变化。一个动作，或者一系列动作的组合，可以比直言我思、直抒我意更加具有力量。更重要的是，诗人呈现他的世界，任由读者感受，往往也能够给予读者更广阔更深入的想象空间。我们以雷平阳的作品《杀狗的过程》为例：

> 这应该是杀狗的
> 唯一方式。今天早上10点25分
> 在金鼎山农贸市场3单元
> 靠南的最后一个铺面前的空地上
> 一条狗依偎在主人的脚边，它抬着头
> 望着繁忙的交易区，偶尔，伸出
> 长长的舌头，舔一下主人的裤管

---

① 罗兰·巴尔特：《写作的零度》，李幼蒸译，中国人民大学出版社，2008，第60页。

文学的轻与重

主人也用手抚摸着它的头
仿佛在为远行的孩子理顺衣领
可是，这温暖的场景并没有持续多久
主人将它的头揽进怀里
一张长长的刀叶就送进了
它的脖子。它叫着，脖子上
像系上了一条红丝巾，迅速地
窜到了店铺旁的柴堆里……
主人向它招了招手，它又爬了回来
继续依偎在主人的脚边，身体
有些抖。主人又摸了摸它的头
仿佛为受伤的孩子，清洗疤痕
但是，这也是一瞬而逝的温情
主人的刀，再一次戳进了它的脖子
力道和位置，与前次毫无区别
它叫着，脖子上像插上了
一杆红颜色的小旗子，力不从心地
窜到了店铺旁的柴堆里
主人向他招了招手，它又爬了回来
——如此重复了5次，它才死在
爬向主人的路上。它的血迹
让它体味到了消亡的魔力
11点20分，主人开始叫卖
因为等待，许多围观的人
还在谈论着它一次比一次减少

的抖，和它那痉挛的脊背

说它像一个回家奔丧的游子

　　在这首短诗中，诗人通篇以陈述语句，将"我"及"我"的情感全部隐藏起来，并不直接抒发其内心情感流动，而是用"揽""送进去""窜""招手""爬回""依偎""戳""叫卖""痉挛"等等一系列的动作词语，以一种旁观者的视角，将他所看到的反复多次的"杀狗过程"转述给读者。在《杀狗的过程》中，雷平阳将叙事、戏剧性、零度情感、口语化融为一体，以一种反抒情的方式抒发了他心中巨大的情感波动——一面是狗对于主人一次次的信任与依赖，一面是一次次冷酷的对狗的欺骗与杀戮；如此反复五次，诗人内心的愤怒与悲凉如火山般汹涌澎湃，然而，最为澎湃的情感，诗人却选择隐藏，他写下平静如镜的水面，而其中的汹涌暗流任由读者去感受去体悟。由此，诗歌生成了多重张力，比起直抒愤怒更令人动容。

　　又比如严力的诗歌《负10》：

随着时间的流逝

"文革"作为背景的

诉苦大会变成了小会

小会变成了几个人的聊天

聊天变成了孤独的回忆

回忆变成了沉默的句子

最后变成了一行数字

1966—1976

老李的孙女说等于负10

在这里，诗人以一种"聚焦法"将镜头不断缩小，最后定格为一行数字：1966—1976。这是一行数字，亦是一段惨痛的历史。诗歌到此处，仍是以一种叙事手法在讲述一个戏剧场面，仍是在铺垫力量。当结尾让老李的孙女以一种儿童思维将1966—1976看作是一道算术题，并得出"等于负10"的结果时，文字令人拍案叫绝。诗歌的力量在尾部集中喷发出来——负10，既是一道算术题的算术结果，又是对于"文革"给国家、社会、个人带来的惨痛记忆的象征与隐喻。在这样戏剧性的叙事中，诗人以反抒情的方式，呈现出他的情感，给人以"此处无声胜有声""此处无情胜有情"的深刻印象。在叙事中，将抒情主体及其情感隐藏，以表面的平静遮掩诗人汹涌的内心情绪，反而使诗歌情感的呈现更具张力，使诗歌的肌理愈加紧实。在此处，反抒情比抒情更具表现力与感染力。

从"反"的美学意蕴及其功能属性出发，我们看到反抒情有着强大的艺术冲击力。顺着诗人在抒情与反抒情之间循环往复的抉择以及两者无法割裂的复杂关系，我们甚至可以梳理出当代诗歌发展的大致脉络。无论是作为理念的反抒情，还是作为方法的反抒情，作为一个关键词它都有着举足轻重的意义。在当代诗歌的创作与研究中，它理应得到更多的关注。

死亡就是寂静[*]

——论痖弦的死亡诗学

　　台湾诗人痖弦身上有着太多的传奇色彩。从1951年开始诗歌练笔，到1953年发表处女作《我是一勺静美的小花朵》，再到1966年停笔至今，其诗歌创作生涯仅仅十五年。也就是说，痖弦所有诗歌均创作于十九岁至三十四岁这一阶段。在这十五年的创作中，痖弦仅以一本《痖弦诗集》[①]便屹立在华文诗坛，并赢得无数声名。沈奇认为痖弦既是重要的、也是优秀的诗人："可以说，就整个近百年中国新诗历史而言，痖弦是为数不多的几位经得起理论质疑的、真正彻底的、到位的现代主义代表诗人之一。"[②]

　　2016年初，广西师范大学出版社出版《痖弦诗集》，这是痖弦诗歌作品首次在大陆引进出版。这当然是一件美事，它意味着，更多的大陆读者也能够一览痖弦诗歌的全貌。这令我想

---

[*]　原载于《星星·诗歌理论》2016年第12期。

[①]　1959年11月，痖弦在香港出版诗集《苦苓林的一夜》（香港国际图书公司）。出版后运至台湾的三百册因封面受潮腐坏，更换书名及封面，为《痖弦诗抄》。1968年10月，增补部分作品后，由台湾众人出版社重印，为《深渊》。1971年4月，台湾晨钟出版社出版增订版《深渊》。1981年，由洪范书店出版《痖弦诗集》，是为定本。2016年1月，广西师范大学出版社将痖弦诗歌引入大陆，出版《痖弦诗集》。参见痖弦：《痖弦诗集·序》，广西师范大学出版社，2016，第4—5页。

[②]　沈奇：《痖弦诗歌艺术论》，《华文文学》2011年第3期。

起初次阅读痖弦诗歌作品的情景。2008年，初入大学的我一发而不可收地爱上了诗歌。那年冬天，我背着十几本诗集回到老家，每日研读并背诵三五首。那时第一次在一本诗歌选集中读到痖弦的《上校》："而他的腿诀别于一九四三年""他觉得唯一能俘虏他的/便是太阳。"这样简洁、朴素又充满力量的表述，令我在阅读的瞬间便陷入痴迷之境。《上校》直击我心，除开其新奇的表达，更因其带有顽强的生命力量。而今终于一览痖弦诗歌的全貌，"生"与"死"仍然是痖弦诗歌冲击我心灵最重要的两个关键词。

一、从"生命的秘密"到"黑色的胜利"：痖弦诗歌的死亡书写

在痖弦的诗歌作品中，随处可见关于死亡的书写——"死亡""荒冢""殡仪馆""食尸鸟""黑十字架""黑夜""死人""殓布""埋葬""棺木""亡灵""寂静""血""墓碑"等字眼散落在痖弦诗歌的各处。痖弦在其诗作中构建了一个神秘、阴郁而恐怖的死亡深渊，难能可贵的是，在这死亡深渊中又常常可见"生"的光芒。

人的死亡是痖弦诗歌重要书写对象之一。缅怀老师覃子豪逝世之作《纪念T.H.》通过对人死之后亲友对亡者善后细节的描写，传达出痖弦对死亡的一种理解："在一堆发黄了的病历卡中/在一声比丝还细的喊声下/背向世界的/一张脸/作高速

度降落"①。(《纪念T.H.》）在痖弦的眼中，死亡就是一种高速度的下降，下降至大地深处，进而抵达另一个世界。在这个世界中亡者加入到"在那些重重叠叠的死者与/死者们之间"，"而这一切都已完成了/奇妙的日子，从黑色中开始"（《焚寄T.H.》）。也就是说，死亡并不意味着终结，而是一个新的开始。在纪念诗人杨唤的作品中，痖弦对"唇"这一意象的深度挖掘，传递出对亡者深深的缅怀之情："我们将去吻你/寂寞的，个性的/玫瑰一样悲哀的/悲哀的嘴唇啊。"（《唇——纪念Y.H.》）在这儿，"嘴唇"已然成为亡者一生的缩影与象征，也成为触摸死亡的一扇大门。痖弦赋予了"唇"独一无二的个性色彩，甚至可以说，"唇"这一词在痖弦的笔下获得了更广阔的指向与更巨大的张力，成为一个痖弦式的独特意象。在笔者有限的阅读视野中，从没有哪一个诗人将"唇"与死亡如此紧密地联系在一起，写得如此深沉而热烈，令人如此动容且印象深刻。在缅怀之作外，痖弦诗歌常常直面死亡。在《殡仪馆》中，痖弦借两个儿童之口，诉说了死亡的全过程。"食尸鸟从教堂后面飞起来/我们的颈间洒满了鲜花"，这是男孩和女孩躺在棺木中的场景；"牧师们的管风琴在哭什么/尼姑们咕噜咕噜地念些什么呀"，这是人们为亡者祈祷祝福的场景；"明天是春天吗/我们坐上轿子/到十字路口上去看什么风景哟"，这是亡者童真的心灵感触——他们年幼，压根不知道死亡意味着什么；而当他们惊恐地说出"啊

---

① 痖弦：《痖弦诗集》，广西师范大学出版社，2016，第155页。本文所引用痖弦诗歌文本，皆出于此，不再一一列出。

啊，眼眶里蠕动的是什么呀/蛆虫们来凑什么热闹哟/而且也没有什么泪水好饮的"时，他们的身体已经从鲜活化为了腐败。从葬礼，到下葬，到身体腐败，痖弦以亡者视角，尤其是两个年轻孩子的视角，用充满童真的、美妙的话语与想象，揭露出死亡最为残酷、悲伤的一面。在这互相比较中，诗歌的力量显现而出。孩子每一次呼唤"妈妈为什么还不来呢"，都是对死亡的一次正面直击。"生命的秘密/原来就藏在这只漆黑的长长的木盒子里"，这或许是孩子们对死亡最为深刻的一种认知了。

死亡也是痖弦诗歌书写的一种底色，一把锋利的批判之刃。痖弦曾为军人，目睹过战争与动乱，深知战乱给人带来的巨大悲痛。这也是他诗歌中一个重要的书写领域。痖弦诗歌中的战争书写，独特之处在于，不直面描述，而是迂回侧击，通过对战后景象的书写传达出诗人的批判与关怀。《上校》就是一例。"在荞麦田里他们遇见最大的会战/而他的一条腿诀别于一九四三年"，这是对战争的描述。在这之后，痖弦迅速进入到上校的日常生活，"什么是不朽呢/咳嗽药刮脸刀上月房租如此等等"。战争给人带来的伤痛，以及军人顽强的生命意志，不是在战争中体现，而是在战后鸡零狗碎的生活中得到彰显。而在《盐》《战神》《所以一到了晚上》《葬曲》等作品中，死亡成为痖弦书写战争的底色与批判之刃。在《盐》中，二嬷嬷死于战乱："一九一一年党人们到了武昌。而二嬷嬷却从吊在榆树上的裹脚带上，走进了野狗的呼吸中，秃鹫的翅膀里。"二嬷嬷的悲惨境遇，令人想起"白骨露于野，千里无鸡鸣"（曹操《蒿里行》）和"乌鸢啄人肠，衔飞上挂枯树枝"（李白《战城南》）这样悲惨的战场景象。在《战神》一诗中，痖弦将战争带来的死亡与悲惨进行了更为细致、更为残酷的书写。"在夜晚/很多黑十字架的夜晚/病钟楼，死了的两姊妹：时针和分针/僵冰的臂膀，画着最后的V"。在这一首诗中，由死亡的躯体所构成的"V"字图案，成为痖弦诗歌中又一个令人印象深刻的死亡意象。"V？只有死，黑色的胜利/这是荒年。很多母亲在喊魂/孩子们的夭亡，十五岁的小白杨/昨天的裙子今天不能再穿"。这"最后的V"并不是胜利，假如是，也只是死亡带来的"黑色的胜利"。由代表胜利与喜悦的"V"，到充满悲凉、丑陋与恐怖的"黑色的V"，在《战神》一诗中，痖弦选用了相当多丑而恐怖的暗色意象，用"以丑为美"的诗学修辞，完成对战争的有力抨击，诗歌由此显得张力十足。一面是尸骨遍野的悲凉，一面是"战神在擦他的靴子"，这显然是"一将功成万骨枯"的现代演绎，诗中的反讽与对比令人心悸。借着对死亡的书写，痖弦内心所含的悲愤、批判与人道关怀在冷静、肃然、凄凉的词语中有力呈现："很多黑十字架，没有名字/食尸鸟的冷宴，凄凉的剥啄/病钟楼，死了的姐儿两/僵冷的臂膀，画着最后的V"。战争无情，世人受罪，在痖弦看来，"活着是一件事情真理是一件事情"。我们根本无法做到"How I learned to stop worrying and love the bomb"（《所以一到了晚上》）。而那些不幸的死者，我们只能在"灰蝴蝶"的引路下，将其葬在异乡："啊，你死了的外乡人，/啊，你的葬村已近。"（《葬曲》）

痖弦不仅书写了人之死，还书写了文明与艺术的精神之死。比如，书写工业时代的精神之死："啊啊，神死了！新的神坐在锅炉里/狞笑着，嘲弄着，/穿着火焰的飘散的长裙……/

啊啊，艺术死了，新的艺术抱着老去的艺术之尸"（《工厂之歌》）。又比如，在《鼎》中，痖弦所呈现的信仰之死："古代去远了……/光辉的灵魂已消散。/神祇死了/没有膜拜，没有青烟"。在工业时代里，痖弦对于"灵与肉""物质与精神"有着别样的感触。痖弦认为，工业化这一"新的权威便树立起来了"（《工厂之歌》），"但我是太老太老了/只配在古董店里重温荒芜的梦"（《鼎》）。这两首写于1955年的诗作，如今已过六十余年，却仍显得锋芒十足。以我看来，这是痖弦对于传统之物的缅怀，也是对于现代社会的一种批判——他心中一直藏有对传统的敬畏，而当下过于追求物质化的时代症候，精神与信仰的不断消逝，自然令痖弦感觉到悲凉。

二、"深渊"与"边缘处境"：向死而生的存在主义意蕴

痖弦在诗歌中书写了如此众多的死亡。但是，我们必须意识到，痖弦诗歌中的死亡指向的并不仅仅是死亡本身，它还指向生存。无论是悼念诗《纪念T.H.》，还是战争诗篇《战神》，都在书写相当残酷的生存现状，以及对生的无限热爱。也就是说，痖弦是透过死亡这一面镜子，书写人的存在之困境。在长诗《深渊》中，痖弦为我们构建了一个荒凉、恐怖、荒谬的深渊世界。"对于仅仅一首诗，我常常做着它原本无法承载的容量；要说出生存期间的一切，世界终极学，爱与死，追求与幻灭，生命的全部悸动、焦虑、空洞和悲哀！总之，要

鲸吞一切感觉的错综性和复杂性。如此贪多，如此无法集中一个焦点。这企图便成为《深渊》。"①《深渊》是一个错综复杂的诗歌文本，它的指向极其丰富，其在死亡书写上也用力极深，集中地呈现出痖弦诗歌中向死而生的存在主义意蕴。

雅斯贝尔斯认为存在一种"边缘处境"："人们的处境归根到底有两类，一类是可以改变和避免的处境，再一类是不可改变、无可逃避的处境。这后一类处境就像是一堵墙，我们作为实存撞到它们必然失败，而且是绝对的失败。而且，正是由于这种绝对的失败才使我们震惊不已，认识到我们作为实存的局限性，并进而体验到'超越存在'，达到本真的我们自己。雅斯贝尔斯把后一类处境叫作'边缘处境。'"②在死亡、苦难、斗争、罪过这四种"边缘处境"中，对于人生存最为紧要的就是死亡。在《深渊》中，痖弦所描述的，漫着众多的丑陋、暴力、苦难、恐怖、荒诞、斗争、情欲与死亡的深渊世界即是一种"边缘处境"。在这"边缘处境"中，最适合呈现出存在主义所看重的个体的人、个体的孤独与虚无以及个体的生命与自由。在深渊世界中，肉体有着黑色的节庆，月光是有毒的，三角洲由血组成，灵魂如蛇状，时间是腐朽的，太阳是冷血的，罪恶被放在篮子里四处叫卖……在深渊世界中，痖弦认为，除了性与死亡，再无其他是确定之物：

　　在三月我听到樱桃的吆喝。

---

① 痖弦：《现代诗短札》，《中国新诗研究》，洪范书局，1981，第49页。
② 段德智：《西方死亡哲学》，北京大学出版社，2006，第238页。

很多舌头，摇出了春天的堕落。而青蝇在啃她的脸，
旗袍衩从某种小腿间摆荡；且渴望有人去读她
去进入她体内工作。而除了死与这个，
没有什么是一定的。生存是风，生存是打谷场的声音
生存是，向她们——爱被人胳肢的——
倒出整个夏季的欲望。

　　正是在"唯有性与死亡是确定的"这一认知基础之上，痖
弦通过对死亡的书写呈现他对存在的认知。海德格尔认为死亡
具有一种"不确定的确定性"："死作为此在的终结乃是此在
最本己的、无所关联的、确知的、而作为其本身则不确定的、
不可逾越的可能性。死亡作为此在的终结存在在这一存在者向
其终结的存在之中。"[1]也就是说，人总有一死，这是我们能
够确定的事情；但我们又不知死亡将在何时降临，因此我们总
是活在对死亡的焦虑与恐惧中。因而我们要向死而生。在深渊
世界中存活的人们便是处于这样一种状态："哈利路亚！我仍
活着，双肩抬着头，/抬着存住与不存住，/抬着一副穿裤子的
脸。"人们所要的仅仅是活着，如同诗歌开头所引萨特的话
语："我要生存，除此无他。"但这样的"生存"同样是充满
恐惧与不安的，因为"下回不知轮到谁；许是教堂鼠，许是天
色"。死亡的恐惧无处不在，在诗中，痖弦将这种恐惧与不安
放大到极致："在鼠哭的夜晚，早已被杀的人再被杀掉"——
连已死之人也无法逃脱死亡恐惧，这带着强烈荒诞气息的深渊

---

① 　海德格尔：《存在与时间》，陈嘉映、王庆节译，三联书店，1987，第310页。

世界给我们以极端的刺激。

但是，我们也看到，正是这极致的荒诞与恐惧，反而促使深渊世界中的人们不顾一切地去生存，并追寻最真实的自我。雅斯贝尔斯认为体验"边缘处境"和"去生存"是一回事，"只要我们睁着眼睛迈进边缘处境，我们就成为我们自己了"[1]。于是，深渊世界中的人们"去看，去假装发愁，去闻时间的腐味。/我们再也懒于知道，我们是谁。/工作，散步，向坏人致敬，微笑和不朽"。在这种境遇中，主祷文被我们嚼烂，没有人用鲜血去浇灌耶稣的荆冠（宗教），肉体在夜晚肆无忌惮地放纵（情欲、生命），一切回归到最本初的模样——为了生存。于是：

下回不知轮到谁；许是教堂鼠，许是天色
我们是远远地告别了久久痛恨的脐带。
接吻挂在嘴上，宗教印在脸上，
我们背负着各人的棺盖闲荡！
而你是风，是鸟，是天色，是没有出口的河。
是站起来的尸灰，是未埋葬的死。

为什么痛恨脐带？因为我们自脐带中来，来到这个充满焦虑、恐惧、丑陋、暴力与罪恶的深渊世界——在这个世界中，我们唯有背负棺盖前行，以一种已然超越死亡或假装超越的姿态面对万物，由此方能存活。诡谲的想象与恐怖的场景令

---

① 段德智：《西方死亡哲学》，北京大学出版社，2006，第238页。

人感觉深渊世界即是艾略特笔下的荒原。事实上，在深渊世界，也唯有这种向死而生的存在姿态，才能让我们"厚着脸皮活着"：

哈利路亚！我们活着。走路、咳嗽、辩论
厚着脸皮占地球的一部分
没有什么现在正在死去
今天的云抄袭昨天的云

"深渊"是痖弦为中国当代诗坛建构的独特而珍贵的一方诗歌世界，它荒凉而又饱满，黑暗而又满是锋芒。痖弦在典型的"边缘处境"里向我们呈现了一个错综复杂的人的生存困境。在《深渊》中，无处不在的死亡为其奠定了荒芜、恐怖、丑陋的美学底色。然而，痖弦笔下的死亡，绝不仅仅是对死亡本身的简单描绘——在死亡背后，我们看到的是一个个向死而生的存在。这一点，不单单体现在《深渊》中。在另一首长诗《从感觉出发》中，痖弦在诗歌之首便引用了 W.H.奥登的一句诗，它同样指向存在："对我来说，活着就是常常想着。"而诗中"升自墓中的泥土""那些永远离开了钟表和月份牌的/长长的名单""穿过伤逝在风中的/重重叠叠的脸儿，穿过十字架上/那些白色的姓氏"，以及"这隐身在黑暗中的寂静/这沉沉的长睡，我底凄凉的姊妹"等等诗句，无一不在阴郁的死亡书写中传达出生命的光亮。

三、死亡就是寂静：痖弦的死亡诗学观

痖弦认为："诗，有时比生活美好，有时比生活更为不幸，在我，大半的情形属于后者。而诗人的全部工作似乎就在于'搜集不幸'的努力上。当自己真实地感觉自己的不幸，紧紧地握住自己的不幸，于是便得到了存在。"[①]在《痖弦诗集》中，不幸比比皆是。当现实生活中至爱的妻子张桥桥离世，痖弦遭遇了最为巨大的一种不幸。他在给友人的信中写道："内人走了，留下寂静，可怕的寂静。原来死亡的定义，就是寂静！"[②]死亡就是寂静，这是痖弦在痛失爱人后最为沉痛的感受，也是其在诗歌创作中的死亡诗学观之一。

死亡是寂静的。在痖弦的诗歌中，死亡往往不是以喧嚣、号叫、痛哭、癫狂等状态呈现，而总是以寂静的姿态呈现。这成为痖弦诗歌死亡书写的一大特色。唯有寂静无声，最能传达出死亡的恐怖与惊心动魄。在看似平静的字句中，隐藏的则是关于死亡最为波涛汹涌的心灵震荡。在《印度》一诗中，"白孔雀们都静静地夭亡了""把严冬，化为一片可怕的宁静"；在《夜曲》中，我们"在晚报上的那条河中/以眼睛/把死者捞起"；在《一般之歌》中，诗人直截了当地说"死人们从不东张西望""安安静静接受这些不许吵闹"；在《从感觉出发》中，"负载我不要使我惊悸，在最后的时日/带我理解这憎恨的冷度/这隐身在黑暗中的寂静/这沉沉的长睡，我底凄凉的姊

---

① 痖弦：《现代诗短札》，《中国新诗研究》，洪范书局，1981，第49页。
② 叶国威：《如歌的行板——小记痖弦》，《联合早报》，2015年8月14日。

妹"。死后之寂静与生时之活泼构成了一组对立的诗歌意境，无声之死亡景象背后是恐怖而悲痛的死亡冲击，由此痖弦诗歌的死亡书写便在动静之中凝结出巨大的动人力量。

死亡是丑陋而恐怖的。在痖弦诗歌的死亡书写中，他选用了大量黑暗的、诡谲的、阴郁的、恐怖的、丑陋的死亡意象。比如"死亡""荒冢""殡仪馆""食尸鸟""黑十字架""黑夜""死人""殓布""埋葬""棺木""亡灵""寂静""血""墓碑"等等。凡此种种意象，营造出悲痛、阴森、恐怖的死亡画面，让诗歌抵达悲剧之境与恐惧之境。比如："很多黑十字架，没有名字/食尸鸟的冷宴，凄凉的剥啄/病钟楼，死了的姐儿两/僵冷的臂膀，画着最后的Ｖ"（《战神》）。然而，也正是在这儿，痖弦大肆书写丑陋、恐怖的诗学策略，使得其死亡书写取得了"以丑为美"与"丑中见美"的修辞效果。"以丑为美"无须多谈："噫死，你的名字，许是这沾血之美"（《从感觉出发》）。而对于"丑中见美"，倒是可以借用陆扬先生的一段精彩论述："死亡的恐惧不是我们的生命意志对命运的不屈抗争吗？难道它没有透现出对生的眷恋和热爱吗？……对死亡的恐惧由此就见出了美感。因为它意味着对生命的珍惜，而生命原是人类一切审美活动的尺度所在。洞烛了死亡的幽微，我们尘封的心灵倏地打开窗户，如梦初醒，一道明媚的阳光照将进来，我们觉得这世界多么美好。"[1]确实如此，尽管痖弦书写了如此多的丑陋与恐怖，但痖弦诗歌中总有一种人性之温暖隐藏在冰冷的死亡背

---

① 陆扬：《死亡美学》，北京大学出版社，2006，第19页。

后。这温暖，是悲悯，是关怀，是珍爱，也是批判。

死亡充满着种种偶然性与戏剧性。人总有一死，痖弦在《下午》中描绘了一种别样的生活状态："这么着就下午了/辉煌不起来的我等笑着发愁/在电杆木下死着/昨天的一些/未完工的死"。在这里，痖弦不仅确认人总有一死，还认为，每一刻我们都在进行死亡。但是，所谓人生无常，我们永远也无法得知死亡具体是在下一刻，还是几十年后降临。海德格尔说死亡具有不确定性，意即在此。在痖弦的诗歌中，也多次呈现出死亡的这种偶然性。在痖弦早期诗作《协奏曲》一诗中，前面三节分别用甜美而纯真的词句书写小山坡上牛儿吃草、河滨风车做梦、林子里情侣偷吻等情景，给人以无限美好甜蜜之感受。然而，在诗歌的第四节，痖弦笔锋直转，死亡突兀而至："在远远的荒冢里/一些亡灵在哭泣/他们哭着我/他们哭着你/他们哭着他们自己……"死亡突如其来，诗歌意境陡然大变，这既给诗歌带来了张力，也能隐隐看出痖弦对于死亡无常、充满偶然的一种认知。戏剧性是痖弦诗歌作品的一个重要特征。在《土地祠》一诗中，土地公黯然苦笑数百年："自从土地婆婆/死于风/死于雨/死于刈草童顽皮的镰刀"，这同样呈现出一种死亡的无端。更典型的是《故某省长》：

钟鸣七句时他的前额和崇高突然宣告崩溃
在由医生那里借来的夜中
在他悲哀而富贵的皮肤底下——

合唱中止。

　　　　　　　　　　　文学的轻与重

一首诗歌短短四句，却将生命的无常与死亡的偶然性、戏剧化书写得入木三分。"突然""崩溃""借来的夜""悲哀而富贵""合唱中止"，诗歌意蕴深长。

四、结语

　　痖弦写下了许多脍炙人口的佳作，如情意深切的思乡之作《红玉米》，如流传广泛的《秋歌》，如节奏明快、朗朗上口的《如歌的行板》。然而，我们应当看到，痖弦也写下了许多阴郁、恐怖、神秘、荒谬的死亡之诗。这些诗歌作品，在冰冷的死亡书写背后，传达出的是痖弦的死亡之思，是对人的亲切关怀，也是对战争、灾难、人性以及社会种种病症的锋利批判。透过这些死亡书写，我们发现，痖弦始终关注人的生存困境，其死亡书写始终指向生命、指向存在。我们甚至可以说，痖弦的死亡书写，实质是关乎存在的书写。痖弦的死亡之诗，创造了相当多经典的、令人印象深刻的死亡意象。在当代诗歌书写中，它不仅独特，而且尤为珍贵，应当得到我们更多的关注与重视。

正视诗教病症　复兴诗教传统[*]

诗教传统是中国延续数千年的教育传统，但在现行教育体系中，诗教却长期处于被忽略的境地。读图时代已然降临，商业化、市场化、物欲化使得文学，尤其是诗歌处于艰难困境。这种情况下，对诗歌教育的再重视显然具有非同一般的意义。面对当下复杂的文化生态以及以分数考核为核心的学校教育体制，诗歌教育仍然需要面对种种问题：今日诗教是否可能？诗教如何可能？诗人何为？

一、诗教：作为一种传统

"诗教"一词首次出现在《礼记·经解》中："孔子曰：'入其国，其教可知也。其为人也，温柔敦厚，诗教也。'"中国是诗的国度，诗教历史悠久，甚至可以追溯到虞舜时期——《尚书·尧典》记载："帝曰：夔！命汝典乐，教胄子。直而温，宽而栗，刚而无虐，简而无傲。诗言志，歌永言，声依永，律和声，八音克谐，无相夺伦，神人以和。夔曰：赞！予击石拊石，百兽率舞。"传承数千年的诗教对中国

---

* 原载于《星星·诗歌理论》2014年9期。

　　　　　　　　　　　　　　　文学的轻与重

人而言近乎宗教。林语堂在《吾国与吾民》中论述中国诗歌时，认为"诗被视为最高文学成就""诗歌在中国代替了宗教的任务"[①]。在中国，诗歌具有强大的影响力，它潜移默化地影响着社会人群的价值观、生命观。即便是目不识丁的农人，嘴里头依然能诵出几句谚语名句来。如"锄禾日当午，汗滴禾下土。谁知盘中餐，粒粒皆辛苦"（李绅《悯农》），常常被人挂在嘴边。而这些被人铭记于心的诗句话语，又常常成为其生存的某种哲学态度，譬如豪迈，譬如重义，譬如忍耐。李白"天生我材必有用，千金散尽还复来"的自信与豪气、杜甫"安得广厦千万间，大庇天下寒士俱欢颜"的深沉与大爱，影响了一代又一代中国人，成为中国人性格与气质的一个重要组成部分。"诗又曾教导中国人以一种人生观，这人生观经由俗谚和诗卷的影响力，已深深渗透一般社会而给予他们一种慈悲的意识，一种丰富的爱好自然和艺术家风度的忍受人生。经由它的对自然之感觉，常能医疗一些心灵上的创痕，复经由它的享乐简单生活的教训，它替中国文化保持了圣洁的理想。"[②]孔子云："不学诗，无以言"（《论语·季氏篇第十六》），认为多读《诗经》，方能把话说好。在孔子的教育思想中，诗教占有重要的地位："小子何莫学夫诗？诗，可以兴，可以观，可以群，可以怨。迩之事父，远之事君；多识于鸟兽草木之名。"（《论语·阳货第十七》）诗歌承担着"兴观群怨"的重要作用，由此，诗教逐渐成为一项重要的教育传统。

---

① 林语堂：《吾国与吾民》，江苏文艺出版社，2009，第237页。
② 林语堂：《吾国与吾民》，江苏文艺出版社，2009，第237—238页。

诗教有两方面的功能，一是教化，二是美育。儒家学说注重诗歌的教化功能，认为借助诗歌能够塑造人温柔敦厚的品格操行，忠义仁爱的认识观念。所谓诗言志，其意即在此。教化意在诗"外"，美育意在"内"心。美育，即诗歌能让人得到美的享受，能够提升人对审美的感知，进而借自然万物之美，以育自身内心之美。这种美育的影响是潜移默化的，又是深刻而持久的。如谢有顺先生所说："诗歌的力量一旦深入人心，一种和诗有关的价值观，那种审美的、艺术的思想，就会影响一个人的人生设计。"[①]然而，随着历史变迁，诗教传统也历经变化。尤其是近百年来，变化尤为巨大，以致时至今日，昔日鼎盛的诗教传统也日渐式微。

五四新文学革命力图打破文言写作方式，提倡白话文写作，首当其冲的便是诗歌。中国自古以文言作诗，而新文学革命的领导者们却提出"诗界革命"，倡导一种全新的诗歌创作方式，以白话文作现代诗——我手写我口，古岂能拘牵！（黄遵宪）；诗国革命何自始，要需作诗如作文（胡适）。一方面是现代新诗的出现，另一方面是古典诗词的日渐式微。这给诗教传统的延续带来了相当大的困难：诗教向来以文言创作的古典诗词为载体，但"五四"以来大力提倡阅读、创作现代新诗后古典诗词处境不佳；现代新诗在中国生根发芽，但其仍是处于漫长的成长期，并不成熟，对于现代新诗的辨别、欣赏、解读、阐释更是显得薄弱。这是诗教传统式微的重要原因之一。另一个重要原因是现行的教育体制。分数作为唯一的考量标

---

① 谢有顺：《"诗教"的当下意义》，《文艺争鸣》，2010年第23期。

准，导致学生将所有的精力投身于分数的拼搏中，又有何心思赏诗读文？常见的一幕是学校作文题目要求中的一句话：文体不限，诗歌除外。显然，诗歌在当代教育中始终处于弱势地位。"目前为止，新诗在教育体制中被放在最轻的位置上，始终是被淡化的，而且也是实践教育中存在问题最多的。"[1]多方面的原因，导致了诗教如今的式微。在这种情况下，重新发现诗教的可贵，反思诗教的病症，显然具有非同一般的意义。

二、令人心忧的诗教现状

从狭义上来说，诗教是存在于课堂之上的由教师引导的诗歌教育，学生学诗、读诗、诵诗，以至心中有诗。从这一点看，诗教不曾消失，但却岌岌可危。从广义上来说，诗教是诗歌对人们一生漫长而潜移默化的影响，它指引着人们走向一种诗意的生活方式。从这一点看，"以诗润心"的诗教更多的是自发自觉的文化追求，但其境遇更为糟糕。可以肯定的一个判断是：当下诗教出现了诸多问题，呈现出种种病症。这一现象已经得到相当多的有识之士的关注，上至高校教授、文化学者，下至一线教师、普通读者，皆感受到了中国当代文化教育中诗教的不足。

先谈狭义上的诗教。中国诗教传统已传承数千年，但在当

---

[1] 孙晓娅、霍俊明等：《中学新诗教育：在夹缝中寻找道路》，《语文建设》，2008年第Z1期。

下的应试教育体系的束缚下，诗歌教育却显得如此薄弱。问题已经十分严峻，以下这几个方面表现得尤为明显。

第一，诗歌文本在语文教育体系中始终处于被轻视忽略地位。在我看来，诗歌自始至终都是最能呈现语言之美的文学体裁。"断竹续竹，飞土逐宍"（《弹歌》）仅八字，便将远古时代人类狩猎的活动生动形象地记录了下来，极富动作感。因此，学习语言，尤其是学习汉语，最佳途径莫过于读诗。然而，在当下的语文教育中，诗歌文本所占据的篇幅显然不足。这一点，我们翻开中小学语文课本一看便知。即便在这些为数不多的诗歌文本中，也依然存在着问题：诗歌文本的选择过于注重政治性与意识形态性，诗歌的文学性得到的重视不够；诗歌文本的选择跟不上时代与审美的步伐，呈现出滞后性。诗歌是语言的艺术，它能超越时间与空间而永世流传。诗歌的魅力恰恰在于其情感之真挚、语言之优美与思想之深邃。因此，我们必须具有诗歌的文学本位意识，以文学性评判、选择诗歌文本才是正道。也唯有如此，才能把真正的诗歌之美传递给学生，给他们以纯正的文学熏陶。事实上，这一问题不仅仅出现在诗歌文本的选择上——在语文教材中其他体裁文本的选择上同样存在着诸多问题。《收获》编辑部主任叶开对语文教材的研究与批判就是例证。他先后撰写《对抗语文》《这才是中国最好的语文书》《语文是什么》等专著炮轰语文教材，得到众多一线教师、家长、学生的认可。由此可见，语文教材文本选择标准应当加以改变，应当慎重、客观、科学、与时俱进。与诗歌文本被轻视相似的是中高考对诗歌的忽视与排斥。这给当下诗教带来了更为严重的影响。在分数至上的教育考核体系

　　　　　　　　　　　　文学的轻与重

中，诗歌所占比例小（不需要进行诗歌写作），导致诗歌文本也受到轻视，尤其是中外现代诗歌。一句"文体不限，诗歌除外"，扼杀了多少青春而澎湃的诗心！剩下的还有什么呢？要考什么，便学什么。因为有古诗词默写与古诗词阅读，所以教师们花时间精力讲授各种解题方法、得分技巧。倘若某一日，连古诗词默写、阅读都在考试中消失不见了，那时，是否也不再阅读、欣赏古诗词了？在这分数至上、竞争激烈的考核体系中，这还真是一个难以回答的问题。

第二，在诗教的过程中，诗歌之美往往被破坏得千疮百孔、支离破碎。当下我们的语文教育、诗歌教育呈现出一种"技术肢解"的倾向，应当引起我们的注意。一篇文章，或者一首诗歌，其本身是一个由作者创造的完整的独立的"世界"。然而，在当下语文教育中，这个完整的"世界"却被切割成大小不一的多个部分。在应试教育中，诗歌常常被强加地、生硬地、肤浅地肢解为写作背景、主题思想（写作意图）、艺术手法（写作技巧）、背诵默写、读者启发等多个部分，且把这些部分独立开来，注重"技术得分"，而非从整体上、审美上对诗歌进行欣赏。学生哪怕学到了数十种答题技巧，能拿高分，却只知其一不知其二，不能真正读懂一首诗，多么悲哀！更具有讽刺意味的是在诗文阅读题目中出现的某些题目，如"深挖"某句话中的一两个字眼，认为其大有"深意"，表达了多么深刻的思想或寓意，其结果是诗歌作者本人读到这一答案之后都不禁吓一跳。作者原无此意，却偏偏生出如此多"深意"，这一现象并不少见（在现代文阅读中同样如此）。王家新认为"我们的文学和诗歌教学至今仍是偏重于

'意义'，而忽略了语言本身，或者说关注于某种思想'结论'，而忽略了审美'过程'本身"①。由此，学生感受到的不是诗歌之美，而是对诗歌的反感、厌恶与恐惧。这不仅没有启发、引导学生进入诗歌，种下诗心，走向诗意生活，反而扼杀了学生的爱美之心。这样一种僵硬的、应试的教学过程，在我看来，有大害而无实益。

第三，在诗教过程中，尤其是现代新诗教学的过程中，多数语文教师没能或者没有充分地扮演好引路人的角色。这并非指责一线语文教师不负责任，恰恰相反，有相当部分的语文教师同样处在困惑之中。如何进入现代新诗、读懂诗歌？如何向他人阐释、传达诗歌之美？这是一个相当严峻的问题，应当引起更多的关注。百余年间，中国诗歌创作出现了由传统诗词到现代新诗的转变。现代新诗在中国出现、传播的时间并不太长，其自身仍处于生长期，创作者不断摸索，诗歌形式、风格一直在不断变化。现代诗越来越具有现代意味，但并不能说是成熟。与仍在生长期的诗歌创作相比起来，对现代诗歌的辨析、欣赏、解读、阐释显得更为薄弱。过于薄弱的现代诗辨别、鉴赏能力是诗歌难懂、难教的原因之一。回归到课堂诗歌教育，许多教师拥有丰富的教学经验，对语文的基本知识掌握扎实，但其文学经验，尤其是诗歌经验却显得较为匮乏。这也导致了教师更多地从语文修辞学、情感学、主旨意义学这几个方面对学生进行教授，而没有真正地把诗歌美学放在第一

---

① 王家新：《"它来到我们中间寻找骑手"——谈新理念下的中学语文诗歌教学（上）》，《中学语文教学》2005年第2期。

位，把诗歌之美传递给学生。语文教师不写诗，不懂诗，对诗歌的理解不够全面深刻，不能够完全跟上诗歌创作的发展，照本宣科，仍是以老一套的分析方式对付现代诗，结果只能是雾里看花终隔一层。正如王家新所说："许多老师对所教诗歌作品的理解仍不够到位，也缺乏一种深入的文本读解、辨析和阐释能力。"[①]众所周知，诗歌是最具有个人化倾向的文学文本，也是风格最为丰富的文本类型。这也导致许多人在面对中国现代诗的时候呈现出"无所适从"的情形：读者常常读完一首诗歌，发现根本就看不懂——甚至会发出这样的疑问：这也是诗？尤其是一些具有现代、后现代风格的诗歌文本，常显得晦涩、难解。有一千个读者就有一千个哈姆雷特——在诗歌阅读中，哈姆雷特只会更多不会更少。诗歌天然地带有多面性，它呈现的是朦胧之美，具有多种解读的可能性。而在教育体制中，尤其是在应试考试中，评判标准常常有"标准答案"；在教学过程中，师者所传达的也是"定论"。这与正常的诗歌欣赏截然相悖，诗歌欣赏应当是灵活而自由的。于是，刻板的标准答案框死了孩子心中包含想象力的心，令人无奈、悲哀、愤怒。"诗人、诗评家与新诗媒体的审美趣向与新诗语文教学中的新诗审美趣向严重背离，这使得我们不得不正视新诗语文教学的缺陷，以及重新审视新诗语文教学与新诗现场的关系。"[②]

狭义上的诗教所暴露出的问题当然不只是这几点。但是，其中的每一点，都有极大可能影响到广义上的诗教。一个人在

---

① 王家新：《"它来到我们中间寻找骑手"——谈新理念下的中学语文诗歌教学（上）》，《中学语文教学》2005年第2期。

② 吴思敬等：《新诗与语文教学》，《扬子江诗刊》2005年第4期。

孩提时代、学生时代最富有想象力与创造力，往往最能够与诗歌产生共鸣，因为"诗歌在本质上是和孩子最为接近的"（钱理群语）①。然而，在最易接触诗美、最能体会诗情的年纪，诗心却被种种外界因素所扼杀，这怎么能达到"以诗润心、以诗养性"的诗意生活呢？从现在的情况来看，广泛意义上的诗教境遇更为糟糕。

当下是一个飞速发展的时代，是生活节奏急剧加快的时代，是"小我"大于"大我"的时代，是物质大于精神的时代，是波兹曼所说的"娱乐至死"的时代。处处是匆匆的步伐，人们为生存、金钱而奔波。在这样一个时代，精神与传达精神的艺术逐渐被大众所疏离，静下心来阅读的人越来越少，诗歌在人们日常生活中的地位愈来愈低——低到了一种可怕的程度。这不由得让我想到了人们今时今日对诗人的看法——诗人似乎成为一种备受"鄙夷"的称呼，不再是身披光环者。数年前，我与朋友参加一次聚会，其中朋友向人介绍我，说这是一位诗人。对方瞧了我一眼，反问了一句：诗人？那眼光中先是惊奇，而后是淡漠，最后不屑一顾地扭头继续谈论车子、股票与化妆品。在那一刻，我终于亲身体验到了他人所言文学边缘化、荒漠化之严重。很难相信，在他们的世界中会有一份诗意的种子。更难以令人相信、接受的是，中国传承千年的诗教已沦落至此。然而，事实就是如此。因此，在这样一个物欲横流的时代，在诗教式微的时代，我们更应该重提诗教，正视诗教，复兴

---

① 曹静：《诗歌，一种不可轻视的教育——对话钱理群》，《解放日报》2011年3月25日第17版。

　　　　　　　　　　　　　　文学的轻与重

诗教传统，给社会注入更多的文化气息与人文关怀。

三、诗教的多种可能

既然要复兴诗教传统，那接下来的问题便是：如何复兴？依我看来，复兴中国诗教传统刻不容缓，但这并非以一人之力能解决的问题。在此过程中，需要众多人的合力：教育主管部门、教材编选部门、学校、一线教师、教育学者、诗歌研究者、诗人、家庭、学生……这将是一个巨大而艰难的工程。但是，路漫漫亦要迎难而上。除解决前文所指出的当下诗歌教育的种种病症之外，我们还可以做些什么？

首先，诗歌教育可以提倡从单纯的读诗、背诗、解诗到主动参与创作，写自己的诗。以创作为诗教中心显然与传统学校诗歌教育大不相同。在传统教育体制下的诗歌教育，更多的是对某些诗歌作品的背诵和过度解读。学生在这一过程中往往疲惫不堪：没有审美的感受，只有应试的压力。面对此种状况，学生感到压力，教师也感到无奈。在这种情况下，我认为，以写作复兴诗教是一条可行路径。从读诗、背诗、解诗到写诗。不再是课堂上生硬的诗歌曲解——抠字眼、添"深意"、重主旨，而是一场想象力与诗情无拘无束的释放。与以往的诗歌教育不同，它给学生带来的不是冷硬的语文知识点，不是生硬地告诉他们何为诗，何为好诗坏诗，而是一场美的享受。"以诗育心，是为诗教"（谢有顺语）。用诗句文字抒发情怀，在体验创作中感悟世界的真、善、美。这种写作的试验具有传统课堂诗教所不具备的优势。心有所感，文有所言。这不仅锻炼了学生的写作能力，更能够在他们心中培育一份难能可贵的诗心，让他们在日益喧嚣的社会生活中存有一丝安静与诗意。

其次，在复兴诗教过程中，当代诗人何为？每一个诗人都有自己的创作风格，要求每一个诗人都只写阳光雨露，写积极向上，或者要求写通俗易懂、民生疾苦……这不现实，亦没有意义。诗歌创作的题材多种多样，风格变幻万千。然而，诗人必须保持一条底线——保持真诚。诗歌原应是诗人自身情愫、感悟、思想的抒发，"真"是根本，而后才能谈"善""美"。一个诗人，首先应当是一个诚恳的人，应当对生活、对诗歌怀有敬畏之心。只有如此，才能去谈诗歌之美，谈诗歌之教。"一切文学创作，包括诗歌，都应该源于生活，恪守体验真实、情感真实、思想真实的写作底线。所谓'深刻'，应该是'真实'前提下的'深刻'，一种缺乏真诚写作态度的创作，无论如何也和'深刻'无关。"①然而，现实与理想之间总是存在着一条鸿沟。纷纷扰扰的当下诗坛，不时传来抄袭剽窃的丑闻。我们看到了诗歌的抄袭与"借鉴"，看到了文学创作中的剽窃，看到了学术界的论文造假……我们仿佛置身于一个恐怖的"虚假"世界。这是一件多么悲哀的事情。更悲哀的是，这种"不正之风"已经传染到了天真无邪的孩子们身上。《南方日报》报道，2011年广东小学生诗歌节第二期"每周诗歌之星"评选时，初评出7首诗，其中

---

① 三刀柔情：《"小学生诗歌节"折射教育之弊》，《深圳商报》2011年5月19日第C05版。

196　　　　　　　　　　　　　　　　　　　　　　文学的轻与重

4首属抄袭，不得不重选；而在当时所有1300多首来稿中，共有7首抄袭。①或许这只是个案，无法证明什么。但是，面对这种情况，我们应当进行反思。诗教的意义不单单在于"书本上的诗""文学上的诗"，更在于生活中的诗心——求真、求善、求美。诗歌应当保持纯粹，少一些功利之心，多一些真实之美。学校、教师、家长、社会都应当为此付出努力，做出表率作用。而作为一个诗人，同样应当如此。并不是每一个诗人都有能力、有条件为诗教做出巨大贡献。然而，真实地书写生活，书写自身与世界，这是每一个诗人都可为诗教复兴所做出的努力。

不可否认，当下诗教确实呈现出了众多病症，呈现出在当今时代诗教的诸多弊病。但同时，我们也看到，有相当多的学者、诗人、诗评家、教育者、教师关注着诗教在当下语文教育中面临的困境与危机。我们唯有正视诗教病症，拿出勇气与魄力，将弊病一一祛除，方能将诗教于困境中解救出来，才能复兴诗教传统。这事刻不容缓，因为诗教不单单影响到一代人的成长，也会影响一个社会、一个国家的精神面貌与发展前途。

---

① 李培：《孩子们的诗为什么不再天真》，《南方日报》2011年5月24日第A19版。

从"工商"到"新工业" *

在《现代诗歌欣赏与写作》课堂上，每当我讲授《抓住核心意象》这一堂课时，总会拿出杨克的两首诗歌作品作为典型案例，向学生阐释独特意象的重要性。一首是广为流传的《我在一颗石榴里看见了我的祖国》："我在一颗石榴里看见我的祖国/硕大而饱满的天地之果/它怀抱着亲密无间的子民/裸露的肌肤护着水晶的心/亿万儿女手牵着手/在枝头上酸酸甜甜微笑。"在数以千计甚至数以万计的歌颂祖国的诗歌作品之中，这首诗将我们生活中常见的石榴比喻为祖国，将一颗颗石榴籽比喻为中华亿万儿女，将石榴的筋膜比喻为各个省界，甚至用石榴身上不同部位的颜色划分了中华大地的平地与高原……对祖国与人民的歌颂与热爱就这样借助"石榴"这一意象，从虚走向了实，从形而上走向了形而下，从遥远走向了亲近，从空荡走向了形象，令人过目难忘。

另一首作品是《在东莞遇见一小块稻田》："厂房的脚趾缝/矮脚稻/拼命抱住最后一些土//它的根锚/疲惫地张着/愤怒的手想从泥水里/抠出鸟声和虫叫//从一片亮汪汪的阳光里/我看见禾叶/耸起的背脊//一株株稻穗在拔节/谷粒灌浆 在夏风中微

---

* 原载于《广东文坛》2021年1月29日总第342期。

文学的轻与重

微笑着/跟我交谈//顿时我从喧嚣浮躁的汪洋大海里/拧干自己/像一件白衬衣//昨天我怎么也没想到/在东莞/我竟然遇见一小块稻田/青黄的稻穗/一直晃在/欣喜和悲痛的瞬间。"在这首诗中，意象并不繁杂，但却极具张力——这种张力源于两种力量的对峙：泥土与厂房的水泥地、稻田与厂房、喧嚣与宁静、欣喜与悲痛。再深入思考，不难发现，这两种力量源于时间变幻带来的社会变革：在数十年前，东莞与深圳一样不过是珠三角众多小城镇中的一员，而今却是世界闻名的工业生产基地；在数十年前，东莞更多拥有的是稻田，是山地，是青黄的稻穗，而不是林立的厂房；在数十年前，东莞更多是农业的，而不是工业的。由此，这首简单的诗歌就借助"稻田"与"稻穗"这一意象，生成了深厚的意蕴。这株在厂房水泥地缝隙里艰难生长的矮脚稻，也从而成为中国从农业社会走向工业社会这一进程中众多城市与人民的一种缩影——它给人带来欣喜，也给人带来了悲痛。这首诗创作于2001年。11年后，在另一首《如今高楼大厦是城里的庄稼》中，杨克将这种感受与思索进一步细化，且更具批判力度："城市的庄稼遮天蔽日/行人和汽车穿行在密密麻麻的根部/像水蛭、蚯蚓和蝌蚪。"

事实上，早在二十世纪八九十年代，杨克就已经在诗歌中书写了许多改革开放新时期的新鲜事物。在《杨克的诗》（人民文学出版社，2015）中，有一辑命名为"在商品中散步"，其中所含篇目，多与此相关。譬如《人民》《杨克的当下状态》《天河城广场》《在商品中散步》《石油》《小蛮腰》《时尚模特与流行主题》《在物质的洪水中努力接近诗歌》等，以及其他辑中的《电话》《电子游戏》《我的两小时时间和二十平方公里空间》《在白云之上》等。在这些作品中，杨克的笔墨不再留恋乡土与挽歌，而是着力书写改革开放后工商业的发展给人带来的种种变化；杨克的笔调不再满足于自我的纯粹抒情，而是将个体与社会融为一体，将现代与历史杂糅一身，既书写目之所及，也挖掘心之所思：

在《石油》中，杨克将其称为"结构现代文明的是液体的岩石""二十世纪最黑亮的果实"，但笔锋一转，写下"石油写下的历史比墨更黑"；《电子游戏》则刻画了20世纪80年代后期，电子游戏给人带来的变化："两毛钱 买来一场战争/和平俯下身子/成为抵犄的公牛/很友善的眼睛喷溅火星/点燃了一场兴安岭大火。"又比如"电话"——如今我们早已习以为常之物，杨克在1996年的诗歌中对它的书写饱含了现代性的忧思："在感觉的遮蔽中，我们互相抵达/声音的接触丝丝入扣""电话是交流的怪物，是一道/可以随手打开的对话之门/任意阉割空间，消解语言的隐喻/迅捷把人带进精心布置的虚假场景。"（《电话》）更为典型的是那首《杨克的当下状态》："在啤酒屋吃一份黑椒牛排/然后'打的'，然后/走过花花绿绿的地摊/在没有黑夜的南方/目睹金钱和不认识的女孩虚构爱情/他的内心有一半已经陈腐。"在这首写于1994年的作品中，"啤酒屋""黑椒牛排""打的""地摊"等呈现出浓郁的工商业蓬勃发展的时代气息。后三句则由物质延伸至精神，对欲望、金钱的复杂感受被活灵活现地展现出来。

以上作品中，杨克对于改革开放以来工商业发展的书写更多集中在个体感受上，刊发于《诗刊》2021年第1期的《云端交响曲（组诗）》这组书写新工业的诗歌则是借助个体感受呈

　　　　　　　　　　　　文学的轻与重

现出一种群体自信。如果说前者更多将笔墨集中于"现代与历史""此刻与曾经""工业与农业"的比照与思索之中，始终带有一种现代性的焦虑、疑惑甚至不安，那么后者则更突显了对"现代与未来""此刻与明天"的豪情展望，气势宏大，基调高昂。

《云端交响曲（组诗）》写下了许多新世纪以来中国在高新技术上的新成果，写下了许多改变中国发展命运的国之重器，如电子芯片、机械重器、导航系统、光纤电缆、人工智能、基因技术、虚拟现实等等。毫无疑问，近些年来，它们彻底地改变了我们的生活。再以电话为例，这个被杨克形容为"交流的怪物"的事物，不仅不再令人感到陌生与可怕，反而不断精细化，从大到小，从有线到无线，从固定到移动，从声音到声像，从稀罕到人手一部，成为每个人的生活必需品。手持一部智能手机，我们出门不再需要带上钥匙、钱包、证件，在家可完成支付、购物、办公、学习、娱乐……在新冠疫情期间，大数据、二维码、行程识别、网络购物、网络直播、网络办公、网络教学等技术，更是有效地提升了我们防控疫情的效率、丰富了疫情期间人民的生活、解决了疫情期间的许多重大问题。这些"新工业""新技术"带给国人的是发自内心的骄傲与自豪。这正如杨克在诗中所写："每一片玻璃/都是看世界的现代之窗/随手摘一颗星/高科技的黑莓新鲜欲滴"（《在华强北遇见未来》）。这种气势与激情，也正如杨克在诗中深情而响亮的呼唤："来呀，第一套六千千瓦火电/来呀，第一台双水内冷发电机/来呀，一万二千吨水压机/来呀，镜面磨床、核电机组、大型曲轴、超超临界机组/它们是一根根粗壮的肋骨/支撑起大国重器虎背宽肩的高大身躯。"（《亲近大国重器智能燎原》）这种自豪，带来的是杨克落笔时更为雄壮的气概与更为强大的信心。

杨克始终保持着对时代（尤其是新变化）的关注，并以诗歌为载体进行记录。但字里行间，诗人落笔时的姿态同样在发生着变化。显而易见，从书写对象来说，相比于之前作品中多次出现的"地摊""火车""打的""电话""广告""商品""房地产"，《云端交响曲（组诗）》中所书写的"新工业""科技工业"要比之前杨克书写的"工商"时代（消费时代）看上去高端许多。这是时代的进步，是中国的进步。不同的意象，皆是不同时期中国发展的缩影。1992年，杨克写下："蜘蛛网般呈放射状的道路汽车放肆流窜/油烟灌入鼻孔灌入气管灌入/我的脚　灰尘浑浊酸雨"（《在物质的洪水中努力接近诗歌》）；2012年，杨克描述在飞机上跨越大陆板块的雄壮："混茫之上一个个凡人被带到一万尺的高处/这只大鸟把天路修在神的村庄　河汉的水湄/钢铁做的长翼　让背负苍穹的鲲鹏甘拜下风/万里寰球一日还　十六个时区让昼颠覆成夜/从北京时间到太平洋时区大鸟革了空间的命"（《飞机》）；2020年，杨克的笔触越飞越高，"引力波链接百亿光年星系/我与宇宙里无数个遥远的我/人机交流"（《在华强北遇见未来》）。

从改革开放到中华复兴，从"工商"时代到"新工业"时代，从手工业、轻工业、实体经济到制造业、重工业、科技经济，时代在变化，对象在变化，杨克敏锐捕捉现场的能力与不断思索的批判精神却一以贯之。在书写"工商"时代（消费时

　　　　　　　　　　　　文学的轻与重

代）时，杨克将批判的重心放置在具体的、物与人的相互抵抗、纠缠之中；在书写"新工业"时代的作品里，杨克的思索仍在，且愈加走向了"哲学"与"伦理"："而未来的某一个时间轴/复活的冷冻人，与冷冻卵子孵化的男孩/于此相遇，谁是玄孙？谁是隔世的高祖？"（《在华强北遇见未来》）、"天总会黑，天总会亮起来/而繁星满空是留给守夜人的"（《下一秒钟也许就猝不及防》）、"世界是一张更可怕的互联网/人粘在网上，却不挣扎/像一只亢奋的蜘蛛忙不迭吐丝/风暴呼喊，每一滴水都是滔天巨浪/狂潮也未让他偃旗息鼓/当波涛退去，只剩几颗泡沫/之前为之激动的事物/都不会泛起一丝涟漪"（《人并不比鱼的记忆更长久》）。时间、空间、宇宙、人性、秩序，这些更为宏大的名词正逐渐显现在杨克的字里行间。当然，作为底色的，仍然是杨克对于时代与人的密切关怀。

将一个个符号还原为人

——论郑小琼《女工记》的女性书写

　　2010年2月，《人民文学》杂志开辟《非虚构》栏目，刊登既具有深入翔实的真实性又具有鲜明个人情感的文本。郑小琼的《女工记》于2012年第1期刊登在《非虚构》栏目，作品发表之后，影响巨大。2012年12月花城出版社出版郑小琼诗集《女工记》①。《女工记》主要由三部分组成：一是以女工姓名、身份为题的一百首诗歌，这是诗集的主要部分；二是附录在部分诗歌之后的14篇作者手记，翔实地记录了诗歌背后的故事；三是篇幅较长的后记《女工记及其他》，细致地讲述了这本诗集的写作缘由及对当下社会中女工的关注与担忧。

　　"'女性书写'的概念由法国女性主义理论家、作家埃莱娜·西克苏（亦译西苏）于20世纪70年代中期提出，其理论指向针对可以定义为'女性的'独特书写方式，并对其进行命名式描述和实践性倡导。"②西克苏在《符号：文化和社会中的女性》一文中写道："女性必须书写自己：她必须书写女性，也必须引导女性书写。女性已经被粗暴地驱赶出了书写，就像被驱赶远离了身体一样——出于同样的原因，依据同样的

---

① 郑小琼：《女工记》，花城出版社，2012。
② 刘岩：《女性书写》，《外国文学》2012年第6期。

律法，怀着同样的目的。女性一定要通过自己的活动把女性写进文本，写进世界与历史。"[1]郑小琼的《女工记》践行着西克苏的这一理念，把女性写进文本，写进世界与历史。它书写了在都市中打拼的女工群体，真实地揭示了女性在工作、生活中的种种姿态，被誉为中国诗歌史上第一部关于女性、劳动与资本的交响诗。郑小琼历时七年，深入工厂生活，以女性工人的身份接触着当下在都市打拼的女工群体，以独特的女性视角观察社会，以女性特殊的感官书写女工这一被符号化、被遗忘的群体。

一、女性底层书写

郑小琼原本是从四川来到广东的打工群体中的一员，从事过各种行业。郑小琼自己也是《女工记》中书写的女工群体的一员。她的打工经历使她切身地体会到身处都市底层的女工群体的处境。郑小琼用文字记录和见证她所感知的女工世界。《女工记》的女性底层书写，从身份、经济两个方面展开。

首先是身份上的女性底层书写。数以千万计的女性在都市中存在着身份焦虑：她们生活在城市，却始终不属于城市。她们从农村走入都市，从事着相对简单但却异常艰辛的体力劳动。她们在服装厂、鞋厂、五金厂、电子厂、塑料厂等各种不同的流水线上消磨青春换取金钱。从社会结构上来看，她们处

---

① 转引自刘岩：《女性书写》，《外国文学》2012年第6期。

在社会的底层。这一点，从社会对她们的称呼上可以看出：她们通常被人叫作打工妹、农民工、农村妹、外来务工人员。这些女工作为独立的个体，常常被忽略，或者被概括，因而她们只能以群体的名义出现在媒体、报纸、网络和各种统计报告里。这从另一个方面证实着女工的底层身份。更令人感到愤懑的是这些女工为大都市的经济繁荣做出了如此巨大的贡献，却连在城市居住的资格都没有。暂住证对于女工们是挨饿穷困之外的另一个梦魇。郑小琼以坚硬而残酷的诗歌语言书写着这些女工底层生活的艰辛、愤怒和无奈。"对于她来说 生活仅仅是生存本身/这么多年 她无法解读报纸与新闻中/有关自己群体的痛与苦 劳累与悲伤"（《周细灵》）；"你一直在笨拙地模仿着城市的时尚/遮住来自农村的血缘 你的口音/粗大的关节泄露你内心的秘密/我们因为贫穷而自卑的灵魂"（《杨霓》）；"生活对于她来说/依然是一个无法捉摸的暗喻/这么多年 她对生活有过梦想/她无法窥探到生活的深度/用肉体测量现实与梦想的距离/却不小心 连肉体也沉沦于深渊中"（《小青》）。这些在繁华都市中依靠劳动，甚至是依靠出卖肉体来赢得生存的女工，是工业大发展时代的受难者。她们有的在都市中打拼了一辈子，却仍然被视作外来人。城市不属于她们，熟悉而又陌生的家乡成为她们无奈的最后归宿。"这么多年，在这片土地上，诸如富士康这样的中型企业已成长为巨无霸的企业，我看到一批批员工不断用青春浇灌着它的成长，这些渐渐老去的员工依然无法在富士康所在的城市安居乐业，她们被无情抛弃，只能回到贫困的乡村。我无言。"（《手记5：出轨的夫妻及其他》）郑小琼这样描述她自己的身份焦

　　　　　　　　　　　　　　　　文学的轻与重

虑："城市终究属于别人的，我只是过客，只是南飞的候鸟，注定漂泊不定，没有落脚的地方。我像无脚鸟一样飞着，没有停下的地方。这种过客心理让我对生活充满悲观情绪。我不知道该走向哪里？未来在哪里？"（《后记：女工记及其他》）

其次是经济上的女性底层书写。女工的经济收入更能够直观地显现出底层生活的艰辛。她们的劳动付出与经济所得并不成正比。郑小琼自己是打工妹，她对此深有感触。《南方人物周刊》一篇关于郑小琼打工生活的文章中这样写道："工厂没有任何休息日，一天工作十二小时。饶是如此，她在家具厂上了一个月班后，月底结算的时候又一次让她彻底地心寒了：工资卡上的数字是 284 元。"[1]在《女工记》中，郑小琼列举的数字同样令人感到难受："她们谈论她们的皮肉生意与客人/三十块　二十块　偶尔会有一个客人/给五十块"（《中年妓女》）；"未来一片空白/没有感觉　也没希望　每月的工资/从三百二十七块涨到了两千二百四十六块/少半截的小拇指　赔偿了七千四百多元"（《龙美红》）；"她知道/自己终究会变成老板可以随意丢弃的商品/从每月工资八百四十块到/五百八十块　从报表　数字　会议记录/到披锋　脱胶　擦痕……她知道/累并不是衡量工资的标准"（《邓月婷》）。在都市高消费高物价的压力中，她们不仅仅要维持自己的生活，还得依靠这单薄的工资养活家乡的父母、丈夫以及儿女。"她回忆往昔　十四年前/她来这里　一个月四百六十块/每

---

① 郑廷鑫，李劼婧：《郑小琼　记录流水线上的屈辱与呻吟》，《南方人物周刊》2007年第14期。

207

天十四个小时班　还被查暂住证/'如今　好多了'　她今年三十岁/来东莞十四年　四岁小孩在乡下/隔她数千里距离　她叹息……/也是小小的……有些轻微……"（《阿萍》）在《女工记》中，常常出现的数字有三种：一是年龄，二是工作时间，三是工资以及工伤补偿。这三种数字是郑小琼女性底层书写中坚硬的刀尖，刺痛这蓬勃发展的工业社会，刺痛每一个读者。

二、女性身体书写

身体书写是女性书写的一个重要组成部分。郑小琼在《女工记》中有着强烈的身体书写意识，她关注女性身体状况，书写工业社会带给她们的肉体伤害、精神疼痛与性的疼痛。

首先是对于肉体伤害的书写。工业社会的不断发展，既带来了技术上的发达与经济上的繁荣，却也带给了女工们肉体上的伤害。首先，工业社会机械化的要求，使得女工们在操作机械与从事生产时承担了风险。缓慢的伤害如生产车间的气味对女工的肺部带来伤害，更严重的伤害如机械切断女工们的手指。这些伤害在都市工业生产线上持续地存在着。女工们承受了伤害，却并没有得到恰当的关注与补偿。"岁月像毛织厂纷飞的毛绒扑进她的身体/在她的肺部扎根　炎症　胸闷　水土不适"（《伍春兰》）；"她　四十二岁　在毛织厂六年/五金厂四年　塑胶厂三年　电子厂两年/她的血管里塞满了尘土与疼痛/拖着疾病的身躯在回乡的车上/疲倦苍白的脸上泛出笑容"（《兰爱群》）；"真相往往比铁刺头/更尖锐　生活原本不是生产的本身/像你被机器吃掉的三根手指　如果生活/只是活着的本身　未来像遥远的星光/你的哭泣无法渗透工业的铁器与资本/你无法把握住生活的真相　残缺的手指/无法握住农具与未来"（《谢庆芳》）。郑小琼以一种愤怒而又无奈的文字，书写着她所遇见的女工的身体，书写着对工业资本及社会的控诉。在领取了人民文学奖"新浪潮"散文奖后，郑小琼发言道："我在五金厂打工五年时光，每个月我都会碰到机器轧掉半截手指或者指甲盖的事情。我的内心充满了疼痛。当我从报纸上看到在珠三角每年有超过4万根的断指之痛时，我一直在计算着，这些断指如果摆成一条直线，它们将会有多长，而这条线还在不断地、快速地加长之中。此刻，我想得更多的是这些瘦弱的文字有什么用？它们不能接起任何一根手指。但是，我仍不断地告诉自己，我必须写下来，把自己的感受写下来，这些感受不仅仅是我的，也是我的工友们的。我们既然对现实不能改变什么，但是我们已经见证了什么，我想，我必须把它们记录下来。"①

其次是对女工们所承受的精神疼痛的书写。女工们麻木无望的精神状态刺痛了郑小琼的心，这实际上也是工业资本带给女工们的另一种身体伤害。高强度的劳作令女工感到疲倦，低微的工资与高昂的物价剥夺了她们抉择的能力。她们只能麻木地持续地劳作着，没有对未来的憧憬，没有对明日的向往。工业资本把她们异化为生产的机器。"充满孤独与疼痛　是血

---

① 何言宏、郑小琼：《打工诗歌并非我的全部（访谈）》，《山花》2011年第7期。

与泪/一颗朴素的心插入现实 它开始弯曲/异化'生活是地狱 天堂里/到处充满腐败的气味'她只剩下/两个动作 插件与 睡眠 肉体与灵魂/是另外的词 累与疲倦 机器与情感。" (《阿萍》)于女工们而言,对生活愤怒是无用而奢侈的。她 们已经习惯了缺失热爱与愤怒的日子:"'为什么要活得这 么累 又能改变什么'/你如此对我说 我熟悉的一切却有/沉 重的本身 我还有足够的耐心/对现实愤怒 或许某一天我会 跟你一样/感到厌倦 对世界没有热爱也没有愤怒/剩下活着本 身 直到死亡将一切覆盖/这么多年 我们过得如此疲惫。" (《艳芬》)一个个丧失活力与希望的女工,在郑小琼的笔下 变成了生锈而冰冷的铁。这些尖锐而疼痛的文字,是对女工群 体的见证,更是对工业资本的控诉。

　　最后是对女工性的疼痛的书写。对性疼痛的书写有两部 分:一是夫妻双方分居两地引起的性的焦虑,以及由此引发的 系列事件的痛楚;二是主动或被动地从事卖淫活动的女工的性 的痛苦。性是人生活中非常重要的一个方面。现如今,大量的 务工人员与自己的配偶分居两地,双方因距离而产生的性焦虑 已经成为当下社会中一个不可忽视的问题。有人因为性缺失的 焦虑而出轨,导致婚姻家庭破裂,有人甚至因为性缺失的焦 虑而进行犯罪。由此,对当下女工群体的考察便不能不提及 性的需求问题。郑小琼的《女工记》是诗化的写实,是一个 非虚构文体,它关注性缺失带来的焦虑,同样也关注性缺失带 来的伤害。"你不断更换男性 不停地/给远方的丈夫倾诉思 念 给家乡/邮寄母爱与孝心 愧疚不能束缚/出轨的肉体…… 你继续与丈夫和孩子/各在一方 思念与爱也终究不能/解决肉体深处的毛茸茸的爪子。"（《王海燕》）郑小琼不是以一种简单的道德伦理判断看待肉体的欲望、性焦虑与出轨带给人的疼痛。她以一种紧贴和置换的态度看待这一问题，并把这一问题置入社会秩序中进行考察，因而也注意到了更深层次、更多方面的因素。女工是正常的人，同样有需求。单方面地对女工进行伦理批判是不切当也不能完全解决问题的。因此，郑小琼把批判的矛头指向了这个社会："现在，面对数以亿计的农民工，他们注定还要过着家庭成员长期分离的生活，对农民工二代来说，他们依然会在物质上和精神上过着漂泊的生活。当工厂主不断抱怨员工越来越难以管理，当我们的社会学者抱怨犯罪年龄越来越小，社会秩序越来越差，或者监狱里的人越来越多之后，我们做过什么，我们的社会为这些孩子的成长提供了怎样的环境，当一对夫妻在工厂做了十几年，他们依然只能领着微薄的薪水，他们仍然不能在生活的地方安居乐业，他们还要忍受夫妻长期分离，忍受着与孩子骨肉分离，他们还必须生活在没有家庭伦理的工厂集体宿舍……我无言。"（《手记5：出轨的夫妻及其他》）第二个方面，关于那些在都市中卖淫的女工，郑小琼对她们给予了关注。被动地（被骗过来，被暴力控制等），或者主动地，有相当数量的女性在都市中以出卖肉体为生。她们小的才十六七岁，大的五十多岁。性对于这些人来说，是一种获取金钱的手段。但同时，这隐藏着更多的伤害。一是性交易频繁带来的疾病，二是性交易之外，她们还面临着被嫖客抢劫、被地头蛇敲诈、被抓走等种种危险。"四年卫校　我感觉她耻辱的身体/布满疾病　比如梅毒与淋病/比如瘤状肿起的私处　像整个××/溃烂而腐败　鲜艳而丰盛。"（《小青》）这些女性具有麻木的一面，比如"她们没有悲伤，也没有我想象中的耻辱等"（《手记8：南埔村的记忆》），但是她们也有着复杂的一面："她们在黑暗中的叹息以及/掩上门后无奈的呻吟　在背后她们是一群母亲　在门口织着毛衣　这些/中年妓女的眼神有如国家的面孔/如此模糊　令人集体费解。"（《中年妓女》）她们的肮脏，映射着这个社会的肮脏；她们的复杂，映射着这个社会的复杂；她们的令人费解，同样是映射着这个社会的令人费解。

除此之外，郑小琼也关注到相当一部分年轻女工由于知识水平的缘故对性的认识不足，意外怀孕。当她们接触性的时候，没有考虑到性所带来的后果。因此，很多年轻女工堕胎、流产，甚至是多次堕胎，最终导致不能孕育。这同样是女性的性的疼痛。通过对女性性生活相关的种种书写，郑小琼完成了女性身体书写的一个重要部分。

三、女性意识的彰显：把符号还原为人

女性意识是女性作为社会中的独立个体的自觉的自我意识，它关乎女性对社会，尤其是对于自我的认知与判断。《女工记》中的女性底层书写和女性身体书写，彰显出的是新时期的女性意识。《女工记》中的诗歌和手记，讲述的都是小人物的故事，她们虽然身份低微，但却是这个社会中不可缺少的一个重要组成部分。"我并非想为这些小人物立传，我只是想告诉大家，世界原本是由这些小人物组成的，正是这些小人物支

撑起整个世界，她们的故事需要关注。"（《后记：女工记及其他》）

　　女性似乎总是被遗忘的。《女工记》中的小人物的故事，她们的困境，得不到相应的关注。波伏娃在《第二性》中认为："两性从来没有平分过世界；今日仍是如此，虽然女人的状况正在变化，但仍是处于严重不平等的地位。"[①]通过郑小琼《女工记》中的书写，可以看到，当下女工群体在社会中仍然是处于底层的不平等的位置。不可否认，这与农民工群体在社会结构中所处的位置有关系。但是，把女工群体置入到农民工系统中观察，可以发现，女工仍然是处在农民工系统中的不平等地位。绝大部分的女工是用青春来换取工作：工厂在招工时特别注明年龄在18～35岁便是一个最显见的证明。为工厂为城市奉献了十多年的女工，最后终究被抛弃，最后要么回归家乡，要么寻求更为底层的工作：环卫工、拾取垃圾等等。

　　作为个体的女性，常常也是被遗忘、被忽略、被简化的。女工们常常只作为女工被看待，众人忽略了她们其他的社会身份，譬如母亲、女儿、妻子等等。女工身份的被单一化，是对女性的一种不尊重，是对女性社会角色的一种错误认定。郑小琼在后记中写道："'每个人的名字都意味着她的尊严。'这是我在流水线生活中最深的感受，在流水线的时候，我们被简化为四川妹、贵州妹、装边制的、中制的、工号……"她们从一个活生生的具体的个体，被简化为一种符号。这是对女工的极大的不尊重，甚至可以说是侮辱。女工们即便对此不满，即

---

① 波伏娃：《第二性Ⅰ》，郑克鲁译，上海译文出版社，2011，第14页。

便渴望他人能叫出自己的姓名，而不是一个冷冰的编号，然而，她们总是默默忍受，不发一言，直至麻木。因而，郑小琼以她的诗来发出声音：不仅仅是唤醒这个复杂的社会，更是要唤醒那些麻木的女性，让她们清楚自己的尊严与存在。在工业资本运作中，女工们的主体性渐渐地在消失，郑小琼的女性书写起到了这样一个作用：呐喊。这既是作为郑小琼个人的女性意识的彰显，同样也是作为女工群体内心深处被遗忘的尊严的苏醒。

在后记中的这段话显得异常有力量，不可忽视："在人群中，我感觉我正在消失，我变成了一群人，在拥挤不堪中被巨大的人群压碎，变成一种面孔，一个影子，一个数字的一部分，甚至被拥挤的人群挤成了一个失踪者，在人群中丧失了自己，隐匿了自己。生活何尝不是，我们被数字统计，被公共语言简化，被归类、整理、淘汰、统计、省略、忽视……我觉得自己要从人群中把这些女工套出来，把她们变成一个个具体的人，她们是一个女儿、母亲、妻子……她们的柴米油盐、喜乐哀伤、悲欢离合……她们是独立的个体，有着一个个具体名字，来自哪里，做过些什么，从人群中找出她们或者自己，让她们返回个体独立的世界中。"（《后记：女工记及其他》）郑小琼创作《女工记》是为了把这一个个被符号化的女工还原为一个个具体的人，这是新时期女性意识的彰显，是作为个体的女性对于社会的愤懑与呼唤。因此，《女工记》在当下文坛中的分量也越发厚重。

天地之间的"小"与"大"*

——读大解诗歌兼谈行吟

　　行吟与诗人组合在一起，许多画面就在漫长的历史长河之中定格了下来：陈子昂在幽州台感慨"前不见古人，后不见来者"的孤独身影；李白于黄鹤楼送别孟浩然后"孤帆远影碧空尽，唯见长江天际流"的浩渺景象；杜甫登高之时"无边落木萧萧下，不尽长江滚滚来"的沉郁感怆；苏东坡在赤壁江月美景中吟唱"大江东去，浪淘尽，千古风流人物"时的旷达身姿……诗人们读万卷书，行万里路，览巍峨大山，访名胜之地，观无尽江水，留下了一首又一首山水经典。这些诗行，最难能可贵的并不是将山水写得活灵活现，而是在字里行间将天地、山水、物我化为一体，于"小"中藏"大"，在"大"中见"小"，力求在"有限"之中抵达"无垠之境"。

　　现代新诗虽然不过百余年历史，但同样有不少在天地之间见"小我"、见"大我"的优秀行吟之作。海子乘坐火车经过德令哈的茫茫戈壁，空旷而广袤的夜色中，他发出决绝而又深刻的抒情："今夜我只有美丽的戈壁，空空/姐姐，今夜我不关心人类，我只想你。"（《日记》）李少君在一望无际的呼伦贝尔大草原写下《神降临的小站》。"我小如一只蚂蚁/今夜滞留在呼伦贝尔大草原中央/的一个无名小站/独自承受凛

---

* 原载于《草堂》2018年第12期。

冽孤独但内心安宁。"在广阔无垠之中，诗人尤其容易得到"大"与"小"的感悟。于是，诗人的思绪不断往"大"处飞驰而去："背后，站着猛虎般严酷的初冬寒夜/再背后，横着一条清晰而空旷的马路/再背后，是缓慢流淌的额尔古纳河/在黑暗中它亮如一道白光/再背后，是一望无际的简洁的白桦林/和枯寂明净的苍茫荒野/再背后，是低空静静闪烁的星星/和蓝绒绒的温柔的夜幕。"从个体的小"我"出发，诗情不断延伸，最终抵达了神秘的远方："再背后，是神居住的广大的北方。"

依我看来，大解的《天堂》与李少君《神降临的小站》有异曲同工之妙：

地球是个好球，它是我抱住的唯一一颗星星。
多年以来，我践踏其土地，享用其物产，却从未报恩。
羞愧啊。我整天想着上苍，却不知地球就在上苍，
已经飘浮了多年。

人们总是误解神意，终生求索而不息，岂不知
——这里就是高处——这里就是去处——这里就是天堂。

《神降临的小站》与《天堂》，前者从"我"所处的位置出发，选用了众多的意象，画面感极强；后者则是直抒胸臆，遣词用句干净利落，质朴而有力。前者不断将画面往大处、高处、远处拓展，一层一层地往外延伸，直至"神"的居所，使得诗歌充满了神秘之美；后者则将"天堂"从高处、神秘处、遥远处拉扯下来，拉回到我们脚下的这片土地。前者不断往远

处推进，是对"神"不断进行"赋魅"；而后者往回拉的过程，其实正是对"神""上苍""天堂"等不断进行"祛魅"的过程。换而言之，无论是从语言、结构还是诗性上，这两首诗歌作品都截然不同。在某种程度上说，甚至是完全相反。这即"异曲"。神奇的地方在于，两首思路完全不一的诗歌作品，却给我们带来了相似的美学体验与哲性意味。这种相似的感受，或许可以被称为"玄"：我们读完之后，细细咀嚼，慢慢品味，回味无穷，然而却又难以用清晰的、精准的、带有强烈判断性的话语进行复述与总结。

事实上，在质朴的语言组合中，悄然生成言有尽而意无穷的"哲性意味"与"玄"正是大解诗歌的一大特点。比如在《夜访太行山》中，那"隐秘的力量"与"无法说出的沉默"："我记得那一夜　泛着荧光的夜幕下/岩石在下沉　那种隐秘的力量/诱使我一步步走向深处/接触到沉默的事物　却因不能说出/而咬住了嘴唇"；又比如《说出》中那些根本无法说出的话语："在我的经历中，曾经有过这样的一幕：/大风过后暮色降临，/一个人气喘吁吁找到我，/尚未开口，空气就堵住了他的嘴/随后群星飘移，地球转动"；再比如《车过可可西里》中，那能够隐约感知却无法描述的事物："我坐在车厢里　能看见的事物非常有限/一想到我是有限的　我就悲哀了//我的悲哀也是小的　在可可西里/比土地更大的是天空　比天空更加辽阔和深邃的/我看不见　却已经隐隐地有所感知。"这些无穷之意，是大解将自我、他者（物）、自然、神灵（或者称之为"遥远的未知之物"）融为一体后生发出的关于人生、天地、过往、来去、常变等的个体化感悟。

在组诗新作《山河颂》中，这一风格依然显著。

毫无疑问，《山河颂》是一组行吟之作。2018年4月到9月间，诗人足迹遍布长江、三峡、汨罗江、浔江、沁河、湄江、涟水、冶河、天山等地，留下诗作十一首。这些行吟作品，首先作为一种记录呈现在我们面前：或是记录个人游历于山河之间的所思所想（《长江》），或是描绘自然之景象（《沁河素描》）；或是记录个人见闻（《山居图》），或是书写群体狂欢之场面（《浔江夜色》）。然而，我们又注意到，这些风格各异的作品又不仅仅是一种简单的生活记录。换而言之，在这些行吟之作中，诗人不仅仅是在书写一个"小我"的生活印记，而且还在"小我"之中试图描绘天地之间的"大道"。这些"大"之所在，涵盖了对时间、空间、常道等的深刻思索，涵盖了个体对自我精神世界的艰难探索。而这，恰恰是《山河颂》有别于一般游历之作的地方。

水流千年而不息，月升月落万载而常在，这尤其容易引发诗人对于时间的思考与感慨。在《长江》一诗中，书写的正是大解对于时间的细腻感知。"我都回到河北了，长江还在原地流动。/我都死过多少次了，古人还在我的身体里，/坚持漫长的旅行。"对于诗人而言，长江的澎湃与激情是无关紧要的，紧要的是它不知千万年了仍然在原地，永世无法离去——"还不如我自由。还不如我痛快。"然而，深刻的辩证法又恰恰在于此：诗人的自由与痛快在漫长的时间之河中，只是短暂的一瞬；还在原地爬行的长江，却能万年长存。于是，在诗歌的末尾，诗人写道："一万年后，我是我自己的子孙，还会来/看你爬行。"诗人在此似乎又隐藏着一道深邃的思索。"我是我

　　　　　　　　　　　　　文学的轻与重

自己的子孙"，这是否意味着，诗人与长江一样同样是万年长存而不灭的？人能够与山河一样长久？带着这个疑问，我们再读《湄江》。与奔腾万里的长江不同，湄江"不足一丈宽，不足半尺深""水太浅了/甚至淹不死一个倒影"。它细微到连诗人都不禁发出疑惑："这也是江？"然而，在这细微之中，仍然有激发诗人对时间进行思索与感慨的所在："后来我查阅资料，得知湄江，/是长江支流的支流的支流/正如我，体内的血流虽小/却已流经万古。"（《湄江》）这样一种体悟，与"我是我自己的子孙"显然是一致的。再比如，在《浔江夜色》中，喧嚣热闹的场面在时间面前同样显得短暂而脆弱，令人感伤不已："一百年后，我再次回到这里，/江风依旧，所见皆是他人。"江风依旧我们且不谈，我们试着再问一个关键问题：为何"我"能百年之后再回此地？答案只能是：《长江》《湄江》《浔江夜色》中的"我"，既是个体的又是超越个体的，既是具体的又是带有象征意义的。从这几首诗歌来看，诗人对于时间长河中人的存在显然秉持着一种"长存论"——这像极了张若虚《春江花月夜》中所写："人生代代无穷已，江月年年只相似。"所以，诗人江河之间的行吟便有了深刻之处，有了广博之处。这些"大"之所在，使得《山河颂》不再是简单的记录与描绘，它充满了令人回味无穷的"哲性意味"。

《山河颂》不仅书写山河之景象，同时也隐含着众多现实锋芒。汨罗江因屈原而名闻天下，诗人也因屈原而在汨罗江畔心生"畏惧"："不敢在汨罗江里游泳，我怕遇见屈原/我怕他带我回楚国，路太远啊不愿去兮，哀民生之多艰。/我怕他随我上岸，从湖南到河北，从河北到永远。"而事实上，这些并不是诗人真正"畏惧"的所在。那么，是什么呢？是面对茫茫大国、民生多艰的无言以对，是面对屈原"吾将上下而求索"这一气概的"无颜"与羞愧。在诗中，诗人并没有将这些说出口，而是"低下头""一再叹息"。然而，此时此刻，叹息比言辞更加沉重，沉默比言辞更具锋芒。批判他人是容易的，批判现实也是容易的，但批判自我则是尤其艰难的。于是，《汨罗江》便不再是简单的行走记录，而是一次对精神世界的自我剖析、一次自我对灵魂的有力涤荡。

从自我出发，在"有限"之中书写天地之间的"大"与"小"，是大解《山河颂》的显著特征。换而言之，这一组行吟诗篇从单纯的自然景观出发，但却绝不止于景观。那些令人反复琢磨的"玄妙"，那些引人深思的"哲性意味"，那些令人心生敬意的锋芒，才是这组诗歌最为金贵的品质。而与此紧密相关的，必然是诗人本身的格局与境界。一个思想境界不高远、心胸格局不开阔的人是难以书写出深刻与辽阔之诗的。以行吟诗来说，当下诗歌创作中，有太多的"到此一游"之作——毫无个性的行走书写与风光描述、虚假的情深意切、看似声势浩荡实则软弱无力的"歌颂"等等——其深层原因也正在于此。

最后需要指出的是，组诗中的语言风格与构思实际上也是多样、各异的。《长江》的冷静，《汨罗江》的深沉，《浔江夜色》《沁河素描》《湄江》的戏谑与调皮，《山居图》的温暖，《冶河》的精巧，《睡在天山北侧》的质朴……它们以不同的声线和音色，共同完成了对山河、天地、物我的"吟诵"。

　　　　　　　　　　　　　　文学的轻与重

从个体出发，对万物发声[*]

——读赵目珍的诗

在中国传统文化中，"三"并不仅仅是一个简单的数字符号，它往往还意味着无穷无尽——"道生一，一生二，二生三，三生万物"。赵目珍《神思三叠》（外六首）以传统诗词创作中三叠的方式，吟咏心中之情意，梳理内外之困惑，亦有无尽之感。另一方面，修习古典文学专业获得文学博士学位的赵目珍，其诗歌中的情意与辞令，却又中西杂糅，古今相通，极富现代色彩。

《没来由三叠》尤其明显地呈现出这种特点——或许可以称之为"无端的神思与无尽的抒情"。所谓"无端"，表现为诗人思绪的突如其来与非常规。"半路上。我意绪纷纷"。半路上，一个开放的场所，既赋予了诗人广阔的联想空间，又使得其他元素与人物得以进入诗人的视野，从而进一步点燃诗人的情感："没来由的是。风紧跟着，纷纷位移""半路上。有人说""看呀！路上的吹鼓手狂野。"这种情感，是既暗自向往逃离出去又难以实现的"无聊""单调""孤独"与"焦灼"。在这种纠结之中，一种隐秘难言的"自我要求"，一种诗人与众不同的"本我特性"浮现而出："我的无聊，是学会

---

*　原载于《名作欣赏》2021年第14期。

了只与蝴蝶梦合一。/我不想沾染那些闪光的东西/然而，我的单调亦一言难尽"。在这里，显然有诗人倾心"庄周梦蝶"的情愫在其中。诗人的情感，从没来由的风开始，到沉溺在自由里的吹鼓手，再到被忍耐缢死的夏天，经过一咏三叹之后，最终在结尾处一连串的比喻之中生成了无尽的惆怅之情。另一方面，《没来由三叠》在诗学修辞上，又是极其现代的。它以"反逻辑"的方式，赋予了许多传统意象以新的现代性。比如说黄昏，在赵目珍笔下"没有一点枯萎的意味"；比如说，对"寂静""窒息""忍耐""夏天"的拟人化书写等等。

赋予传统意象现代性，或者说，从传统意象中生发出新意，这一特点在《春风三叠》《"石头记"三叠》《镜中三叠》等诗歌中表现得更为明显。在这三首诗歌中，赵目珍赋予了"春风""春天""春节"等人们所耳熟能详的事物以新的面目和可能性。如同黄昏并不意味着衰败，在诗人笔下，"春风""春天"也并不意味着新生与希望。比如"春风"，它模糊而神秘，支离破碎又飘忽不定。相比于其他诗人"借助"春风的语境"补出自己的想象"，"随时都在挖掘着和你之间的浪漫关系"，赵目珍却在春风的转瞬即逝中进行反思："当深山夜雨来临，我的绿意是否已深？/我将如何消歇？当你开始殷勤的放纵。"又比如"春节"，在这举国同庆的节日里，诗人却在思索这"表演"背后的"颓败"与"衰落"："在围绕春天展开的叙述上，我们还处于/浅显的境遇中，瓦解偏锋性的流溢"，"温和的叛变来自于哪里？/我们都是春天的在场者，躺在模糊的/春风中，酩酊大醉。甚至比历史学家/做得更精致，更有想象力，更有款待/丑恶的嫌疑"。显然，在赵目珍的诗歌中，"春风"与"春天"并不仅仅是作为一种吟咏之对象，它还承载着引发、引领诗人进行深度思索与深度抒情的功能。换而言之，赵目珍的诗歌作品，起初往往是借助某一个情境或对象，随即从个人抒怀进入到对宏大问题的辩证中去了。

因而，赵目珍的诗歌有一种难能可贵的哲学思辨性质。在《神思三叠》《镜中三叠》《新城三叠》中，我们看到，诗歌采用了大量的论述语调与判断："我们放任了那些最深层的无根的意念/被遮蔽的事物，被束缚在阴森的自我之中/乃是精神最强烈的苦难"（《神思三叠》）；"我们的每一次出现都是暂时的/我们只是寄居在这里。/理想的修辞是经不起回顾的。但人生的阴晴雨雪/或许也存在圆融之道"（《镜中三叠》）；"我回到生活/回到世界本身。一条语言的道路，因思而变。语言/迷失了时间。语言风生水起/语言化为万物"《新城三叠》。自我、时间、语言、本体，这些形而上的哲学词汇反复出现在赵目珍的诗歌当中。这与赵目珍的学识背景不无关系。对于长期接触学术训练的学院派诗人来说，阅读视野的开阔与学术研究的严谨，既是他们有别于他人的长处或优势，但这也时常容易将他们带入无形的陷阱之中。这种无形的陷阱，包括"词汇的堆积""情感的丧失""意义的缺席""形象的破碎"等等。

所幸，赵目珍的诗歌并未踏入其中。思辨与情感，并不是绝对的对立二元。张若虚《春江花月夜》中，"江畔何人初见月？江月何年初照人？人生代代无穷已，江月年年只相似"，既有诗意之美，又有思辨之深；苏东坡《水调歌头·明月几时有》中，"人有悲欢离合，月有阴晴圆缺"亦在人事与自然的相通之中将思辨与情感合为一体。赵目珍的诗歌，在思辨之中，始终有一个"我"的存在。确定了这一主体，思辨与抒怀也就有了中心与方向。另一方面，如我们之前所说，大量的思辨也势必会对抒怀产生影响——至少，赵目珍的抒情，不再是直抒胸臆，不再是激情难掩，其面目是深沉的、冷静的、隐藏的。

从"诗言志"到"诗缘情"，中国诗歌自古重抒情，甚至于认为，诗无情而不立。"诗"与"非诗"的界限全在于"情"——"有情"则为"诗"，"人之所以灵者，情也。情之所以通者，言也。其或情之深，思之远，郁积乎中。不可以言尽者，则发为诗"（徐铉《肖庶子诗序》）；"无情"则"非诗"也，"夫诗者，本发其喜怒哀乐之情，如使人读之无所感动，非诗也"（刘祁《归潜志》卷十三）。从古典诗歌到现代新诗，我们看到，"如何抒情"（方式）也在不断地嬗变，即一时代亦有一时代抒情之方式。从个体角度出发，每个诗人的抒情方式也不尽相同。赵目珍的这一组诗歌，其情无尽，但其情亦深藏。在《夜深三叠》中，赵目珍借由"与古人书"的方式，巧妙地将情感隐藏于对古人的缅怀与想象之中："没来由我访问了你暴风雨般的简史/为此，骨骼里涨满了隐退的诗"；《神思三叠》中，在大量的论述与"发声"的缝隙里，仍然有一个面目清晰的"我"的存在："我愿在祛除刺痛的静修中，通向愚钝之路"；《镜中三叠》中，思辨之后，"我"对思辨产生了新的思辨——"两次经过同一座濠梁，可以算作是人生的一次往返吗？但如此没有深度的简化/令我一时倍感耻辱"。

文学的轻与重

凡此种种，可以看到，赵目珍的诗歌，既饱含哲学思辨，又隐含无尽抒怀。从个体出发，对万物发声，是赵目珍诗歌的可贵之处。同时，这也能见出他的志气与格局。正如刘勰所言："神居胸臆，而志气统其关键；物沿耳目，而辞令管其枢机。"（《文心雕龙·神思》）

在春风与烈焰之间[*]

——读吴子璇的诗

初次见到吴子璇，是在惠州学院。那时，她读大二，为人安静，甚至略显沉默与羞涩。在之后对她诗歌的阅读中，我逐渐明白：在她的沉默与羞涩背后，隐藏着的是春风一般的柔软与烈焰一般的激情。甚至可以说，诗歌是她日常生活之外的另一副面孔，另一种生活姿态。

在《"诗意的诱惑"与"坚守的困境"》一文中，我曾表达过我对诗歌与青年的基本看法：依我看来，最适合展露内心隐秘的文学体裁就是诗歌——它可以将秘密隐藏在天马行空的想象当中；它并不追求独一无二的精确，而是赋予词语更多、更开阔的象征与隐喻，在神秘、模糊、含混的文本风格中让"秘密"若隐若现地"暴露"。诗歌是最为个人化的文学体裁。从诗歌的创作与接受来看，诗人所要"言说"的意旨及"言说时的快感"与读者"读到"的意旨及"阅读的快感"往往是不一致的。叶维廉在《中国诗学》中将作者传意、读者释意之间的差距及微妙关系称为"传释学"，其意即在此。诗歌的朦胧与多义等特性，使得更多的青年人选择用诗行的形式记载他内心的情感与挣扎。

---

* 原载于《中国艺术报》2020年9月9日。

　　　　　　　　　　　　　　　　　　文学的轻与重

二十岁，活力四射却又隐秘忧伤的年纪；情感炽热而又不免灼伤自我的年纪；对未来充满畅想却也逐渐接触真正现实生活的年纪。此刻，对于年轻的敏感的心灵而言，诗歌作为一种言说方式，充满着"诗意诱惑"。青年男女的万般心绪、千般滋味，借助于诗歌，最容易酣畅淋漓而又若隐若现地吐露出来。"气有所抑而难宣，意有所未喻，时有所触，物有所感，事有所不可直指，形之为诗，则一言片语而尽之矣。"（方回《仇仁近百诗序》）于是，爱情的甜与涩，生活的喜与忧，对生与死的思索，对理想与现实的体悟，对自我与他者的困惑，都化为了一行行诗句。

　　在吴子璇身上，青春、爱情、自我、秘密等带有个体隐秘性的因素最终化为了一句句情感饱满而又意味深长的诗行。正如她自己在诗歌中所写："我的身体是被一行行诗句搭建的。"情至深处，自溢为诗。吴子璇的许多诗歌，皆从生活的细微中来，比如一次黄昏之际的爬山，一个慵懒的午后，一次叶落，一次花开，甚至一颗纽扣。对于敏感的诗人而言，生活中的万物皆有诗意。风霜雨雪，花开花谢，甚至一次散步，一次饮水，一次辗转反侧，都可能成为一首诗的胚芽。在有诗意的人眼中，凡此种种，都是新的发现——尤其是诗人将它们融入自身的情绪之中时。在那一刻，所有的柔软春风，所有的烈焰之情，均化为个人化的诗篇。这样的诗篇，是真诚的自我刻画，也是坦率甚至是无所顾忌的情欲言说。比如说："一场虚空而无助的想念/在山中纷纷扬扬//这个冬天无名的小花/生长在想象的雷声中//而我辗转反侧/彻夜难眠"（《空》）；"我爱你的心洁净、轻盈/无人烟处，我只想/寂静地抱着你/仿佛我

们未曾开始/仿佛我们刚刚相识"（《无人烟处》）；"灵魂
在神秘森林里一天天轻盈/我知道，木头喧嚣，而我的身体拥有
/无数次的花开花落"（《宁静》）；"抱紧我/赤贫洁白的身
体。要努力接近/才能完成放纵"（《海岛之夜》）。

　　读吴子璇的诗集《玫瑰语法》，就带给我这样的感觉——
她具有如同天赐般的捕捉生活闪光点的能力，具有不同寻常的
语言敏感力。我始终相信，天赋对于写作的意义。我所理解的
天赋，是对于生活的敏感，是对于文字的敏感。这种敏感度，
使创作者自然地能够从别人眼中的平凡事物中发现不平凡，使
创作者自然而然地觉得用这一个词语会比另一个词语更具有力
量与情感感染力，使创作者自然而然地觉得这句话、这个词是
多余或是不可或缺，放在此处更恰当还是他处更为合适。这几
乎是一种与生俱来的直觉，而这种直觉对于文学创作而言，显
得异常珍贵。毫无疑问，文学是语言的艺术。在语言艺术的基
础上，小说、散文、诗歌各有千秋——小说主叙事，散文重性
情，诗歌则更为考究语言的多义挖掘。哈金有一个观点，他
认为：跟语言搏斗是诗人的事情——优秀的诗人要把语言伸展
到极致，从而发现语言的容量和潜力。

　　在吴子璇的诗歌中，许多意象在巧妙的词语组合中生发
出了新意，给我们带来了印象深刻的阅读感受。比如玫瑰，
比如麋鹿，比如身体，比如大地。"我不擅长爱或被爱/我还
年轻，但陷入/一千朵玫瑰那么深"《一千朵玫瑰那么深》；
"请在草地上召唤我/让我的身体起舞/我自由自在，任肌肤膨
胀//每一个春天来时，无比原谅我/飞扬跋扈的热情，原谅我/
需要大地"（《起舞》）；"只有在我冷若冰霜时/我是沉重/

文学的轻与重

我化作无数花瓣/一片片胀开/一片片死去"（《洁白》）。

情之真、情之浓、心灵之敏锐、用词之新奇、言说之坦率，使得90后诗人吴子璇在短暂的时间内创作了数量众多的诗歌作品，并受到了相当的好评。我们有理由为她感到高兴，我们也有理由相信，她能够在诗歌创作上越走越远——就在前两天（8月31日），第三届"草堂诗歌奖"入围名单出炉，吴子璇的名字赫然在年度青年诗人奖入围名单中。

第三辑

在轻盈与黏稠之间

"理想幻灭""存在焦虑"与"自我麻醉" *
——读叶临之《伊斯法罕飞毯》

　　当我在地图上费力地搜索"比什凯克""费尔干纳盆地""奥什""塔什干""苏莱曼山""伊斯法罕"等，并试图将它们串联在一起的时候，确实感觉到一阵眩晕。它们在天山以西，在吉尔吉斯斯坦，在伊朗，在中亚。这些陌生而充满异域色彩的名字，无论是在地理空间上，还是审美经验上，于我而言都是遥远的另一方。然而，它们却是叶临之小说《伊斯法罕飞毯》（《天涯》2021年第4期）重要的地理背景之一。这多少令人感觉到一丝诧异——尤其是当我想起叶临之早前的作品（如《白塔飘飘》《青苔姑娘》《红狐去鸡缺岭》《特洛伊的爱情》《上邪》《猎人》《地震圆舞曲》等）着力在刻画"咸家铺"、乡村、小镇、小城的时候。

　　一个作家的书写往往是从最熟悉的地方开始的，叶临之之前写乡村、小镇，是因为他成长在其中，有长时间的体验与思索。这种书写并非一成不变，它会伴随着作家自身的变化而产生新变，它会伴随着作家现实世界的丰富而不断丰富。一般而言，它总是以某一地点、某一领域为中心（根据地），不断往外延伸。在这个过程中，作家的书写版图得以不断扩大，作家

---

* 原载于《文学报》2021年12月30日第9版。

创作的体量、密度也不断增大。这种变化与作家经验的积累、阅读的延伸与思考的转变等有直接关系。不少青年作家在创作初期，往往集中于书写童年、青春与奇思妙想，而伴随着人生际遇的不断丰富，题材也不断得以拓展，思考也愈加浑厚。从这个角度来看，《伊斯法罕飞毯》所呈现的某些新变，也不足为奇了——它是叶临之2019年春天中亚之行的成果之一。在吉尔吉斯斯坦、哈萨克斯坦、乌兹别克斯坦等国的游学，让他发现了不同于国内的异域之美，也给他带来了不一样的文化冲击。这种文化冲击之下，他创作了《伊斯法罕飞毯》《中亚的救赎》等一系列"中亚"（"异域"）小说，风格自然与之前小说多有不同。

《伊斯法罕飞毯》中，主人公帅奎穿梭于国内W城和吉尔吉斯斯坦。小说讲述的故事其实并不复杂：帅奎两年前从W城"逃离"到中亚，在大型矿业公司担任勘测部副经理，每日在高原、戈壁、草地驾车狂飙。在这一过程中，他结识了一位本地向导安娜，常年结伴而行，也差点发生了暧昧关系。他回国处理母亲中风、与唐美玲办离婚手续期间，不断接到女助手的语音，被告知安娜怀孕了，而她的丈夫还在俄罗斯打工。孩子的父亲是谁？事情越闹越大，帅奎被要求尽快回公司处理安娜一事。他回到奥什城，被当作是安娜一事的重要嫌疑人而被带走、监禁。帅奎送给安娜的伊斯法罕地毯成为关键罪证。尽管最后通过医学技术洗清了帅奎的嫌疑，但这无疑又给他本不平静的生活带来了许多波澜。小说的最后，当帅奎仿佛彻底摆脱W城，一人一车游荡于中亚大地时，他偶然地经过安娜的老家，发现那片土地已经成了一片堰塞湖，而那件伊斯法罕地毯

文学的轻与重

正在湖中漂荡。

　　小说在国内与中亚、W城与高原的交替中展现了一个"失意者""幻灭者""逃离者"的"自我解救"之旅。在阅读的过程中，我尤其关注一个细节：W城是江泽之滨，而中亚是高原、戈壁、荒野。一个是"水"，一个是"山"——两个特征截然不同但又都充满着丰富象征意味的中国文化符号。它们暗示着帅奎的两种生活姿态。更多时候，"水"是柔软，是温润，是灵动，是洁净，山则彰显厚重、沉稳。然而，在小说中，W城对于帅奎而言却并不是温柔的水乡，而更像是"冰雪之地"，是坚硬、冰冷、锋利、无趣、嘈杂、肮脏，是一地鸡毛的生活，是庸俗与无奈的现实一种，是"理想主义的幻灭"，是"存在的焦虑"。因而，帅奎从W城逃离到遥远的、陌生的、异域中亚——广阔的高原荒野反而成为放纵、奔驰、自由与飞翔的所在，成为帅奎所寻求的宁静之地。问题的关键是，时间的冲刷、空间的更替能够真正解决帅奎"理想主义幻灭"后的失落与"存在的焦虑"吗？

　　我的答案是：不能。尽管小说中帅奎放弃了财产、珍藏、股权、房屋甚至女儿，告别了W城，孤身一人重新在中亚高原穿梭，尽管小说以帅奎奋不顾身地奔向湖中的伊斯法罕地毯结尾，仿佛给予了帅奎一个新的希望，但这仍然不能解决他的精神困境。

　　我更愿意把帅奎当作是一个理想主义者来看待。他有艺术气质，亦有艺术理想，是W城大学艺术学院最为年轻的副教授。因而，当他的音乐不断被人侵权的时候，当他与妻子的情感破裂的时候，当他在W城感觉到一种无所不在的阴暗与烦躁的时候，他毅然决然地辞去了大学教师的工作，中止了自己的艺术创作。这是一种意气，是试探，是赌气，也是决裂。这一举动充满着理想主义者的纯粹与冲动，但现实生活的逻辑是：一旦发生，没有回头路可走。更重要的是，在这一举动之后，他才发现了生活的某些真相："曾经，他是别人眼中的成功人士，但是，当他把那袭缀满珠宝的袍子狠狠地摔在地上，珠宝粉碎，变得分文不值后，他又体会到背后无处不在的冷漠眼光和嘲讽。"事业破碎，感情破裂，理想生活的幻灭使得他迅速地陷入了一种精神困境。随即，"理想主义幻灭"带来的失落感又上升为一种"存在的焦虑"："我"应当如何"存在"？如何证明"我的存在"？这些问题，小说中其实并没有详细展开论述，但却是帅奎种种举动的精神背景。面对这些问题，他选择的应对方法是逃避，是自我放逐，是远离W城。从这个角度来说，帅奎身上也弥漫着许多知识分子或理想主义者身上所常见的懦弱与胆怯。

书写"人的存在"及"存在焦虑"，是叶临之小说常见的主题之一。从这一点来看，《伊斯法罕飞毯》与叶临之之前的小说在创作主旨上有一脉相承之处。《猎人》中的咸老表，《寡人》中的宋刚、宋兵父子，《苏君的旅途》中的苏君，都在用自己独特的人生际遇与行为，探寻"存在"的意义与方式，都试图回答"应当如何活着"这一宏大的哲学问题。叶临之小说新作《玲珑塔》（《长城》2022年第1期）中的齐垒垒，亦是如此。从骨科医院到杂志社最后又决心从杂志社辞职，从顺应他人规划到做出自己的抉择，齐垒垒同样是在爱情、梦想与事业的变化中，试图找到自己应有的存在姿态。然

　　　　　　　　　　　　文学的轻与重

而，齐垒垒总给人以一种被动者姿态，她过于软弱、过于无力。相比齐垒垒，《伊斯法罕飞毯》中的帅奎或许更为决绝，他将自己投身于无尽荒野，将往事遗忘，将未来搁置，而沉浸于刹那间的速度与激情、空旷与辽阔。帅奎的决绝同样也只是一种"逃避"。事实上，我们无法对此进行义正词严的批判与否定——因为在此刻，"逃离"与"忘我"其实已经意味着一种反抗。只是这种反抗，在力度上不那么英雄主义。但也因如此，小说才显现出其现实性与残酷性的一面——现实之中，英雄与英雄主义只是少数。

在我看来，这种"逃离"与"忘我"更偏向于是一种短暂的自我麻醉，它无法真正地解决理想主义者在现实生活中遭遇种种磕碰后的"幻灭""失落""怀疑"与"焦虑"。所以，帅奎的"自我放逐"一旦与妻子、离婚、母亲等现实再度相遇，就会迅速地再次被击败，从而使他再次陷入一种焦灼之中。时间的冲刷也好，空间的更替也罢，实质上都无法解决他的精神困境。也正是因为这一否定性的回答，使得小说呈现出了其深刻性与批判性。人在此境，何以破局？论述至此，我们再回望小说的结尾，感受到的只是一片悲凉——帅奎眼中，伊斯法罕地毯在堰塞湖中"像漂浮的飞碟，在如梦如幻的空中、湖中舞蹈"，其实只是一种幻觉；"他奋不顾身地，迅速地奔跑至野芦苇及腰的河滩，为心目中的飞毯飞奔而去"，实质上只是一种无法破局的自我安慰。作为一个旁观者，我们看见他逃避，他自我麻醉，他相信，因而他飞奔而去。而当我们舍弃旁观者身份，舍弃评论者的"高高在上"与"事不关己"，当我们将帅奎替换成自己，替换成每一个心怀理想而又陷于现实泥淖中的人，小说的悲凉意味就越发地浓郁起来了——我们都是某种程度、某种意义上，逃离W城、飞奔在高原旷野的帅奎。只是，更可怕的是，我们中的绝大部分，连逃离与飞奔的勇气都没有——我们只是忍受，只是抱怨，只是痛苦，如此而已。

"轻盈的迷惑"与"黏稠的现实"*

——读吴霞霞《耻骨》

　　吴霞霞（黎子）的短篇小说《耻骨》讲述了一个并不算特别新鲜与惊艳的乡土故事。父亲断了腿，只能躺在炕上；无止境的雨水之中母亲骂骂咧咧；一双女儿对于父母所知甚少却照样有自己的欢喜与悲伤。乡土小说中的许多经典元素与情节在小说中都有体现，比如外出务工、沾上赌博的丈夫，比如留守家中、私通他人的妻子，比如傻瓜型的孩子，等等。所不同的是，吴霞霞将这些情节都压了下来，并不浓墨重彩地去详解其中的复杂性与悲剧性，反而着力使它们构成一种农村生活图景的背景。在这一背景中，喜军与翠翠一家并不悲烈但又显得艰难的泥淖生活片段，顺势就成了小说的中心。

　　几年前，我读吴霞霞《女王之舞》《玛瑙纪》等小说（那时她用的还是笔名黎子），发现她偏爱在小说中探讨女性、爱情、婚姻、性、命运等问题。她写的故事都是悲剧，小说的张力多来自女性对于悲剧命运的黯然接受与无可奈何，因而读后总有哀其不幸又怒其不争的无奈与气愤。《耻骨》中，依然能见到吴霞霞常用的小说元素：故事仍发生在玛瑙川，人物也住在半山腰，母亲与《女王之舞》中母亲一样都叫翠翠，甚至讲

---

*　原载于《延河》（下半月刊）2021年第10期。

述视角也与《玛瑙纪》相似，都借助儿童来打量成年世界。从故事内容来看，女性、婚姻、性也依旧是《耻骨》言说的重点。这意味着《耻骨》延续了吴霞霞一直以来都在书写的主题，同时也意味着一种写作的风险。

好在《耻骨》呈现出了另一种感觉，它不似《玛瑙纪》那样用单纯反衬悲剧，也不似《女王之舞》那般在撕裂与毁灭中发声，它甚至在一定程度上放弃了故事的传奇性，转而将笔墨用于描写日常生活的琐碎、绵密、黏稠。小说中的核心问题是父亲喜军的腿究竟是如何断掉的。"你们爸腿断了"，短短一句话，在很大程度上串联起了整个小说的情节发展。但与常见的小说叙事不一样，吴霞霞并没有在"探秘"与"解密"上花费工夫，而是选择让这一疑问始终延续，并给出了种种不同的解释。

母亲告诉龙珥和妹妹，喜军的腿是被一只住在山坳里的野山羊撞断的，因而需要多喝羊奶才能早点好起来；邻居五奶奶来问，母亲说喜军的腿是在城里盖大楼时从脚手架上跌下来摔断的；而在外祖母来访时，母亲告诉她喜军的腿是去西湾找人算账骂人瘸子后被瘸子埋伏，从而被石头砸断了腿。从小说的细节，比如母亲有一个在西湾村开商店的瘸腿情人，比如喜军说"我是为你受的伤"等，不难看出，母亲与外祖母所说的应该最接近真相。然而，在小说的结尾，当巧琴婶调侃喜军是因为半夜跑到东山底的海棠家，被海棠的公公发现后用猎枪打断腿时，翠翠走过来打在巧琴婶脸上的一记耳光仿佛又将前文所说的真相一一推翻了。在真假难辨的各种版本中，喜军断腿的真相愈加扑朔迷离，故事就颇有芥川龙之介《竹林中》的气质。小说于是弥漫着一股"轻盈的迷惑"——之所以说"轻盈",是因为小说并未留恋任何一种解释,每一种解释都轻描淡写带过,每一次谈及时都云淡风轻、漫不经心,仿佛喜军断腿只是生活中的一个小波澜,在短暂的时间之后,一切又将风平浪静。

然而事实并非如此。在这漫不经心的背后实则是暗暗腐烂的"耻骨",在这"轻盈的迷惑"中隐藏着的实则是"黏稠的现实"。从各个角度看,翠翠的家庭都很难用"幸福""美满"等字样进行形容。丈夫长期在外,一年归家一次,甚至还染上赌瘾;女儿龙珥是众人眼中的傻姑娘;家中的经济状况也并不乐观。小说中,大雨终于停止后,翠翠精心打扮一番,穿一件水红色背心、露出光溜溜的胳膊去看推销床单的大卡车。这一细节证实翠翠心中始终存有某些与她此刻所处环境截然不同、格格不入的向往:比如美,比如青春,比如自由,比如爱情。这些向往在她的现实中并不显得美好,反而成为一种必须隐藏的"耻"。种种原因,或许都是翠翠又在家中找了一个瘸腿男人的内在驱动。而这一举动,又使得她进一步陷入现实的泥淖之中。这是一个悲伤的循环,而当这个循环反复出现在她的生活中时,一种叫作命运的事物就显现而出。所以在小说一开始,翠翠就失声号叫:"没完没了地下,墙要塌了,窑要塌了,黑乎乎的窑洞像墓地疙瘩,躺在炕上的活人像死人,老天爷眯眼了,这锤子日子没法过了!"

连绵不绝的雨水带给她无尽的烦恼。但是在这篇小说中,雨水的叙事力量不容忽视。在很大程度上,无尽雨水的存在促成了小说叙事的绵密、黏稠、阴郁、朦胧的节奏与风格。而这些，正与翠翠的生活图景一一对应。小说的结尾处，雨过天晴，"所有人脸上都洋溢着笑"，似乎一切都将重新开始。现实却恰恰相反，翠翠打在巧琴婶脸上的一耳光，将再一次掀开阳光日子的幻象，让这个家庭的生活重新回归到泥淖本质之中。这未免过于令人绝望——于是，吴霞霞让一个能将数字看成各种动物的傻姑娘专心致志地捉虱子。傻瓜形象在中国小说中极为常见，他们往往承担着真正的清醒者、纯粹者、观察者、理想者等角色。在《耻骨》中，龙珥是阴郁天地、泥淖生活中难得的一束光，唯有她带给小说以温暖和希望的力量。在风浪即将掀起处，她不问世事，沉浸在杀虱子的快乐之中——不得不说，我喜欢这个结尾，它妙极了。

"简化的小说"与"生长的小说"*
——读王威廉《你的目光》

王威廉的中篇小说《你的目光》(《十月》2021年第6期),在六万余字的篇幅里,以深圳和广州为故事空间,以眼镜设计为纽带,讲述了眼镜店老板何志良与设计师冼姿淇的故事。

《你的目光》可以当作爱情小说来读。两个漂泊已久、遍体鳞伤的心灵,在浩大的时空之中,相遇,相知,相思,相拥取暖,并走向相守。他们各自拥有着一个并不圆满、并不幸福无忧的家庭,然而他们幸运地在相互理解与相互宽容中,得到了爱情的美好。这是一个温暖的爱情故事。王威廉没有在并不轻盈的现实中,再给我们呈现一个沉重的悲剧。它带着一种温度,一种慰藉,一种希望。

《你的目光》可以当作救赎故事来读。两个在漫长的岁月里背负着罪感的灵魂,相互试探,相互走进对方的领域,又相互拯救,最终走向超越。罪、死亡、苦难、失去,这些精神之痛,这些苦楚之物,是历史,又是日常。有人选择遗忘,有人选择自我麻痹,也有人选择直视。直视并不容易,超越更为艰难。我们相信个体的超越力量,但更多时候,这个孤独的个体往往在遇见另一个与之相似的孤独个体时,那种自我救赎与相互救赎的力量才能最大限度地被激发出来。爱的力量远超人们

---

* 原名《一篇具有茂盛生长力的小说》,原载于《文艺报》2022年1月5日第3版。

的想象，人的力量也远超人们的想象。

《你的目光》可以当作哲学片段来读。生与死、看与被看、快与慢、大地与流水、坚守与探索、自我与他者、来路与归途、个体与时代、此刻与未来、科技与伦理……小说延续了王威廉一贯的哲学思辨，书写日常，但绝不止于日常。镶嵌在小说文本中的眼睛设计笔记尤其呈现出这一特征，它是诗，也是思。每一款设计，都是一种对于现实的哲学回应。有反思，有深挖，有痛楚，有展望，亦有种种疑惑。

《你的目光》可以当作民俗笔记来读。在跨步前行、飞速发展的粤港澳大湾区，那些穿越历史的传承，那些并未远去的过往，那些化整为零的族群，应当得到更多的关注，而不是遗忘。客家与疍家，一个远道而来，扎根大地；一个立于船头，不惧探索。它们平日里并不是社会关注的焦点，但不能忽略的一点是：它们与广府、潮汕等一道构成了当下的广东形象。祖籍陕西的王威廉，久居广州，他写客家与疍家，有点出乎意料，但又理所当然。当然，他也没忘了在小说中勾勒一个来自陕西的妹夫陈春秋。

《你的目光》是一篇可以简化的小说。很多小说都是这样——概括起来，不过是一个爱情故事，一个励志故事，一个救赎故事，如此而已。然而，我们总是并不满足于此。好的小说，是可以简化的小说，更是能够生长的小说。它彰显出一种茂盛的生长力：故事结束了，故事又在结束的地方重新开始。《你的目光》是一篇具有茂盛生长力的小说，它是饱满的，是能够延伸出更多思考的。这并不容易。

　　　　　　　　　　　　　　　文学的轻与重

作家与批评家的思想碰撞[*]
——读《牙齿是检验真理的第二标准》

作家与批评家之间存在一种既互相独立又互相联系的关系。正如阎连科所言：他们是被文学捆绑在一起的一对冤家夫妻，过不得，散不得；和不得，也离不得。《牙齿是检验真理的第二标准》（以下简称为《牙齿》）就是上述关系的典型例证。该书是著名作家毕飞宇与批评家张莉全面而深入的对话录，也是作家与批评家之间的思想碰撞。

如同张莉所说，《牙齿》里潜藏有乡下少年毕飞宇何以成为当代优秀小说家的诸多秘密，它展示了一个小说家的生成历程，既包括现实生活的改变，也包括精神世界的蜕变。对于许多怀有文学梦的文学爱好者而言，这些秘密具有相当的吸引力。对于创作者以及那些想创作的人来说，《牙齿》则更多地像是一本写作教科书——它告诉你，小说家绝非凭空而成，你必须进行广泛的阅读与认真的思索；它提醒你，在才能之外，更加需要的是训练，因为"受过训练的才能更可靠，不容易走样"；它还为你解惑，写不好的原因可能在于你创作的量不够，"等你写到一定字数了，许多问题就自己发现了，自己就解决了"。凡此种种，都能够给人以启迪。

---

[*] 原载于《中国出版传媒商报》2015年5月5日第10版。

《牙齿》还带有"材料"特质。"知人论世"是中国传统文学批评的重要方法。对于批评家与文学研究者而言，作家的经历与思想乃是一份重要的材料，它能够给他们提供多条路径去进入作家作品。作家自身所说所想，更是文学研究的第一手材料，它是"知人"的一种绝佳方式。例如，毕飞宇认为在抒情型作家与力量型作家之间，他更为偏爱力量型作家，而这力量来自思想。他又坦言，自己不是一个适合在流派中的作家，一旦意识到自己可能成为某个流派中的一员，他一定会另辟蹊径。这些观点，往往能够给文学研究者与批评家带来新的分析思路。因而，从这个角度而言，研究毕飞宇作品的人不能不读《牙齿》。

　　除却谈论毕飞宇的创作历程，《牙齿》还用大篇幅探讨了毕飞宇的阅读。每一个优秀的作家都有一部自己的阅读史，每一个优秀的作家都有自己偏爱的文学资源。作家对文学经典的选择、阅读与评判，既是作家审美取向的体现，也是自身创作的养分来源。对于毕飞宇来说，唐诗、《红楼梦》、《聊斋志异》、鲁迅、福楼拜、海明威、加缪等都对他产生了较大的影响。《牙齿》中，毕飞宇与张莉对这些作家作品的分析，一方面能够看到毕飞宇文学观念的呈现，另一方面还能够使得读者在这些作品分析中扩大自身的视野。这种扩大，不单单是知道了你原本不知道的优秀作家作品，更重要的在于你可以从一个小说家的阅读思维中得到启发。例如，毕飞宇认为《水浒传》并非伟大的小说，它最大的贡献在于快速塑造人物。毕飞宇从《水浒》中学会了在一两页纸的篇幅中把人物立起来的本事。又如，毕飞宇对海明威经典作品《老人与海》"吹毛求疵"，

　　　　　　　　　　　　　　　　文学的轻与重

认为结尾桑迪亚哥梦见草原上的狮子简直是一个败笔。这些都是一个小说家的具体的感性体验。读者阅读之后，情不自禁地发出这样的感慨：原来小说应当这样读，原来小说还可以这样读。

对话的意义在于碰撞。在《牙齿》中，我们看到了毕飞宇的感性经验的呈现，也看到作为批评家的张莉的坦诚、严肃与理性。对于历史，张莉认为"一个作家应该有他的历史感，应该有他的历史情怀。没有历史感的作家，很容易滑进历史虚无主义"。在探讨文学与真实的关系时，张莉认为"小说的意义在于通过获取、剪裁以及表现来达到现实本身没有能力呈现出来的意义"。这些旗帜鲜明的观点呈现出张莉的批评立场与个性。

毕飞宇与张莉的对话带有鲜明的问题意识，既广阔又深入，既严肃又可爱，既学术又日常。感性的写作者与理性的批评者，二者碰撞出璀璨的思想火花。《牙齿》中所谈，既涉及毕飞宇的创作历程，又涉及文学阅读与创作的理论与经验，文学爱好者、文学创作者以及文学研究者都能在此书中得到较大的启发。因此，我希望更多的人阅读《牙齿》，并从中汲取养分。

在极致的欲望与极致的绝望之间

——读东西《篡改的命》

近些年来，我时常产生这样一种困惑：我是在读小说，还是在读新闻？我是从小说里看到了现实，还是说，现实时时刻刻都如同小说般跌宕起伏、精彩纷呈？文学来源于生活，但真的高于生活吗？现实比小说更离奇、更精彩，如把一桩现实事件如实描述，是否也是一部不错的小说？在这个信息飞速传递的时代，写作者又应当如何书写现实？这些困惑，在阅读当代作家东西长篇小说新作《篡改的命》（上海文艺出版社，2015年8月）时又一次涌上心头。

《篡改的命》是东西继《耳光响亮》《后悔录》后的第三部长篇小说，讲述农村人汪槐、汪长尺父子艰难而悲烈的进城故事。汪家父子身上凝聚着一股极端的进城欲望：只有进到城市里，才能摆脱农村的贫苦生活，才能成为人上人。为此他们几乎付出了所有。汪长尺高考落榜，汪槐怀疑其名额被人顶替，进城讨要说法无果，他借跳楼来换取汪长尺的一次复读机会，最终摔断了双腿；汪长尺再次落榜，无奈外出打工，帮人讨债，工地劳作，然而生活却始终无法改善。打击与灾难一次又一次降临在汪家。在汪长尺的一生中，除却极致的进城欲望，所剩的就是极致的绝望。欲望与绝望之间，汪长尺不断挣扎，然而命运依然残酷。直至汪长尺开始放弃自己，像父亲汪槐一样，转而把希望投向自己的儿子汪大志。改变命运的执念如同血液一样，祖孙三代依次遗传。最终汪长尺毅然决然地要将自己的儿子送给家境优越的林家，让自己的孩子不再是"屌丝"，而能赢在起跑线上。这时，汪长尺终于松了口气："汪家的命运已彻底改变，我的任务完成了。我们几代人都做不到的事，大志做到了。"①

《篡改的命》行文流畅自如，但读起来却并不容易。这种不易，源于内心的痛楚与悲悯。这篇小说仿佛随处都潜藏着利刃，随时准备直击你的心灵。事实上，汪长尺的故事并不新鲜。在信息如此发达的时代，我们随处可以看到与发生在汪长尺身上故事相似的新闻。譬如高考被冒名顶替，譬如包工头卷款而逃，譬如工人以死相威胁，譬如妻子卖淫以养家……然而，当这些故事都集中在汪长尺这一人物形象上时，我们阅读小说的感受与阅读新闻的感受并不相同。在小说中，汪长尺是一个孝顺而懦弱的儿子，是一个负责而又委屈的丈夫，更是一个疯狂而伟大的父亲。多重身份，让汪长尺的形象逐渐饱满，让他的形象变得复杂起来。正是在这种复杂中，我们的阅读体验也逐步地丰富：既觉得可笑，又觉得可悲；既充满怜悯，又怒其不争；既感动流泪，又惊奇其疯狂。整体上看，东西运用现实手法描绘了一个"屌丝"在城乡之间挣扎的故事。这个故事是一出"励志未果"的悲剧，它不断将梦想与美好撕裂给你看。在传统现实主义创作手法中，东西还不断运用现代主义的手法，一步一步地将汪长尺推向命运的绝境。这些文字，总会

---

① 东西：《篡改的命》，上海文艺出版社，2015，第303页。

让你肃然无语，让你忍不住掩卷长叹，让你忍不住拭去眼中的泪水。行文至此，前文所疑惑逐渐清晰：文学作品本应当如此。它是虚构的，却又如同现实一般鲜活存在；它是一个汪长尺的故事，又绝不仅仅是汪长尺的故事；它像是一滴冰凉、圆润、剔透的水滴，映照出我们身边无数的现实；它闪闪发亮，具有锋利的批判、深邃的思索与宽广的情怀。

　　读汪长尺的故事，容易让人想起路遥笔下的高加林（《人生》），想起方方笔下的涂自强（《涂自强的个人悲伤》）。他们都是来自农村的优秀青年，他们都想要进城，然而最终他们都只能承受生活的无奈与命运的无情。自20世纪80年代以来，随着城市化进程的不断发展、加速，这样的优秀农村青年一批又一批地涌向城市。"城市"对他们以及他们的亲朋而言，意味着优质生活，意味着人上人，意味着命运能够得以改变。"城市"就像一块香喷喷的面包，吸引着饥肠辘辘的人们。然而，现实会告诉他们，美梦是多么难以成真。从路遥到东西，青年——尤其是农村青年的出路问题始终备受关注。那么，出路何在？显而易见的是，农村青年缺乏各种各样的资本（经济资本、文化资本、象征资本、社会资本等）。例如文化资本的缺乏。法国思想家布尔迪厄认为，文化资本的积累过程是文化、教育的过程，需要花费大量的时间和金钱。教育是社会下层能流向社会上层的途径之一，也是近几十年中国农村青年改变命运的主要路径。然而，高加林、涂自强、汪长尺等家庭贫困，解决温饱已经困难，其家庭所给予的文化教育上的时间和金钱投资极其有限。又如社会资本的缺乏。相比较而言，在看重社会关系背景、人脉资源的当下社会，有家庭背景和经

　　　　　　　　　　　　　　　　文学的轻与重

济实力的青年往往获得更好的社会回报；而没有关系、没有背景的农村青年，一无所有，孤身前往城市，往往生活惨淡，或需要通过数倍、数十倍的付出才能换取相当的回报。

于是，我们似乎看到了一个挣脱不开的"怪圈"：因为出身贫寒，所以缺乏文化资本和社会资本；因为缺乏这两种资本，又无法摆脱生活的贫困。那么，造成这一"怪圈"的真正原因是什么？如何才能摆脱这种"怪圈"？缺乏资本的当下青年的出路何在？在极致的欲望与极致的绝望之间，我们是否只能不断承受，不断挣扎，最终又一次将希望寄托于命运的投胎？这是小说带给我们的反思与诘问。

一场"行万里路"的文化之旅*
——读李辉《雨滴在卡夫卡墓碑上》

　　古人常言："读万卷书，行万里路。"他们在书斋里读书，在睡榻上读书，也在名胜古迹、锦绣河山中读另一本大书。正因有了"万里行"，才有了"前不见古人，后不见来者；念天地之悠悠，独怆然而涕下"的深沉吟唱，才有了"桃花潭水深千尺，不及汪伦送我情"的动人情感。他们在行走中缅怀历史、感慨时变，在行走中结交好友、举杯同欢，亦在行走中不断完善自身。此游乃是学之一种，往往令人向往不已。当我阅读作家李辉《雨滴在卡夫卡墓碑上》（中信出版社，2015；以下简称《雨滴》）一书时，关于读与行的感慨与向往再一次涌上心头。

　　《雨滴》是李辉关于旅行的散文集，收录李辉国内外旅行所见所思十篇（以及数十张旅行图片与珍贵书信手稿，可谓是图文并茂）。这些文字，既有对卡夫卡、乔治·奥威尔、凡·高等艺术名家的追思，也有对波茨坦会议等历史事件的探寻，还有对在行走中结识的友人的怀念。李辉是曾获得首届鲁迅文学奖，又先后两次获得"华语文学传媒大奖"年度散文家的作家，其文笔自然不必多说。然而，此书绝非那种优美文字

---

* 原载于《中国出版传媒商报》2015年9月25日第10版。

252　　　　　　　　　　　　　　　　　　　　　　　文学的轻与重

的堆砌，亦非走马观花般的粗糙扫描。在我看来，李辉的旅行文字是一种真正的文化散文，它为我们打开了一扇扇尘封已久的大门。而李辉，则如同一名优秀的导游，带领我们去追寻一幕幕生动而确凿的历史画面。

"追寻"与"确凿"两词似乎能够更加准确地描述出此书的特点。书中所记的许多旅行都是在追寻：在《于孤独中如痴如醉》中，李辉在布拉格街头寻找孤独而忧郁的卡夫卡，雨中寻找卡夫卡的墓地；在《安静的一九八四》中，李辉艰难寻找奥威尔的墓地，追记萧乾、董乐山与奥威尔之间千丝万缕的联系；在《诗人走了，画家也走了》中寻访当年香港文化人中的"世外桃源"狗爬径（九华径）；《入土为安》中讲述一代大师陈寅恪骨灰安葬之波折……然而，李辉并非简单地到那些人物的故居、坟墓前一观，我更加愿意相信作者在追寻一种历史，一种文化，一种精神。当李辉站在朴素、冷清的奥威尔墓前，涌动如潮的思绪只化为一次"深深鞠躬"，我们感受到一名中国文人对于奥威尔的诚挚敬意；而在书中文字里，这些思绪又化为确凿的档案：各种文章、书信、评论等文献的引用让我们更加清晰地感受那些已逝的故事。此刻的李辉情感细腻，然而在细腻之外又是一名严谨的研究者。这些文字，不单单是浮光掠影的记述，而是不断向内挖掘，继而成为一种深入确凿而又饱含情怀的历史见证。从另一个角度来说，这些优美的文字已然成为一种可靠的史料文献。从《封面中国——美国〈时代〉周刊讲述的故事》，到《绝响——八十年代亲历记》，再到《雨滴》，李辉的散文始终在历史与时代中穿行。"既探求历史本真，亦饱含理解之同情"地将往日故事娓娓道来，已然成为李辉散文的一大特色。

　　一本好书会促使人在阅读之后不断地进行思考。在阅读的过程中，我一次又一次想象李辉在街头巷尾、乡间小路中寻觅的场景，一次又一次想象他站立在墓碑前的神情，而每一次都令我感觉到羞愧。在他身上，我仿佛看到了古人所言的"行万里路"当是如何。时至今日，"读万卷书"虽难，但"行万里路"早已变得无比便捷。然而，绝大多数的人往往只是到此一游，拍拍照，吃吃饭，购购物，其余一无所得。有多少人曾经走进那些故居、墓地、博物馆、纪念馆，又有多少人只是匆匆而来，又匆匆而去？旅行仿佛只是为了证明"我来过""我看过"。这样的"万里路"即便行走了又有何意义呢？李辉不一样，他是一位优秀的行者。他饱含情怀，他的行走是游学，见历史，更是"见自己"。因而，抛开《雨滴》里面所记内容不谈，这本书依然有它可贵的价值：他告诉我们"行万里路"正确方法的一种，告诉我们一个合格的行者应当如何。

文学的轻与重

美的丧失与丑的萦绕[*]
——读余同友《有诗为证》

　　读罢《有诗为证》，我想起余华《十八岁出门远行》——"我"第一次出门接触社会，便陷入社会的险恶与人心的丑陋之中，美好的期盼在远行之始便破碎一地。在《有诗为证》中，这种由美好向丑陋的转化同样使得"我"的精神世界发生巨变，最终令"我"走向了毁灭的悲剧。在这篇作品中，余同友书写了一个男人内心深处对美的执着与渴望，传达出对美的丧失的愤怒，以及对周遭大量丑的萦绕的反感与抵抗。美的丧失与丑的萦绕是造成小说中"我"精神分裂的主要原因，更是这篇小说的核心密码。

　　《有诗为证》在叙事上颇具特色。作品中的"我"在公交车上捡到一本诗集，并因为里面的诗句而不断回忆起往日时光。显然，"诗集"作为一个最为重要的道具与意象，它承接着所有故事的发展与起落。也正是因为"诗集"的存在，使得《有诗为证》在叙事上呈现出三个明显的特征。一是小说文本与诗歌文本的互文。在小说中，诗人老黄创作的《8月25日晚乘117》与诗集里手写的《不！那是一匹黑色马》《你们的车灯没关》《咒语》等诗歌文本与小说文本互为观照，形成

＊　原名《呼唤我们时代的诗意》，原载于《安徽文学》2017年第1期。

了一种文本内互文性。《不！那是一匹黑色马》中"我"驳斥王小二，坚信那是一匹黑色马的姿态与小说文本中的"我"对美的执着与渴望相互辉映；《咒语》中"我"用咒语杀死一株豹纹竹芋，这一"最后的秘密"与小说文本中的"我"杀死妻子伍小卷相互观照。二是现在与过去的交替。小说文本一方面是"我"此刻的生活状态，一方面是在读诗的过程中，回忆起小时候看魔术、大学时候追求初恋、观看艳舞表演与人打架等事件，现在与过去在小说中交替呈现，紧密相连。三是最后抖搂的"包袱"令整篇小说亮色大增——原来"我"捡来的诗集正是"我"自己写的，原来"我"离家出走失联的妻子正是"我"杀死的。随着谜底的揭晓，小说的意义指向顿时清晰、广阔起来。"我"一边寻找诗集主人却"遗忘"这是由"我"所写，"我"反复拨打妻子电话却"遗忘"妻子已经被"我"杀死。"我"精神分裂症这一事实的确定，颇具魔幻色彩，出人意料，却又合乎逻辑情理。小说前部分所叙述的片段因这一谜底的揭开而有效凝结为一体，小说的力量陡然涌现而出。

《有诗为证》中现时中的"我"身上始终弥漫着一层灰色的阴霾。"我35岁了，已经是个大叔了，可我这一辈子竟然从来没有捡到过一件财物，除了小学时捡到过同桌的半块橡皮擦，所以那天在公交车上捡到那本笔记本算是平淡人生中的一个意外。"35岁，正应当是一个男人精力最佳、最具男性魅力的时候。然而"我"的精神状态却始终是灰暗的——"大叔""平淡人生"，以及之后反复出现的"疲惫""迷迷糊糊""一心想睡一觉""我很烦"等等。这与曾经的"我"截然不同，二者相比，可谓是天壤之别。曾经的"我"就是喜

　　　　　　　　　　　　　　文学的轻与重

欢说"不"，坚信一切美的存在——戴礼帽的男人的表演是魔术，而绝不是玩杂耍；暗恋的女生如同仙女一般纯洁而美丽。在我看来，造成小说中的"我"如此精神状态的根本原因，便是美的丧失与丑的萦绕。

"我"的内心一直有一颗善于发现美并期盼拥抱美的心灵。正是因为如此，表演者从口中不断拉出的彩条在"我"眼中如同彩虹，是美丽的魔术，而不是王小二口中的杂耍；当有人大力诋毁这一美丽的魔术之时，"我"不惜与他人大打出手；当初恋女神口中说出"一泡屎"的时候，我断然割断对她的爱慕。可以说，这一时期的"我"身上存留的是人爱美的天性。然而，伴随着美的不断丧失，丑陋之物的不断出现，"我"心中烦闷，最后性情大变，逐步走向毁灭。

在小说中，"丑陋""脏""恶俗""腔肠动物"等词语不时出现。"我"对丑有着极强的抵触，因而在得知小卷已不是处女时，"我"默默无言；与小卷做爱时，我感觉是与一群腔肠动物共处，恶心到干呕；小烟在"我"看来是丑陋的，因而抱在一起连性欲也没有。当小卷带回一株丑陋的豹纹竹芋（且这是南美男子送给小卷的），并为这一盆植物而呵斥于"我"时，"我"想到曾看见小卷与南美来的傻大个拥抱、告别，这种对周遭萦绕的丑的抵触达到了顶点。于是"我"将小卷杀害，仿佛杀死了小卷，杀死了豹纹竹芋，便杀死了所有的丑。事实上，在"我"的心中，小卷由曾经的女神变为了"不贞"的丑陋之物——正是因为对美的极致追求与对丑的极致厌恶，才导致了"我"精神的分裂与悲剧的形成。

期盼美，然而美在不断丧失。厌恶丑，然而丑无处不在，萦绕不绝。所以，"我"杀人即杀丑。"我"杀死植物，不是用烟，而是用咒语——这咒语便是"我"心中对美的深深执念与对丑的极致厌恶。小说标题是《有诗为证》，而诗是美好的化身，"我"要用它证明"我"杀人杀丑的合理性。"我"精神分裂症患者与杀人者这两种身份的确立，使得《有诗为证》这一小说指向了更为宽广的所在。论述至此，"我"的杀人举动已不再是一个简单的事件，而带给我们哲学与美学意蕴的深层思索。由此，《有诗为证》也从个体事件超脱而出，成为一个带有丰富意义指向的文本。

现实一种，或者一份提纲[*]
——读阎海东《一个夏天》

　　从叙事学的角度看，阎海东小说《一个夏天》的叙事主线并不复杂——一个年轻人来到一个陌生的地方，书写他在这个大院中的感受与所见所闻，呈现其一个青年焦虑者的形象。但是，在这主线之外，作者又延伸出许多叙事支线——雅致男子与眼镜女子、东北露水夫妻、农民夫妇、单身少妇与她的儿子、年轻的小敏和小燕以及优越感十足的房东冯大爷，他们每一个人身上都有着许许多多的故事，然而这些故事的细微之处又都被作者精心隐藏，因而只露出冰山一角。所以，从叙事主线看，《一个夏天》写出了现实一种，简单、琐碎、充满着生活的原味；从叙事支线看，我更愿意将《一个夏天》视作一份长篇小说的写作提纲，顺着这些支线，院子里的每一个人物都可以挖掘出无数更丰富的故事——以院子为中心，以院子里居住的各式各样的人的生活为脉络，于是可以观察、发现时代与现实的面貌一种。

　　在"闷热"的灰色叙事基调中，作者传达出的压抑、焦虑与迷茫令人难忘。这种气息从小说的环境书写开始。小说的开头，"我"就来到一个肮脏混乱的村落，"大街上横竖乱堆的

---

[*]　原载于《椰城》2017年第6/7期。

低劣铺面、面有菜色的各行各业从业人员以及堆满垃圾、盛满污水、坑坑洼洼的路面"；在这混乱的村落里，"我"又走进了一个破乱的院子，"这个院子里堆满了扫把、破自行车、干枯的盆景、长短不一的废木板等各种杂物，院子中央距离地面三米的空间被四通八达的铁丝分割，挂满了花花绿绿大小不一的床单被罩，以及包括衬衫、乳罩、花边内裤在内款式十分齐全的衣物"；此刻，环境的恶劣仍未结束，"我"又从这院子走进一间破旧的不到八平方米的小房间，"推开一扇破旧的、摇摇欲坠的绿色木门，木门被不断叠加又撕破的报纸和花花绿绿的广告贴画弄得面目全非。一股严重的霉味扑面而来"。可以看到，从城市高级写字楼到城市边缘的村落，从村落到院子，从院子到小房间，作者将故事发生的环境一步一步地缩小。镜头一再缩小，有一点却始终未改变——所有的环境，都是肮脏的、混乱的、破旧的。按照人的常理判断，这样的环境只能带给人以反感与厌恶，令人敬而远之。然而，小说中的"我"在村子里却感觉"浑身自在"，在院子里感慨"这地方真不错"，在房间里的破烂木床上躺了一会儿"就马上觉得很有精神了"。

这种反常意味着什么？在我看来，"我"在当时并不是因为经济的拮据不得不暂住此处，而是主动地将自己放置在这脏乱、丑陋的处境之中。这种选择，是一种逃离——逃离令人压抑的工作生活，在这脏乱中重新寻回自己的存在感。然而，这逃离仅仅是一种处境的改变，精神上的压抑、焦虑并未发生本质上的变化。也就是说，尽管"我"一再宣传"我"对此处的环境有多么热爱，但实质上"我"始终在行自我欺骗之术——

在"我"的内心深处，仍是忧郁、焦虑和疲惫的，内心的欲望、理想与现实的处境之间的落差仍是时刻折磨着"我"的令人无法摆脱的枷锁。这种自我欺骗，甚至延伸到"我"对邻居们的种种"怜悯"与"劝慰"上。当"我"注意到眼镜女子生活的不如意时，"我"以一种优越的姿态对眼镜女子说："你何必忍受这种生活呢？""我觉得你的生活没有尊严。""既然觉得这样的日子难以忍受，你还等什么？"但是，这种潜在的优越感很快被眼镜女子一言击破："你也住在这种破地方，有什么资格数落我的生活？"

是的，"我"与生活在这院子里的形形色色的邻居们一样，同是天涯沦落人，抑或说，同是天涯焦虑者。在独自一人时，"我"无法掩盖的是来自心灵深处的"莫名的焦躁和欲望"和"莫名的悲伤"。于是，在这种反常之中，在优越与同病相怜中，"我"作为一个青年焦虑者的形象便跃然纸上。令人焦虑的原因有许多，在"我"身上，工作的不如意是首要因素：上一份糟心的工作令"我"不得不逃离到这个小院中。在这个小院中，晚上不时听到隔壁东北露水夫妻、眼镜女子与她的同居男子交欢时的呻吟，这又引发了"我"身体的欲望和孑然一身的孤独感，以至于"我"萌发出与对门的单身少妇搭伙过日子的荒唐念想。凡此种种，都令"我"感觉到悲伤与绝望，令"我"完全找不到自己存在的价值意义以及未来的努力方向。在此刻，"我"陷入虚无之中，在现实与精神两个层面都真正成为冯大爷口中的"无业闲散人员""游手好闲之徒"。而这，恰恰是"我"所恐惧的，也是"我"不断在掩饰、隐藏的。

在闷热夏季的逼仄拥挤的小院里，"我"的压抑、焦虑、彷徨与恐惧，使得小说整体萦绕着挥之不去的焦躁气息。由此，从环境到人物，《一个夏天》以写实话语对现实一种进行书写。事实上，"我"的故事也仅仅是小说呈现的现实的一个部分而已——在冯大爷、雅致男子、眼镜女子、东北露水夫妻等人身上的故事，同样呈现出现实的残酷、丰富与复杂，它们同样构成了小说所要呈现的现实一种。在小说中，"我"作为叙事者还有一个重要的叙事功能：借助"我"的行动来呈现这个小院里其他人的故事。也正是在这个意义上，我认为可以将《一个夏天》视作一份长篇小说的提纲。

海明威有一套"冰山理论"，认为冰山的雄壮并不因为其露出海面的八分之一，而是因其潜藏在水中的八分之七。同理，一部小说的厚重，不能单看明面上的故事，更要琢磨隐藏在人物、故事背后的意蕴。这其中涉及隐藏的技术。具体到《一个夏天》这一篇小说中，一方面，从叙事逻辑上来说，作为一个新来的住户，"我"所看见的始终是有限的，对于其他住户的故事我们只能略知一二；另一方面，从叙事策略上来看，作者是有意地将他人的故事细节进行隐藏，把那些更丰富、更厚重的情节潜藏起来，让读者在作者勾勒出的大略框架中不断去延伸想象，牵引读者往作者设置的方向去思考、回味，继而呈现出白纸黑字之外的现实一种。

比如雅致男子与眼镜女子之间的故事。显然，眼镜女子是男子婚姻外的第三者。他们的争吵不断，又迅速和好。在男子眼中，女子对他完全是自愿的，他从未给过她任何承诺，因而也不必承担任何责任；女子对此只能怒吼"去你妈的，我操你妈！你个骗子，傻×！"在"我"看来，眼镜女子的生活是"作践自己"的生活，然而女子却并不愿意摆脱。从连续半个月吃菠菜和豇豆只剩下三十块钱过日子，到男子连吃饭的钱也不再给她，她的生活越来越糟糕。最终随着男子的消失，眼镜女子也搬离院子。"我"所看到的仅仅是这些，男子与女子感情的发生、维持与终结我们都不甚了解。又如东北露水夫妻的故事，在冰山一角之下也隐含着极大的信息量：

"你后悔了？"东北男子说。

"没有，那样的熊货男人有什么后悔的？你老婆又打电话了？是你后悔了吧？"

"我后悔啥呀？我就是不想遭这罪了，我已经交了定金，赶快搬过去。那屋里有空调。"东北先生说。

"好吧，也该享享你的福了，万一你龟孙哪天变心了，姐也不亏。过两天搬吧？"

显然，他们都各自有家庭，那么，他们为什么会住在一起成为露水夫妻？这些细节，我们也无法得知，因而只能猜测。再比如，单身少妇反复期待着儿子赶紧懂事成人，并在一个早晨坐在床沿上披头散发地呼喊着一个男人的名字："乔大勇，乔大勇，我做鬼也不会放过你——"显然，这同样又是一个可挖掘的故事，但同样被作者所隐藏。甚至于，连房东冯大爷都大有可挖掘书写之处——作为京城本地人，他身上永远弥漫着一股无法掩盖的优越感。他永远威严地审视着这些外来房客，他腰板笔直地警告"我"：一个游手好闲的外地人休想活下去！可以说，小院里的每一个人在作者的叙事中，都若隐若现地呈现了他们的遭遇，都指向我们时代的现实一种，但同时，它们也都只是一个大致的轮廓，缺乏具体的书写。

　　不断有人离去，又不断有人进来。小院为小说提供了一个流动的半开放空间，同样也提供了一个观察这个社会的窗口。在这里，有各式各样的人，他们有各不相同的故事，这些故事背后都隐含着现实。在闷热焦躁的夏天，以小院为中心，以"我"为观察者，《一个夏天》呈现了一种底层的现实，书写底层的生计与爱欲之难。《一个夏天》是闭合的，同时也可以是开放的——假如将小说中那些叙事支线一一填补令其饱满起来，令"我"在院中不断地观人察事，观社会万状，这亦能成为一部长篇小说不错的叙事结构。

三十过后的"混"与"欲"*

——读寒郁《重逢》

　　"80后""90后"这样的代际命名往往带着年少轻狂、朝气蓬勃、活力四射等年轻人特有的标签。然而，近来已经听到不少人在笑谈："80后"已经老去，"90后"也已经到了"晚婚"的年纪，就连"00后"都有十五六岁的小伙子大姑娘了。时间飞逝，当初张扬、锐气十足的年轻人，如今正迈向平实、稳重的"中年阶段"。人近三十，抑或是三十过后，愤世嫉俗的一腔热血已逐步在柴米油盐的浸润下化为日常生活的苦心经营，曾经纯洁、炽热、奋不顾身的爱情也在岁月的流逝中平静、现实起来。三十过后，那些"爱"已然变为了"混"与"欲"——这是我在读到寒郁的短篇小说《重逢》后的主要感受。

　　坦诚地说，《重逢》的故事情节并不新奇。女主人公丽娜在结婚七年之后，收到昔日恋人杜顶的短信，相约一见，再一起吃碗面。总共不过二十来个字的短信悄然拨乱了丽娜的心："闭上眼，才敢把心里装着的那个浮浮沉沉的名字喊上一遍，她喊：'大木瓜，傻丫头想你了。'……"面对自己大腹便便、油腻无趣的丈夫王卯昌和婚后平凡到无聊、厌倦的婚姻生

＊　原载于《创作与评论》2016年第5期（3月号上）。

活，丽娜的心中重新亮起了杜顶的美好形象，并渴望着在见面之日"在虚构中再和某人热恋一次"。为此，丽娜还特地换上一身类似大学时期的装扮：镶钻的翡翠戒指被取下，中指戴上了暗黄色的铜戒指；穿上许久不穿的浅白色对扣裙子（"万一发生点什么，裙子真是再好不过的选择"）……可以说，尽管寒郁此刻已经埋下了"亏欠""愧疚"等伏笔，但读到这儿，《重逢》仍然只不过是一个老旧而俗套的情感出轨故事。男女在无意中邂逅或在老友聚会中重逢之后，借"爱"与"怀旧"之名，在暧昧的情境中寻求刺激，释放肉体的欲望。这种桥段在小说作品里并不少见。

故事的转机，抑或是这篇小说的独特点出现在杜顶身上。"杜顶一直在对面安静地听她入戏一样说话，这时心里忽然有一个诡谲的想法。他趁着丽娜的问话，锁起了眉头，点一支烟，抽了几口，又在烟缸里摁灭，眼睛低垂，声音沉沉的，吐一口郁积的气息，他说：'不怎么好。'他忽而抬起头，盯着丽娜陷入久别重逢虚构戏路般伤感的眼睛，杜顶沉默的眼里有了主动而邪气的光彩……"在我看来，这是整个小说中尤为重要的几句话。"忽然有一个诡谲的想法"改变了故事的发展方向。在他类似于恶作剧式的欺骗之后，丽娜的心理发生了根本性的转变。丽娜之前所有对于曾经的恋人杜顶的想象，其实是建立在她对杜顶"混得不错"的物质基础和"仍然有爱"的精神前提之上的。当杜顶说出"不怎么好"的谎言之后，我们清晰地看到，丽娜口中所谓的"爱"与"亏欠"，丽娜所流下的泪和内心深处的愧疚，实则如同是一根轻飘的羽毛，在一阵预料之外的风吹过后，霎时间不知飞向了何方。也正是从

　　　　　　　　　　　　　文学的轻与重

这个角度看，《重逢》写出了与旧恋出轨的老套桥段所不一样的地方。杜顶临时起意的略带邪性的谎言，使得《重逢》的小说文本从一个我们预料之外的角度，给我们提供了男女对于"爱""物质""自我"等新的认知。

这些"新的认知"在丽娜的心理变化中较为全面地体现出来。

在小说的开头，丽娜是什么样一个形象呢？年过三十，家庭富足，工作轻松，从物质层面看，她的生活过得非常不错。然而，这种不错仅仅是表面上的。实则，她的心灵却是无比荒凉。一方面，婚后的生活并非她之前做出选择之时所想象的那么美好。在丈夫王卯昌的心中，当初那个带着"生机勃勃的美""散发着芳香凛冽的绿意"的丽娜已经消失不再，她"掩不住年华的凋落"，成为一个让自己压根没有闲情去关注的家庭妇女。另一方面，丽娜也在婚后的生活中丧失了自己。这种丧失指的是她作为一个独立的个体，她的勇气、自尊、自立都在这几年中逐渐地消失，换句话说，她丧失了面对生活独自去拼搏、奋斗的勇气与能力。在小说中，"豢养"与"退化"两个词语非常精准地描述出丽娜的状态："丽娜也不敢和王卯昌明目张胆地吵吵，一是她被豢养了这么些年，翅膀都退化完了，早没有了在风浪里搏击一下的能力……"

物质上的富足与心灵上的贫瘠，使得丽娜在接到杜顶的短信之后内心涌动如潮。这种"渴望"我们完全可以理解。根据马斯洛的需要层次理论，我们人的需要可分为五个层次，从低到高分别是"生理需要""安全需要""归属和爱的需要""自尊需要"与"自我实现需要"。马斯洛认为："假如生理需要和安全需要都很好地得到了满足，爱、感情和归属的需要就会产生。"①从小说中我们看到，丽娜的"生理需要"和"安全需要"得到了满足，但她却缺乏被爱的感觉。杜顶的短信刺激着她追求更高层次的"归属和爱"——"她听说他混得不错，原想着见了面叙叙旧，重拾那一段爱恋，动点情，当然，在感伤又怀念的情绪里，能上上床是最好不过的了""丽娜本来想着，让惯性的日子从平庸里宕开一笔，在和王卯昌乏味的婚姻之外，以爱的名义和旧情人一阵闲聊，哭一哭笑一笑，背叛的愉悦中加点道德愧疚，想来是一场很好的戏"。

　　如同丽娜所想，她对于"归属与爱的需要"实则只是一种平淡生活之外的"戏"——这并不是真爱，而只是一场欲望的游戏。三十过后，丽娜已经不是当初那个一心只有爱情的小姑娘，"混得好不好"（物质条件）在丽娜的生活中显然比"爱"占据了更大的比重。在与杜顶见面之前，丽娜一心渴望着重逢，想象着重逢后的种种场景，甚至设计着重逢后的戏路。丽娜既怀念着以往杜顶带给她的种种甜美回忆，又不时对丈夫王卯昌心虚产生新的愧疚。但总的来说，丽娜的渴望愈来愈大。当王卯昌离家而去之后，丽娜顿时感觉"天空明亮起来了"，自己则"像一只鸟从笼子里跑了出来"。她精心准备着这场旧情人的重逢，平淡乏味的生活荡起了涟漪："一颗心像是被风诱拐出去的被单，一半挂在屋内，一半在风里交织着惊喜、猜测、期待和失落。"这种"涟漪"是丽娜所要追求的刺激，但是，这并不是爱。当杜顶"不按着功成名就后再来

---

① A. H. 马斯洛：《动机与人格》，许金声、程朝翔译，华夏出版社，1987，第49页。

和旧情人插叙一下温柔的路子来"之后，丽娜的心理活动与重逢前的种种想象、期待、紧张等情绪形成了巨大的张力。丽娜立刻就回到了现实生活中，"擎着的脖子忽然松懈了下来"，感觉到慌张，开始觉得精心准备的浅白色裙子都带着"愚蠢的矫情"。此刻，丽娜的所有想象都被现实所击破。面对杜顶仍然没有"混出头"的"落魄"形象，丽娜"心有余悸"，甚至庆幸"好险，差一点就被他拖到这样灰暗的生活战线里"。因而，在认清这种现实之后，丽娜的第一想法便是尽快逃离，不能与杜顶再有其他的交集。由于杜顶"混得不好"，前文花费心思所描述的丽娜对旧爱的渴望，就在杜顶几句话中消失得干干净净。甚至，连肉体的欲望也完全没有了。在小说的最后，丽娜的内心又产生了新的波动。在回忆过往与自我怜惜中，"丽娜把手上的铜戒指从中指转移到无名指，并且扶正，然后她打开身上为他准备的白裙子，赤脚走向那一片水声"。以我看来，丽娜的这一举动是试图从心灵与肉体两个方面对自己曾经欺骗杜顶的"补偿"。在杜顶洗澡的水声中，丽娜仿佛又从"混"与"欲"的现实考量中脱离出来，重新认知自己内心对爱的渴望，重新审视自己对当初所为的愧疚。

《重逢》以丽娜的心理活动为主题，呈现出人过三十以后对于"爱""混""欲"的复杂多变的情感态度。选一个生活条件更好的人，还是选一个自己爱的人？是坐在宝马车上哭，还是坐在自行车上笑？在现实的物质条件与内在的心灵需求面前如何抉择这一创作主题再一次在这个小说文本中带给我们思考。事实上，在王卯昌和杜顶身上，我们同样能看到"混"的不易与复杂。相对于丽娜而言，王卯昌与杜顶承受着更大的

"混"的压力。例如，对杜顶来说，"混"得好不好甚至直接决定了能否守住自己心爱的女人。因而，他带着一种"复仇"的心理在婚前再见丽娜一面，不为其他，只是想在丽娜面前扬眉吐气一把，让丽娜看到曾经的穷小子如今已经混得出人头地，有钱有事业有地位。

总的来说，《重逢》写出了复杂而真实的现实一种。我坚信，在我们的生活中，小说中的丽娜、杜顶都绝不是仅有的一个。可以说，《重逢》是以丽娜这一个人的挣扎、困惑为切入点，为当代人情感抉择所做的一个隐秘的记录。当然，也并不是说《重逢》就百分百地完美。如果非要吹毛求疵不可，在我看来，《重逢》中有两个问题可以引起注意。一是小说中的部分情节来得过于突兀，使得小说的叙事节奏产生了动荡。丽娜与王卯昌已然烦腻的情感在一句叫唤中立刻便亲昵起来；小说前半部分非常用力地描写了丽娜对杜顶的牵挂和爱，"大木瓜"之名在她心中浮浮沉沉地出现着，但我们通读下来之后，会发现这种爱并没有一开始所描述的那般真挚与深刻。二是，我注意到，"眼泪"在这篇小说中反复出现了十余次。在我看来，这并非一个最佳的选择——眼泪的泛滥会降低小说的力度。

文学的轻与重

一次心虚的阅读[*]

　　近几年来，各种文学刊物都在大力挖掘、推出青年作家作品，"小辑""专号"与"青年栏目"四处可见，构成了当下文学生态的景观之一。我们见到了许多原本陌生的名字，一次次出现在刊物中，也读到了他们笔下或真实或虚构的种种情绪与想象。这些作品，构成了外界对他们的初次印象：青春的、现实的、现代的、稳健的、异类的……偶尔，在一些刊物中，也能见到他们的创作谈，其中也隐约可见他们的旨趣、现状与志向。他们的书写是外界关注的重点，收获认可与赞赏的同时也得到了批评乃至误解。以文本为对象，以作品说话，这当然是可行路径之一种。但是，在这一过程中，背后书写的人依然若隐若现——更多的时候，他们总是作为"一代人"在接受赞赏与误解。这"一代"中的"每一个"，不知不觉就被"提炼"与被"总结"了。

　　从这个角度看，2019年《中华文学选刊》策划的"新青年，新文学：当代青年作家问卷调查"就更有意义与价值了，它与青年作家的文本相互映照，共同丰富了当下青年作家与青年创作的面孔。在我的阅读视野中，这是最大规模的、对青年作家现状的调查与书写，是对当下青年创作现状一个样本丰

＊　原载于《中华文学选刊》2019年第12期。

富、数字精确、问题意识鲜明的记录。

作为一个观察者与评论者，我下意识想到的是这一策划的文献价值：从现在开始，乃至在未来的几十年间，这份调查，都可能成为当代文学研究中常被人关注、引用的重要文献资料。就算是在此刻，我们同样能够在这份调查问卷中，挖掘出许多可研究、探索的课题出来。然而，此刻我并不想再做任何的归纳与总结——这份调查的可贵之处正在于将一个个丰富的个体呈现在我们的面前。

因而，我更愿意谈谈我在这份调查问卷中的个人心虚。

调查问卷中的第二个问题"有哪些作家对你的写作产生过深刻影响"，给我带来了复杂的阅读感受：有时欣喜，这个问题的答案完全可以作为一份阅读清单或购书指南来使用，同时它也是观察同代人创作的有效文献；有时又显得沮丧，鲁迅、余华、马尔克斯、卡尔维诺、川端康成、契诃夫、卡夫卡、略萨这些为众人所周知的且不说，还有一长串诸如詹姆斯·索特、杰克·凯鲁亚克、伊丽莎白·斯特劳斯、彼得·海斯勒、尤瑟纳尔、乔治·佩雷克等等我压根不熟悉甚至没有听说过的作家。在这长长的名单面前，个人阅读视野的狭窄与阅读量的不够，带来了某种作为批评者的心虚。这种心虚，迫使我花了一天的时间，认认真真地把所有他们提到的作家作品一一列出，并做了简单的统计：

在52位85后青年作家的问卷中，对他们的写作产生重要影响的外国作家有64位，中国作家33位；在中国作家中，现当代作家31位，古代作家2位。在65位90后青年作家的问卷中，对

　　　　　　　　　　　　　文学的轻与重

他们的写作产生重要影响的外国作家有71位，中国作家50位；在中国作家中，现当代作家42位，古代作家8位。

显然，外国文学资源对他们的影响更为巨大，马尔克斯高居榜首；而中国作家的影响，也集中体现在鲁迅、余华等中国现当代作家身上；影响他们写作的中国古代作家少得可怜，其中又以曹雪芹与蒲松龄影响较大。

全球化与网络信息时代，确实给这一代人的创作带来了变化。他们视野宽阔，有无数的作家可供他们选择。只是，当我面对这组数据的时候，心中还是颇为复杂，脑海中突然浮现的是写出《班主任》的刘心武对《红楼梦》的入迷和前些年先锋作家格非研究《金瓶梅》的著作《雪隐鹭鸶——〈金瓶梅〉的声色与虚无》。事实上，有不少的当代作家，在创作多年之后，重归中国古典文学，重返"宝山"寻觅新的收获与突破。

左手创作编辑、右手批评研究的人越来越多了。调查问卷中的第三个问题"你学习的专业或从事的职业是什么"呈现出当下青年创作者整体特点之一种：越来越多的青年创作者，都具有高学历。中文专业占的数量不少，有时，他们在创作者之外，同时也是研究者。有相当数量的青年作家，本身都是文学专业相关的硕士、博士，也在从事编辑、高校教师等与创作相关的职业。于是想起前段时间的一段闲谈：越来越多的作家在抢批评家的"饭碗"，关键是有时比批评家、教授说得还好；紧接着，不少批评家、教授也开始反击了，纷纷写小说去了。这是笑谈，但是在青年一代中——不论是"科班出身"还是"半路出家""跨界发展"——确实可以看到，创作与批评的界限日渐在模糊。这又给我带来了心虚：我知道的理论，他们同样明白；我没读出的感受，他们在创作中可能早有体会。这是批评者面临的新的挑战。于是又沮丧地、异想天开地想象了一下：未来的批评家该如何存在？该何去何从？

　　总而言之，这是一次收获丰富的阅读：在调查问卷中，许多青年作家的名字从我脑海中由单薄变得丰满，他们的有些观点虽未能阐释完整，但同样给我带来了巨大的思想冲击与启发；这同样也是一次心虚的阅读：手上翻动着书页，内心则风涌云起，冷汗涔涔而下。这种心虚，于我而言是一种自我审视与警惕。这些青年作家展现出来的丰富与多样，是他们写作道路能够走得更远、更开阔的底气。因而，他们的创作值得我们期待。

文学的轻与重

破而后立[*]

——从基础写作到创意写作

2018年11月，在基础写作课上，我对汉语言文学专业的大一新生做了一项简单的调查："今时今日，你还愿意成为一名作家/诗人吗？"班上41位同学，有19人表示有一定的意愿，但同时坚定地表示写作只能成为他们的业余兴趣爱好，而不会成为他们将来养家糊口的职业。在此之外的22人表示对写作毫无兴趣。在这其中，又有一大半的人不无遗憾与懊恼地表示："原本我对写作是有兴趣的，但初高中的应试作文无情地摧毁了我的写作梦想。"其余不感兴趣者则纷纷表示他们深感写作的艰难与无趣：没有写作天分，不知写什么，不知怎么写，不知写了又有什么用，不知写了又有谁会看……

这次调查尽管样本数量并不大，却已经能够暴露出当前我们高校基础写作教学中存在着的许多问题。调查出的结果，在很长一段时间内都令我感受到压抑——我甚至有些后悔：我应该在他们的第一堂课上就进行这份调查。在后悔之外，则是一份沉甸甸的压力：倘若他们在撰写毕业论文时，仍然错句连篇、逻辑混乱甚至"一逗到底"，那绝对是基础写作教师的失败。就像你永远叫不醒一个装睡的人一样，我该如何教一群丝

---

* 　原载于《中国艺术报》2019年11月20日第3版。

毫不热爱写作的人进行写作？如何重新唤起他们的写作热情？更致命的问题是，如何将他们被应试作文所禁锢的想象力与才华重新解放出来？再往深处想，应试作文被我们视为"禁锢之恶"，那大学的基础写作教学难道就丝毫没有"规训""固化"他们的一面吗？大学中现行的基础写作教学又是否具备"解放"与"拯救"的能力与功效？

思考至此，便觉一丝悲凉涌上心头。事实上，这种悲凉与无奈，并不仅仅出现在我身上。对于这些中文系的大一新生而言，当我在课堂上不断地告诉他们"千万千万别再用你们应对考试的那套思维与笔法进行文学创作"时，他们同样遭遇了一场前所未有的崩塌："我们学了十余年的方法、技巧，就这么被否定了？""应试作文与文学创作真的是如此针锋相对、格格不入吗？""倘若真的进行文学创作，那么又当如何去写？"

于是乎，有勤奋、好学的学生便虔诚而认真地翻起了手中的基础写作教材，试图从课本的字里行间寻找文学创作的方法与路径。课本中有与写作相关种种要素的概念、有各种写作思维的界定，有写作手法的分类及其特征，还有各类文体的特征及其写作方法等等一系列看似齐备、系统化的知识。但是，当课本要求他们要注重观察生活并从中提取素材时，要求他们要具备创新性写作思维时，要求他们灵活运用各种写作手法与各种语言时——他们实际上并未从课本中获得行之有效的进入写作的方式。这就好比课本中说小说要注重人物形象的塑造，要注重细节，但是，如何塑造、如何抓细节等具体问题并没有得到解决；又比如，谈及诗歌写作，总是强调要有浓郁的情感、凝练的词句表达以及独特的审美意象等，然而，如何提升情

　　　　　　　　　　　　　文学的轻与重

感、如何打磨字句、如何借助意象以传情等具体可行的技法却并不见踪影。即便有，那依然是一些高度概括的而非具体可行的、学术化理论化的而非切实可操作的表述。这对大一新生而言没有什么直接的帮助。基础写作，应当是一门以写作实践为中心的课程，而非空洞、枯燥的理论课程。这正如我时常向他们所说的那样："如果不尝试着去写、去练，那么就算你把这本教材背得滚瓜烂熟，你仍然学不会写作！"

基础写作教材过于理论化、抽象化是目前高校基础写作教学所遇到的困境之一。更可怕的是，授课的教师同样按部就班、照本宣科、完完全全地照搬这些教材知识，以一种看似系统化的培养方式，将那些空洞的"写作材料""写作思维""写作方式"等概念塞进学生的脑海中。这样的教学方式带给学生的，先是一连串的疑惑，紧随其后的可能就是无止境的厌烦与打心底里的拒绝了。这与我们基础写作课培养学生写作兴趣、提升学生写作能力的初衷无疑是相背离的。

因此，从学生、教材、教师三个方面看，当前我们的基础写作教学，都应当有新的探索与新的变革。近些年来，许多高校都纷纷开设了创意写作课程，引入西方的创意写作教学模式，在具体的创作实践中着重挖掘学生的写作兴趣、提升学生的写作能力。相较于传统写作理论式的基础写作教学，创意写作教学无疑有着更强的实践性与针对性：它并不以写作理论为基石，而是以写作实践为核心；它并不是简单地告诉我们应当以何种写作思维、何种写作方法进行写作，而是细致地一步步地训练我们对小说、诗歌、非虚构、影视剧本、书评影评等具体文体的掌握；它要求授课教师应当具有相关的写作经验，而非纯粹的"纸上谈兵"。因而，我们看到，众多高校或是开启"驻校作家"模式，或是成立以作家（而非学术教授）为主体的创意写作教学中心，莫言、余华、格非、刘震云等著名作家也纷纷走进高校课堂。

从基础写作到创意写作，这是当前高校写作教学的必然趋势。问题的关键在于，如何从基础走向创意？显然，莫言、余华、王安忆等人不可能担负起全中国高校写作教学的任务——那么，探寻一种新的、可行的、兼具针对性与普适性的写作教学模式就显得必要而紧迫了。北京大学、清华大学、北京师范大学、复旦大学、上海大学、武汉大学、广东外语外贸大学等高校在这一方面已经进行了相关的探索。

以我看来，"破"与"立"应当成为探索基础写作教学改革的两个重要维度。

破除陈旧、固化的观念与落后的教学手段是高校基础写作教学改革的基础。首先需要"破"的是学生对于写作的片面理解：写作并非小说家、诗人的专属技能，在这个网络时代，每一个人都是写作者——正如我常对他们说的，"只要你写过微博、发过朋友圈，那么你就是写作者"；写作并非毫无用处，它将在你人生的各个阶段给予你帮助；写作并非痛苦的，它能够给你带来表达与创造的愉悦；写作并非虚无缥缈的空中楼阁，它完全有迹可寻、有路可通；没有绝对标准化的、绝对正确与错误的写作，只有是否适合于你的写作……破除了学生对写作的偏见，让他们在对文字的排列组合中尝试着重新发现表达与创作所带来的快乐，才能有效地唤起他们对于写作的兴趣。然而，这依然是不够的。过于理论化的基础写作教材、照本宣科的授课教师，在相当程度上同样应当得到"破除"。在基础写作课上，学生及其创作实践才是真正的主体与核心。而教材、教师，应当是尽责而有效的引路人——毕竟，写作从来都是个人化的、"孤军奋战的"。最后，还需要破除的是落后而枯燥无趣的基础写作授课方式。在我看来，传统课堂上"教师讲授、学生听讲"的方式并不完全适合于基础写作的课堂。教师在课堂上侃侃而谈，学生接收了一堆概念、优缺点与技法，但却完全不进行写作练习——这同样是无效的教学。写作教学应当以练笔为中心，让学生在不断的练习中体悟写作的相关知识与技能，让学生在不断的练习中发现问题、解决问题进而提升写作能力。而教师，应当以其学识与审美（审美能力显得如此重要）引领学生走向对优秀作品的欣赏与借鉴，应当以其自身的创作经验指导学生解决写作过程中遇到的难题，应当在对学生作品的不断点评中指引学生走出他的写作风格。在这样一种转变之中，传统基础写作教学的"大班制"同样显得不合时宜了，更具有教学针对性的"小班制"课堂更加符合基础写作教学。

破而后立："破"是艰难的，"立"同样显得不易。我期待一种日常生活化的、有品质的、持久的写作：写作不仅仅是一门课程，不仅仅是毕业所需要拿到的学分，不仅仅是课堂上那短暂的九十分钟，而是显现或内化于我们日常生活的一种能力与品质；写作不是概念化的理论组合以及对这些理论的拙劣挪用，而是带有温度、气味与轻重的生命体悟及其传递；写作不是为了交作业拿成绩，不是为了在他人面前炫耀自身的才华，而是遵照内心的声音，言我所欲言，创造我所想创造，在字与字的组合中碰撞出灿烂的火花，在词与词的相逢中发现存在的意义；写作不仅仅是单纯地为了提升语言表达能力，而是成为个体生命中一种高尚而珍贵的审美与追求。"路漫漫其修远兮，吾将上下而求索。"这是对高校基础写作及其教学的美好想象，同样，这亦是一个需要我们不断努力去追寻的目标。在这求索的过程中，"破"与"立"将无处不在，且将持续存在。

文学的轻与重